HEYNE BÜCHER

Das Buch

In einem Kaufhaus an der Alster wird die schwangere Frau des Fotografen David Ostermann von jugendlichen Gangstern überfallen. Der Einstich in ihrer Kehle stammt von einer angeblichen »Aids-Spritze«, mit der die junge Frau von den Räubern attackiert wurde – eine skrupellose Tat mit tragischem Ausgang. Die Polizei reagiert hilflos, die Täter bleiben unauffindbar. Zusammen mit Hans Oldeboom, einem siebzigjährigen Schiffsausrüster, macht sich David Ostermann auf die Suche nach der Jugendgang, die sein Leben, seine Familie über Nacht zerstört hat. Beide Männer sind überzeugt, daß das Land nur noch durch die Selbstjustiz entschlossener Bürger vor dem drohenden Chaos der Gewalt und Bandenkriminalität bewahrt werden kann. Ihre Suche führt sie in die verrufensten Ecken des Hamburger Kiez und der Hafengegend, aber auch über den schmalen Grat zwischen Rache und Recht, Gewalt und Moral …

Der Autor

Hinrich Matthiessen, geboren 1928 in Westerland/Sylt, studierte in Kiel und Valparaiso und verbrachte viele Jahre als Lehrer an deutschen Auslandsschulen in Chile und Mexiko. Heute lebt er als freier Autor auf Sylt.

Als Heyne-Taschenbücher liegen außerdem vor: *Atlantik-Transfer* (01/8865); *Das Theunissen-Testament* (01/9396).

HINRICH MATTHIESEN

DIE FALLE

Roman

Originalausgabe

WILHELM HEYNE VERLAG
MÜNCHEN

HEYNE ALLGEMEINE REIHE
Nr. 01/9544

Printed in Germany 1995
Umschlagillustration: IFA-Bilderteam/Cornnet; Taufkirchen
Umschlaggestaltung: Atelier Ingrid Schütz, München
Gesamtherstellung: Elsnerdruck, Berlin
ISBN: 3-453-08851-4

1

Es war ähnlich wie damals, als sie noch Kinder waren. »Na gut«, hatte er zu seinen Brüdern gesagt, »ihr geht zu euren Schimpansen, und ich guck' mir derweil die Löwen an. Aber in einer halben Stunde treffen wir uns im Schlangenhaus.«

David Ostermann hatte Angst gehabt, die beiden Kleinen könnten sich verlaufen, denn abgesehen davon, daß er sie liebte, hatte er gegenüber den Eltern die Verantwortung für sie übernommen. Und nun ging es um das gleiche, um Liebe und Verantwortung, nur spielte das Ganze sich diesmal nicht im Zoo, sondern im Gruwa-Kaufhaus ab, und die anderen waren nicht seine Brüder, sondern seine Frau und ... Ja, eigentlich war es nur seine Frau und doch nicht sie allein, denn sie war im siebenten Monat schwanger und hatte die Babyabteilung in einem der oberen Stockwerke aufgesucht, während er im Erdgeschoß den Einkauf von Fleisch, Gemüse, Brot, Milch und Käse übernommen hatte. Sie ging schon etwas schwerfällig, und darum hatte er gesagt: »Wir machen lieber alles gemeinsam.« Aber sie hatte erwidert, dann würde es doppelt so lange dauern und es sei doch bald Ladenschluß. So hatten sie sich getrennt. Er war schnell gewesen, weil er jedes Regal der Lebensmittelabteilung kannte, hatte rasch seinen Wagen gefüllt, an der Kasse gezahlt, seine beiden Einkaufstaschen aufgenommen und war zu den Fahrstühlen gegangen.

Dort stand er nun, überlegte, ob er auf Hanna warten oder zu ihr hinauffahren sollte, entschied sich, da es mehrere Lifts gab und sie sich also, wenn er einen davon benutzte, verfehlen könnten, fürs Warten.

Er hatte die Taschen zu seinen Füßen abgestellt und verfolgte die Lichtsignale auf den Kontroll-Leisten über den drei Schiebetüren. Der rechte Fahrstuhl versprach als erster anzukommen. 3, 2, 1, E. Das Signal erlosch, und die metallenen Türblätter gingen auseinander. Doch es kamen nur zwei junge Burschen heraus. Auf den ersten Blick sahen sie lustig aus mit ihren grünhaarigen Clownsköpfen, auf den zweiten dann doch nicht mehr lustig, denn ihre Gesichter waren nicht die von jungen Leuten, sondern die von verbrauchten Männern, waren ausgemergelt, bleich und müde und paßten so gar nicht zu den leuchtend eingefärbten Schöpfen. Die beiden hatten es eilig, huschten mit ihren Bündeln – der eine trug eine abgewetzte Ledertasche und der andere eine große Plastiktüte – aus der Kabine. Bevor sie im Gewühl der Kunden verschwanden, sah David Ostermann noch leicht amüsiert auf das Schuhzeug des einen, des größeren der beiden. Es waren grüne City-Stiefel mit auffallend hohen Absätzen, und beiläufig fragte er sich: Hat der sich nun beim Schuhkauf nach seiner Haarfarbe gerichtet oder wegen der Stiefel die Haare grün gefärbt?

Sein Blick ging zur mittleren Tür, über der die Leuchtzeichen den nächsten Lift ankündigten. Aber dann wurde der Fahrstuhl im dritten Stock aufgehalten, und so überholte ihn der linke, dessen Lichter kurz darauf erloschen. Die Schiebetüren gingen auseinander und gaben – nicht nur für ihn, sondern ebenso für ein halbes Dutzend anderer Personen – den Blick in das Innere der geräumigen und in hellen, freundlichen Farben gehaltenen Kabine frei.

Es geschah gleichzeitig, daß die Wartenden ihre kleinen Entsetzensschreie ausstießen und er, David Ostermann, Hanna erkannte, die da halb lag, halb saß. Sie mußte in der Ecke zu Boden gegangen und dann mit dem Oberkörper ein Stück zur Seite gerutscht sein. Sie kauerte dort wie jemand, den im Sitzen der Schlaf übermannt hat. Um sie herum lagen winzige, in Klarsichtfolie verpackte Hemdchen und Höschen, ein paar Babyflaschen, einige von einem Papprahmen gehaltene Sauger, ein Elektrogerät zum Warmhalten von Flaschen, ein Strampelanzug mit aufgedruckter Mickymaus …

Er verschaffte sich Platz, indem er mit den Armen durch die kleine Schar ruderte, rief, um seine Ruppigkeit zu erklären: »Meine Frau! Es ist meine Frau!« Und dann war er auch schon bei ihr, hob sie auf. Jemand half ihm dabei, ein älterer Mann, und er dankte ihm mit einem zerstreuten Nicken. Sie brachten Hanna zu einem kniehohen Stapel großflächiger Kokosmatten, betteten sie behutsam darauf. Zwei Kinder, ein Junge und ein Mädchen, sammelten die Sachen ein und trugen sie ihnen nach, auch die Taschen mit den Lebensmitteln.

Ein Angestellter war herbeigeeilt. Mit seiner Rechten wedelte er der reglos Daliegenden Luft zu.

David sah zu ihm auf. »Einen Arzt!« rief er. »Bitte, lassen Sie einen Arzt kommen! Und auch einen Krankenwagen!« Er beugte sich wieder hinab, tastete nach Hannas Pulsschlag und sagte dann, mehr zu sich selbst als zu den Umstehenden: »Vielleicht ist es nur die Kaufhausluft.«

Zunächst war ihr Gesicht, als sie endlich die Augen aufschlug, noch ruhig und gelöst, doch das dauerte nur einen Moment, denn kaum war sie wieder ganz bei Bewußtsein, da verfinsterte sich ihr Blick. Sie richtete sich halb auf, starrte in die Runde – inzwischen mochten es gut zwanzig Menschen sein, die sie umstanden –, und griff sich dann an den Hals, krallte die Finger ins Fleisch.

Sachte drückte David sie auf das Lager zurück, strich ihr über die Wangen, versuchte, ihre Hand vom Hals zu lösen. Es gelang ihm nicht.

»Hanna, es ist doch alles gut, alles in Ordnung!« Beschwörend redete er auf sie ein.

Sie hatte wieder die Augen geschlossen, fing nun an zu zittern, bebte schließlich am ganzen Körper.

»Was ist mit dir?«

Sie antwortete nicht, weinte jetzt aber, so daß die Menschentraube, plötzlich mehr als nur eine kleine Ohnmacht witternd, noch näher kam.

Er, der sich auf Gesichter verstand, weil er schon Tausende fotografiert hatte, sah ratlos in die aufgerissenen Augen und Münder, wandte sich schnell wieder ab und fragte den Angestellten, der soeben zurückgekommen war:

»Wo bleibt der Krankenwagen?«

»Er ist in wenigen Minuten hier.«

Ein etwa vierzigjähriger Mann trat vor und erklärte, er sei Arzt.

»Oh, bitte, sehen Sie nach ihr!« David packte ihn sogar am Arm.

Der Fremde bückte sich, befühlte Hannas Stirn und dann ihren Puls.

»Das ist keine normale Ohnmacht gewesen. Sie hat einen Schock.« Mit seiner Rechten stützte er Hannas Rücken, während er mit der Linken versuchte, ihre Hand vom Hals zu lösen. Zunächst gelang es auch ihm nicht, doch nachdem er ihren Oberkörper ein paarmal energisch geschüttelt hatte, schaffte er es und entdeckte dann eine kleine blutunterlaufene Stelle an der Kehle, strich mit dem Zeigefinger darüber hin.

»Was ist das?« fragte er Hanna.

Sie richtete ihre angsterfüllten Augen erst auf

den Arzt, dann auf David, sah schließlich in die vielen neugierigen Gesichter ringsum, schwieg, schloß die Augen, öffnete sie gleich darauf wieder und begann erneut zu weinen.

Der Krankenwagen war gekommen. Die Männer liefen durch die Gänge, riefen »Platz machen, bitte!« und waren wenige Augenblicke später zur Stelle. Das Umbetten vollzog sich in Sekunden. Als letztes legte einer der Sanitäter die Einkaufstaschen aufs Fußende der Trage, und dann ging es im Eiltempo dem Ausgang zu.

David lief hinterher. Als Hanna in den Wagen geschoben wurde, sagte er: »Ich bin ihr Mann.«

Er durfte mitfahren, mußte aber vorn einsteigen.

Er hörte das Martinshorn, sah, wie die Passanten in der Fußgängerzone zurückwichen. Später, im Straßenverkehr, stellte er mit Befriedigung fest, daß die Autofahrer das Signal beachteten und entweder anhielten oder zur Seite fuhren, jedenfalls der mit hoher Geschwindigkeit dahinbrausenden Ambulanz Platz machten.

Auch in der Klinik ging alles sehr schnell. Die Männer brachten Hanna im Laufschritt ins Haus, und er selbst wurde zur Aufnahme geschickt.

Er gab die Personalien an, nannte die Krankenkasse und bat dann um Auskunft darüber, wo seine Frau jetzt sei.

»Im fünften Stock. Fragen Sie nach Schwester Martha!« war die Antwort.

Er hätte den Lift nehmen können, aber der

Blick auf die grauen Schiebetüren erzeugte in ihm ein diffuses Gefühl von Abwehr. Er suchte nach der Treppe, fand sie, stürmte nach oben.

Schwester Martha, eine freundliche ältere Frau in Weiß, führte ihn ins Wartezimmer.

»Was ist es?« fragte er. »Eine Frühgeburt?«

»Beruhigen Sie sich! Der Arzt untersucht sie jetzt, und danach wird er mit Ihnen sprechen.«

Sie ließ ihn allein, und er begann, in dem mit einem Dutzend Stühlen bestückten Raum auf und ab zu gehen. Nach etwa fünf Minuten öffnete er die Tür, blickte hinaus auf den Gang. Aber dort schob nur eine Pflegerin einen Getränkewagen vor sich her, hielt dann an einer der Türen, stellte Flaschen und Gläser auf ein Tablett.

Er kehrte ins Wartezimmer zurück, setzte sich wiederum nicht, sondern trat ans Fenster und sah hinunter in den Park, dachte: Sie ist sonst immer so gefaßt! Neulich erst, als die heißen Studiolampen ihr zu schaffen machten. Da war's zwar keine Ohnmacht, aber sie kippte doch um und fiel gegen das Stativ, ehe sie auf dem Teppich landete. Ja, und dann hat sie laut gelacht über ihre Ungeschicklichkeit. Wir haben uns in den Armen gelegen, und ich beschloß, diesen souveränen Ausdruck im Antlitz einer werdenden Mutter, wie ich mein Motiv genannt hatte, doch lieber nicht mehr so oft vor die Kamera zu holen.

Diesmal war alles ganz anders, sagte er sich. Und was ist mit ihrem Hals? Die rote Stelle!

Und ihre Hand, die sich in die Haut krallte! Ein Schock, meint der Arzt. Wieso ein Schock?

Er sah auf die Uhr. Kurz vor halb sieben. Vielleicht, überlegte er, war es doch nur die verbrauchte Kaufhausluft. Man kennt das. Bestimmt fällt in dem Menschengewühl jeden Tag jemand um, und dann kann er froh sein, wenn das in einem Fahrstuhl passiert und nicht mitten zwischen den Waren, wo er leicht was runterreißen könnte, eine Lampe zum Beispiel oder Porzellan.

Die Tür ging auf, und der Arzt kam herein. David las flüchtig den Namen: Dr. Fiering.

»Was ist?«

Der Mann, etwa Mitte Dreißig und damit so alt wie er selbst, drückte ihn auf einen Stuhl, setzte sich neben ihn, und dann sagte auch er:

»Ein Schock.« Und fuhr fort: »Physisch ist, soweit wir das nach der ersten Untersuchung beurteilen können, alles in Ordnung, sowohl bei der Mutter als auch bei dem Kind.«

»Keine Frühgeburt?«

»Nein. Aber Ihre Frau spricht nicht. Wir haben ihr ein Beruhigungsmittel gegeben, vorsichtig dosiert natürlich, weil sie schwanger ist, und das scheint auch anzuschlagen, aber sie sagt kein einziges Wort. Irgend etwas muß sie furchtbar erschreckt haben. Im Moment verspreche ich mir am meisten davon, daß Sie an Ihr Bett treten, sich zu ihr setzen, ihre Hand nehmen und möglichst unaufgeregt fragen: ›Was war denn, mein Liebes?‹ Oder wie Sie so was zu Hause machen.«

»Natürlich«, antwortete David, »sofort!« Er war aufgesprungen. »Wo liegt sie?«

»Unaufgeregt, sagte ich. Also nicht ins Zimmer stürmen, sondern langsam und leise reingehen; Ihre Ruhe muß sich auf Ihre Frau übertragen. Vielleicht bringen wir sie dann zum Reden.«

Sie gingen ins Krankenzimmer. Hanna lag allein, und er war froh darüber, denn er haßte familiäre Dramatik mit Publikum.

Er setzte sich auf die Bettkante. »Hallo, ich bin's.«

Sie sah ihn an, und in ihren Augen entdeckte er den Ausdruck panischer Angst.

»Was ist denn?«

Keine Antwort.

»Physisch, sagt der Arzt, ist alles, wie es sein soll. Für euch beide. Also keine Frühgeburt. Du brauchst jetzt nur Ruhe, und die hast du hier.« Er machte eine Pause, forschte in ihrem Gesicht. Doch da hatte sich nichts verändert.

»Erzähl mal!«

Sie wandte den Blick von ihm ab, als mißtraute sie dem weichen, werbenden Tonfall, sah den Arzt an. Der lächelte und versuchte es dann mit den Worten:

»Sie haben es überstanden.«

Doch sie schüttelte den Kopf.

»Wieso nicht?« fragte David.

Sie griff sich wieder an den Hals, zunächst mit der ganzen Hand, strich aber dann, wie es auch der Arzt im Kaufhaus getan hatte, mit dem Zeigefinger über die kleine Stelle, die jetzt nicht mehr rot, sondern bläulich war.

»Da!« sagte sie.

Es war das erste Wort, immerhin ein Wort, und so bestand Hoffnung, daß weitere folgen würden.

»Was ist da?« fragte er.

Sie schloß die Augen, und gleich darauf kam das zweite Wort, ein furchtbares:

»Aids.«

»Was?« Er beugte sich über sie, nahm ihre Wangen in seine Hände, drückte sie, tat es vor Erregung fast ein bißchen zu hart. »Das ist doch Unsinn!«

»Wirklich«, sagte auch der Arzt, »das ist Unsinn.«

Wieder das Kopfschütteln. Dann: »Kein Unsinn. Ich stand ... stand ... in der Kabine. Mit all meinen Sachen. Da stiegen ... sie zu ...«

»Wer?« fragte David.

»Die beiden. Sie hatten grüne Haare. Und dann ging die Tür zu. Es passierte alles ... alles ... so schnell. Der eine ...«

»Bitte, sprich weiter!«

»Der eine ... der größere, er kam ... ganz dicht an mich heran. Hielt die Hand hoch. Die Hand mit ... mit der Spritze. Und dann sagte er: ›Los! Alles Geld! Sofort! Sonst stech' ich zu! In die Halsschlagader. Und verpasse dir Aids.‹ Ich ... ich ... sah auf die Spritze. Sie war voll Blut. Er drückte ein bißchen und spritzte ... ein paar Tropfen ... in die Luft. Sie fielen auf meine Hand und ... und ich ekelte mich und wurde panisch und ... natürlich hätte ich ihm sofort das Geld geben sollen, alles Geld, aber ... mein Kopf ... er funktionierte anders. Funktionierte so, daß ich ... daß ich dem Kerl mein Knie mit aller Kraft ... Es traf genau dahin, wo es den Männern weh tut. Das war falsch, aber ... aber ich dachte ... dachte an mein Kind. Er schrie auf, und danach tat er es. Wohl aus Wut. Der andere hielt mich fest, und dann kam sie, die Nadel. Immer näher. Ich sah sie überdeutlich. Und wehrte mich. Aber ich hatte keine Chance. Sie kam ... und dann ... ganz tief. Da muß ich umgekippt sein. Als ich aufwachte, lag ich auf den Matten. Zwischen all den Leuten.«

Sie weinte, aber nun war es nicht mehr das heftige, eruptive Weinen, sondern ein stilles, verhaltenes. Langsam flossen die Tränen über ihr Gesicht.

David nahm sein Taschentuch und wischte sie ihr ab. Dann sah er den Arzt an:

»Gibt es so etwas?«

»Bitte, lassen Sie uns jetzt allein!« Dr. Fiering schob ihn aus der Tür, ließ ihm nicht einmal die Zeit, sich von Hanna zu verabschieden, und so fand er sich wieder beim Auf-und-ab-Gehen, immer entlang den Stühlen, von der Tür zum Fenster, vom Fenster zur Tür. Und hatte plötzlich die beiden vor Augen, wie sie aus der rechten Kabine kamen und eilig verschwanden. Den

Großen hatte er sich etwas genauer angesehen, wohl wegen der auffälligen Schuhe. Der also hatte zugestochen!

Doch dann – vielleicht, weil er es noch immer nicht glauben wollte, oder auch nur aus Hilflosigkeit – verbiß er sich in die Ungereimtheit, die Hannas Schilderung enthielt. Sie hätten, dachte er, zu dritt unten ankommen müssen, in derselben Kabine! Aber die beiden traten aus dem rechten Lift. Lange vor ihr. Wieso? Wie können sie den Fahrstuhl gewechselt haben und trotzdem vor ihr unten angekommen sein?

Er fand eine Erklärung: Vielleicht ist der Fahrstuhl erst mal nach oben gegangen, und darum sind die beiden umgestiegen. Nein, dann wären andere Leute in Hannas Kabine ... Oder gibt es so was, daß jemand einsteigen will, eine Frau am Boden liegen sieht und kehrtmacht, weil er Scherereien fürchtet. Mein Gott, natürlich, so was gibt es! Es gibt solche lausigen Zeitgenossen, die um jeden Preis ihre Ruhe haben wollen, ihren Frieden! Und wie ist dann Hannas Fahrstuhl ...? Ja, der kann nach einer Weile vom Erdgeschoß aus runtergeholt worden sein.

Er spürte den Schweiß auf der Stirn, wollte ihn abwischen, aber sein Taschentuch war auf Hannas Bett liegengeblieben. So nahm er schließlich den Ärmel.

Aber ... aber es wird ... ja, es wird normales Blut gewesen sein oder irgendeine harmlose rote Flüssigkeit, auch wenn der Kerl was anderes behauptet hat! Kein Mensch tut so etwas wirklich! Und der psychische Effekt ist der gleiche, ist in jedem Fall ein Schock, egal, ob die Viren nun drin sind oder nicht. Schon die Behauptung schafft den mörderischen Schrecken.

Er hielt es im Wartezimmer nicht mehr aus, trat auf den Gang. Niemand war zu sehen. So schlich er sich an Hannas Tür, lauschte, hörte nichts, verharrte trotzdem dort. Aber plötzlich trieb es ihn, sich Hannas Einkäufe, die in der Aufnahme abgestellt worden waren, anzusehen. Wieder wählte er, statt den Lift zu benutzen, die vielen Treppen, und selbst danach nahm er, beladen nun, den mühsameren Weg.

Sobald er das Wartezimmer erreicht hatte, packte er aus, hielt mal ein Hemdchen, mal ein Höschen, mal ein Fläschchen in der Hand, legte alles mit fahrigen Bewegungen zurück. Einmal mehr dachte er, ja, er sprach es sogar aus: »Es muß normales Blut gewesen sein! Kein Mensch setzt eine solche Teufelsspritze an!«

Er nahm die Handtasche auf, blickte hinein. Die Papiere waren da: Personalausweis, Führerschein, Kreditkarte, Gesundheitspaß, auch das Geld. Wahrscheinlich, überlegte er, hat Hannas Attacke den Mann so sehr aus dem Konzept gebracht, daß er in blinder Wut zustach und an die Beute gar nicht mehr dachte; und dem anderen wird, als er Hanna umkippen sah, die Lust zum Klauen ebenso vergangen sein. Dann sind sie nur noch darauf aus gewesen, so schnell wie möglich wegzukommen. Ja, so wird es gewesen sein!

Wieder begann er auf und ab zu gehen, und irgendwann stellte er sich die Frage, wie lange die Untersuchung denn noch dauern würde. Etwa eine Stunde oder drei, ja, vielleicht sogar fünf? Er rannte aus dem Zimmer und auf die Tür zu, hinter der Hanna lag oder jedenfalls gelegen hatte, riß sie auf. Das Bett war leer. Er kehrte auf den Gang zurück, öffnete die nächste Tür, stammelte eine Entschuldigung, als er sah, daß er eine Patientin aus dem Schlaf geschreckt hatte, lief nun den ganzen Gang zurück, bis er zum Dienstzimmer kam. Schwester Martha war abgelöst worden von einer jüngeren Frau, offenbar einer Ausländerin, denn sie hatte pechschwarzes Haar und asiatische Gesichtszüge.

»Wo finde ich Dr. Fiering?«

»Sind Sie der Ehemann der Schwangeren, die vorhin eingeliefert wurde?«

»Ja. Was ist mit meiner Frau?«

»Sie wird untersucht. Es dauert noch eine Weile.«

»Was bedeutet ›eine Weile‹?«

»Na, ein, zwei Stunden müssen Sie sich wohl noch gedulden.«

»Danke.«

Er ging zurück ins Wartezimmer, und endlich setzte er sich, stützte die Ellbogen auf die Knie und legte seinen Kopf in die Hände. Sie überprüfen es, dachte er, überprüfen das Blut, halten eine Infizierung also nicht für ausgeschlossen. Mein Gott, was, wenn es tatsächlich passiert ist!

Plötzlich hatte er das Kinderzimmer vor Augen. Das Bett. Das Ställchen. Die Wickelkommode. Die gesicherten Steckdosen. Schon sehr früh hatten sie mit der Einrichtung begonnen, hatten vom Nestbauen gesprochen und jedes Möbel mit Liebe und Sorgfalt ausgesucht. Und nicht selten hatten die unterschiedlichen, ja, manchmal sogar einander widersprechenden Ansichten von Freunden oder auch Fremden sie irritiert. Vor allem das Ställchen war im Widerstreit der Meinungen ins Zwielicht geraten. Im Wartezimmer des Frauenarztes hatte eine Patientin, deren Kinder drauf und daran gewesen waren, die Praxis auseinanderzunehmen, Hanna und ihm mit Emphase vorgehalten: »Aber Sie können Ihr Kind doch nicht hinter Gitter bringen!« Diesem Ausspruch war ein leidenschaftliches Plädoyer für antiautoritäre und auf totale Freiheit ausgerichtete Erziehung gefolgt, in dessen Verlauf das Ställchen in den Bereich der Tierhaltung gerückt wurde und das, mit Fingerzeig auf Hannas gewölbten Bauch, in der Frage gipfelte: »Oder rechnen Sie damit, daß Sie ein Kaninchen kriegen?« Auf dem Nachhauseweg hatte Hanna ihrem Herzen Luft gemacht und zu ihm gesagt: »Das sind die gleichen Frauen, die nicht davor zurückschrecken, im Winter mit über die Brust geschnalltem Baby Schlittschuh zu laufen!« Und am nächsten Tag wurde das Ställchen gekauft.

Nun sah er seine kleine Tochter – es stand fest, daß sie ein Mädchen bekommen würden – hinter eben diesen Gitterstäben spielen, und nicht die Frage nach Freiheit oder Zwang beschäftigte ihn, sondern die ganz andere, die noch gestern außerhalb jeder Erwägung gelegen hatte: Ist sie infiziert oder nicht? Und falls ja, wie sieht fortan unser Leben aus? Wie sollen wir damit fertig werden, wenn Freunde und Nachbarn und Kollegen auf Distanz gehen und unser Haus nur noch das Aids-Haus genannt wird und jede Blume im Garten ein Hohn ist? Niemand wird mehr zu uns kommen, auf der Straße wird man einen Bogen um uns machen, und meine Mitarbeiter werden sich, statt mir morgens die Hand zu geben, ganz schnell in eine Beschäftigung flüchten, die es ihnen erlaubt, mir aus fünf Schritten Entfernung den Gruß zuzurufen. Aber das alles ließe sich vielleicht ertragen. Man kann sich abkapseln und den Wert des Daseins in der zu dritt gelebten Innigkeit sehen, doch da wäre dann ja noch das andere, das eigentliche Handikap, die grauenvolle Erkenntnis, daß künftig die Uhr anders läuft, nämlich zehn-, zwanzigmal schneller als sonst, und daß irgendwann sogar der Zeitpunkt kommt, zu dem man sie sich noch schneller wünscht, damit das körperliche Leiden ein Ende findet …

2

Als der Arzt endlich hereinkam, stürzte er auf ihn zu. Es fehlte nicht viel, und er hätte ihn an den Schultern gepackt, um die Diagnose aus ihm herauszuschütteln.

»Was ist mit ihr?«

»Bitte, nehmen Sie erst mal Platz!«

Er mochte diese beschwichtigende Art nicht, ließ sich dennoch auf den Stuhl zurückdrücken. Wieder setzte Dr. Fiering sich neben ihn.

»Nun sagen Sie schon! Hat meine Frau Aids?«

»Das wissen wir noch nicht.«

»Wieso nicht?«

»Der Test kann frühestens sechs Wochen nach einer möglichen Infizierung gemacht werden.«

»Was?«

»Es dauert sechs bis acht Wochen, manchmal sogar noch länger, bis sich Antikörper gebildet haben, und die wären der Beweis dafür, daß sie HIV-positiv ist, was aber nicht heißt, daß sie dann schon Aids hätte.«

»Und warum geht es ihr so schlecht?«

»Weil sie während des Überfalls die Hölle erlebt hat, und die erlebt sie noch jetzt, immer wieder. Im Moment ist der Schock, den sie erlitten hat, das vordringliche Problem, aber sobald dieser Zustand behoben ist, darf sie selbstverständlich wieder nach Haus.«

»Und wann wird das sein?«

»Vermutlich schon in zwei bis drei Tagen.«

»Kann ich jetzt noch mal zu ihr?«

»Besser nicht. Sie braucht absolute Ruhe. Hier«, Dr. Fiering zog einen Zettel aus der Brusttasche seines Kittels, »ist die Adresse der Polizeidienststelle, die den Fall aufgenommen hat. Wir mußten ihn natürlich melden. Ich hab' gesagt, Sie kämen gleich vorbei.«

David sah auf das Papier. »Jetzt?«

»Ja. Kopf hoch und guten Heimweg!«

Das klang so verdammt normal, daß er sich automatisch bedankte, obwohl es gar kein guter Heimweg werden konnte.

Er nahm ein Taxi, ließ sich zum Gruwa-Parkplatz bringen, ging zu seinem Auto, stieg ein und fuhr los, fuhr zur Polizei.

Dort gab er alles, was er wußte, zu Protokoll und fragte dann:

»Hat es einen solchen Fall schon mal gegeben?«

»In unserem Bezirk nicht«, antwortete der Beamte, »aber ich weiß von drei oder vier Attacken dieser Art.«

»Und die Opfer haben jetzt Aids?«

»Die Täter haben die Nadel gar nicht angesetzt. Sie kriegten ihre Beute und hauten ab, sind jedesmal entwischt. In einem Fall haben sie allerdings die Spritze zurückgelassen. Es war rote Tinte drin.«

David verließ die Revierwache und machte sich auf den Nachhauseweg, kam zügig voran.

Er wunderte sich darüber, daß es so friedlich zuging auf den abendlichen Straßen der Stadt. Er hatte erst kürzlich eine Statistik gelesen: Im Jahre 1981 hatten rund sechshundert Überfälle stattgefunden, 1989 tausenddreihundert, 1991 zweitausendvierhundert; und heute, drei Jahre später, war die Zahl wiederum dramatisch gestiegen, während die Aufklärungsquote ständig sank. »Wenn ich die Grünen in die Finger kriege ...«, sagte er halblaut und schlug mit der rechten Hand auf das Lenkrad, beendete den Satz aber nicht, sondern zwang sich, seine ganze Aufmerksamkeit dem Straßenverkehr zu widmen.

Sie besaßen ein kleines Haus am Stadtrand, hatten es zwar noch längst nicht abbezahlt, kamen aber mit den Verpflichtungen zurecht. Hanna arbeitete als Cutterin in einer Filmproduktionsfirma, und er war freier Fotograf, zum Glück ein erfolgreicher.

Er liebte Hanna mit jener altmodischen Liebe, die immer auch Verläßlichkeit bedeutete, und das war nicht Pflicht, sondern Bedürfnis. Doch zugleich war stets die Angst da, nicht die um Hannas Treue, sondern die um ihre Unversehrtheit.

Und nun dies!

Er ging anders als sonst durch den kleinen Vorgarten, sah voller Zerrissenheit auf die Rosen links und rechts, die das warme Juniwetter zu vorzeitiger Blüte getrieben hatte und die ihm jetzt vorkamen wie Gewächse, die schon morgen in Verruf geraten könnten, weil sie zu diesem Haus gehörten. Solche Gedanken waren abseitig, waren überspannt, aber er neigte zu derartigen Reaktionen. So hatte er einmal das Foto einer auf einem Poller sitzenden Siebzehnjährigen, die den Alsterschwänen zusah, aus der Serie genommen, nur weil das Mädchen ihm verraten hatte, sie habe während des versonnenen Blicks auf das Wasser ein Kaugummi zwischen den Zähnen gehabt. Er hatte das Bild zerrissen und auf ihren Protest hin geantwortet: »Okay, der Kunde sieht's nicht, du siehst es nicht, und die Leute glauben an den Schwindel. Aber ich! Ich seh' es, seh' den mahlenden Mund, seh' die Blase sich vor den Lippen blähen, höre sie sogar platzen, und das stört mich!«

Er schloß auf, trat ein, brachte die Einkaufstüten in die Küche, ging ins Wohnzimmer und warf sich in einen Sessel. Doch dort hielt es ihn nicht lange. Schon nach wenigen Minuten stand er wieder auf, stellte dann aber fest, daß es eigentlich nichts gab, was er jetzt tun könnte. Ob er im Haus aufräumte, Filme entwickelte oder den Rasen sprengte, alles wäre müßig gegenüber der furchtbaren Krankheit, die Hanna vielleicht bald bekommen würde. Wenn das Leben seinen Sinn eingebüßt hatte, dann hatte es jeder einzelne Schritt darin auch.

Die Kopfschmerzen, die schon in der Klinik eingesetzt hatten, wurden heftiger. So ging er ins Bad und suchte nach den Tropfen, die ihn vor einiger Zeit von einer plötzlich aufgetretenen Nierenkolik befreit hatten. Er fand das blauweiß etikettierte Fläschchen, gab vierzig Tropfen der farblosen Flüssigkeit in ein Glas, verdünnte sie mit Wasser, trank, stellte das Fläschchen wieder in den Schrank und kehrte zu seinem Sessel zurück, schloß die Augen.

Schon nach wenigen Minuten war die Veränderung da. Er spürte einen leichten Schwindel, und gleichzeitig zog ein Gefühl der Gleichmut in seine Seele ein. Aber dann ging etwas Eigenartiges, ja, Widersprüchliches in ihm vor. Er fand plötzlich, dieses Entschwinden auf den Wogen eines Medikaments sei ein Verrat an Hanna, und so bäumte er sich auf, versuchte wachzubleiben. Doch das Mittel war stärker. Nach einer Viertelstunde war er eingeschlafen.

Erst kurz nach Mitternacht wachte er wieder auf, frei von Kopfschmerzen. Er zog sich aus, duschte kalt, und dann fiel ihm ein, daß er seit dem Mittag nichts gegessen hatte. Er machte sich eine Scheibe Brot, aß sie ohne Appetit, trank dazu ein Glas Milch.

Nachdem er das Geschirr weggeräumt hatte, ging er ins Wohnzimmer, setzte sich und griff nach dem Telefon. Schließlich hab' ich einen Bruder, der Arzt ist, dachte er, und der soll mich aufklären!

Er wählte, mußte lange warten, hörte endlich Rudolphs Stimme:

»Ostermann.«

»Hallo, hier David. Entschuldige bitte, aber es ist ein Notfall. Natürlich kannst du jetzt nicht achthundert Kilometer fahren, um mir zu helfen, aber du kannst mit mir reden.«

»Na klar. Was ist passiert?«

»Hanna ist im Fahrstuhl eines Kaufhauses mit einer Aids-Spritze attackiert worden. Die Kerle wollten ihr Geld.«

»Was?«

»Ja. Sie hat sich leider gewehrt, und da hat ihr der eine die Spritze in den Hals gejagt. Sie liegt mit einem Schock in der Klinik, und ich sitz' zu Haus und bin kurz vorm Durchdrehen.«

»David, beruhige dich! Ich hab' von solchen Fällen gelesen, weiß aber, daß meistens nur geblufft wird. Ihr habt gute Chancen, daß es auch bei euch so war. Sind die Täter gefaßt worden?«

»Nein. Wie stellt man fest, ob Hanna jetzt das Virus hat? Der behandelnde Arzt redet immer nur drum herum.«

»Das versteh' ich. Auch wir beide sollten jetzt eigentlich nicht über Aids sprechen; das würde dich unnötig belasten.«

»Unnötig?«

»Ja, weil eben damit zu rechnen ist, daß es irgendein harmloses Zeug ist. Okay, man sagt, das sei die neue Waffe, aber die Jungs müssen dann ja auch erst mal an die Viren rankommen, und ...«

»Vielleicht sind sie selbst infiziert, zapfen sich Blut ab und ziehen damit los.«

»Glaub mir, davon sollte man nicht ausgehen!«

»Bitte, Rudolph, wenn sie infiziert wurde, wie sieht dann in Zukunft unser Leben aus? Dann hat unser Kind es natürlich auch.«

»Nicht unbedingt. Nur in ungefähr vierzig Prozent der Fälle gibt eine Schwangere das Virus an das Ungeborene weiter. Aber auch Hanna wird es nicht in sich haben, und selbst wenn, muß sie nicht unweigerlich an Aids erkranken.«

»Könnte es aber jederzeit.«

»Das stimmt. Und wie viele der Infizierten dann tatsächlich erkranken, ist unsicher. Früher nahm man an, daß bei fünfzehn Prozent der HIV-Positiven die Krankheit auch wirklich zum Ausbruch kommt. Inzwischen weiß man, daß diese Rechnung zu optimistisch war. Einige Forscher gehen eher von fünfzig als von fünfzehn Prozent aus. Ja, und was bei der Krankheit abläuft, weißt du ja wohl.«

»Nein, weiß ich nicht.« Fast trotzig schleuderte er dem Bruder die Worte entgegen.

»Also, Spezialist für Aids bin ich nicht, aber eine ungefähre Beschreibung kann ich dir liefern. Wenn man es genau nimmt, ist es keine eigenständige Krankheit wie Krebs oder TBC, sondern die Viren sorgen dafür, daß Leiden wie die eben genannten leichteres Spiel haben. Jeder Mensch – das hast du schon in der Schule im Bio-Unterricht gelernt – ist von der Natur mit einem Heer von Abwehrsoldaten ausgerüstet worden. Das sind die Lymphozyten, die zu den weißen Blutkörperchen gehören. Sie haben eine lebenswichtige Aufgabe. Wenn – man kann da ruhig im Bild bleiben – irgendwo im Körper ein Angriff stattfindet, also eine Infektion, dann marschieren sie auf, um diesen Angriff abzuwehren. Sie haben die Fähigkeit zur Eigenbewegung und können sich somit dorthin begeben, wo der Feind eingedrungen ist. Selbst eine Gefäßwand ist für sie kein Hindernis. Und wenn sie dann vor Ort sind, kapseln sie mit ihrem Zellleib die eingefallenen Bakterien ein und fressen sie regelrecht auf. Sie können auch Gewebereste wegräumen, indem sie sie auflösen. Man bezeichnet sie mit Recht als unsere Gesundheitspolizei. Ja, und nun das Aidsvirus! Seine Tücke besteht darin, daß es die für uns so wichtigen Lymphozyten abtötet. Es schleust sich in deren Zelleib ein, produziert dort eine eigene Erbsubstanz und verschwindet wieder. Die Lymphozyte wird mit dem Fremdgut nicht fertig, ihr Stoffwechsel gerät durcheinander, und irgendwann platzt sie, stirbt also. Man kann es, vereinfacht, auf die Formel bringen: Die Lymphozyten sind dazu da, eingedrungene Viren abzuwehren. Das Aidsvirus aber ist in der Lage, sie zu überlisten und auszuschalten. Im fortgeschrittenen Stadium hat der Organismus dann sein gesamtes Abwehrheer verloren und muß kapitulieren. Allen möglichen Infektionen sind Tür und Tor geöffnet, denn Verteidigung findet nicht mehr statt. Mit anderen Worten: Die Immunität ist verlorengegangen oder zumindest geschwächt. Daher der Name AIDS, *Acquired Immune Deficiency Syndrome*, erworbene Immunschwäche. Aber, alter Junge, mach dich jetzt frei von der Vorstellung, man habe Hanna infiziert! Die Burschen wissen doch genau: Ob sie nun bluffen oder nicht, die Wirkung ist exakt die gleiche. Sie können bei ihrem rüden Trick viel sicherer sein als der Mann mit der Spielzeugpistole. Der nämlich muß mit der Möglichkeit rechnen, daß sein Opfer die Attrappe erkennt, und das ist bei einer Injektionsflüssigkeit absolut unmöglich.«

»Wie lange dauert es, bis wir Klarheit haben?«

»Du mußt dich auf etliche Wochen einstellen, aber viel vernünftiger wäre es, von einer Täuschung auszugehen.«

»Und wenn ... und wenn Hanna nun doch Aids kriegt, wie zeigt sich das? Was sind die ersten Symptome?«

»Also, ich weigere mich einfach, dir Verläufe zu schildern mit dem Gedanken daran, daß sie irgendwann auf Hanna zutreffen, denn ...«

»Okay, okay, ich frage anders. Wenn Mister X Aids kriegt, wie zeigt sich das?«

Der Bruder schwieg eine Weile, aber schließlich kam die Antwort doch:

»In den ersten Wochen treten Anzeichen auf, wie sie bei anderen Infektionskrankheiten genauso vorkommen: Fieber, Kopfschmerzen, Übelkeit. Manchmal schwellen die Lymphdrüsen an. Nur, diese Symptome können sich auch zeigen, wenn Aids gar nicht vorliegt. Und noch etwas. Es ist möglich, daß sie wieder verschwinden, ohne daß der Patient nun etwa gesund geworden wäre. Es gibt große Latenzzeiten zwischen den akuten Stadien. Hautausschlag wird auch beobachtet, ebenso Appetitlosigkeit und Gewichtsverlust. So, und nun sollte Schluß sein mit dem Horrorkolleg. Nimm 'ne Schlaftablette und leg dich hin! Die Burschen haben nur geblufft. Hämmer dir das ein! Wenn sich aber wider Erwarten herausstellen sollte, daß Hanna infiziert ist, komm' ich sofort zu euch.«

»Danke.«

»Versuch jetzt zu schlafen!«

»Mach' ich.«

David legte auf. Er, der es oft mit Slogans zu tun hatte, weil er zu ihnen die Bilder lieferte, kannte auch einen zum Thema Aids, hatte ihn mehrfach gelesen: AIDS KRIEGT MAN NICHT, MAN HOLT ES SICH. Hanna, konstatierte er, und da vermengte sich seine Verzweiflung mit Zynismus, hat es sich also im Kaufhaus geholt.

Obwohl er gerade dabei war, sich das Rauchen abzugewöhnen, suchte er nach Zigaretten, fand sie, zündete sich eine an und hatte sofort die Gewißheit, daß er fürs erste zum blauen Dunst zurückkehren würde.

Ihm kam eine Idee. Wenn es stimmte, daß die Täter nur geblufft hatten, wenn also mit Schein und Wirklichkeit der gleiche Effekt zu erzielen war, dann sollte man sich diese Erfahrung auch jetzt zunutze machen. Natürlich, dachte er, das ist es! Dr. Fiering muß zu ihr gehen, muß – Triumph im Gesicht – an ihr Bett treten und sagen: »Entwarnung, Frau Ostermann! Wir haben Ihr Blut untersucht. Ergebnis: negativ!« Ja, das mußte er tun, sofort, egal, ob sich später das Gegenteil herausstellen würde. Der Schock wäre dann erstmal überwunden.

Er war entschlossen, die Täuschung durchzusetzen, auch wenn er damit den Nachtdienst des Krankenhauses durcheinanderbrächte. Notfalls würde er hinfahren und die Methode selbst anwenden. Er wollte gerade nach dem Hörer greifen, da läutete das Telefon.

Es war Dr. Fiering.

»Herr Ostermann, es tut uns leid, aber es ist etwas Furchtbares passiert. In einem unbewachten Augenblick ist es Ihrer Frau gelungen, ans Fenster zu gehen. Sie ist gesprungen, war sofort tot. Das Kind auch.«

3

David Ostermann erwachte, und wie an jedem Morgen rief der Anblick des leeren Bettes neben ihm von einer Sekunde zur anderen die ganze Tragödie in sein Bewußtsein. Er stand auf, duschte, zog sich an, trank einen starken Kaffee und fuhr in die Stadt, betrat zwanzig Minuten später das Studio. Agnes und Tonio, seine beiden Mitarbeiter, waren schon da.

Er begrüßte sie und schritt dann eine Wand mit Bildern ab, die für den Fotoband EINE STADT GEHT SCHLAFEN vorgesehen waren.

»Nummer vierzehn nehmen wir raus«, erklärte er.

»Aber das ist eine der schönsten Aufnahmen«, antwortete Agnes. »Das weiche Laternenlicht, das sich auf dem Kopfsteinpflaster spiegelt; und die Frau, die ihr Fenster zumacht, weil der Tag zu Ende geht; und die drei Männer, von denen du sagst, man sieht es ihren Rücken an, daß sie auf dem Nachhauseweg sind.«

Und auch Tonio meinte: »Es ist eins der schönsten Fotos.«

»Aber es lügt«, erwiderte er, nahm es von der Wand, legte es auf den Tisch und beugte sich darüber. »Die Männer gehen nicht nach Hause. Ihre Rücken sind nicht krumm von der schweren Arbeit, nein, die drei ducken sich, weil sie ein linkes Ding vorhaben. Und die Frau schließt das Fenster, weil sie Angst vor ihnen hat.«

»Schade«, sagte Tonio. Er stammte aus einer spanischen Familie, war aber in Hamburg aufgewachsen und sprach das Norddeutsche so authentisch wie einer aus der Elbmarsch. »Ich bin sicher, das Bild lügt nicht. Es ist dein Kopf, der seit dem Unglück alles umdreht.«

David Ostermann antwortete nicht gleich. Er nahm noch einmal die dreißig mal vierzig Zentimeter große Schwarzweißaufnahme in die Hand, betrachtete sie lange, ehe er sie auf den Tisch zurücklegte, und sagte dann:

»Ich hab' sogar Zweifel an dem ganzen Buch.«

»Wieso?« fragte Agnes.

»EINE STADT GEHT SCHLAFEN ...« Er lachte kurz auf. »Das kann sie sich gar nicht leisten! Sie muß wach bleiben, um sich wehren zu können.«

Die beiden anderen sahen sich an, nickten einander verstohlen zu, und dann meinte Agnes:

»Weißt du, David, ich glaub', du hältst dich besser für eine Weile aus allem raus.«

»Wirklich«, sagte auch Tonio, »so sollten wir's machen. Für dich hat die Welt sich verändert, aber das darf nicht dazu führen, daß plötzlich alles, was noch gestern okay war, heute nichts mehr taugt. Nimm ein paar Wochen Urlaub! Agnes und ich schmeißen hier den Laden, und wenn du zurück bist, ist dein Buch fertig.«

David Ostermann sah erst Tonio, dann Agnes an, wiegte den Kopf. Schließlich antwortete er:

»Aber ich gebe meinen Namen dafür her.«

»Und wenn du es unter Pseudonym veröffentlichst?« fragte Tonio. Doch dagegen hatte Agnes etwas einzuwenden. »Dann verkauft es sich nicht«, sagte sie.

»Mag sein«, erwiderte David Ostermann, »aber versetzt euch bitte in meine Lage! Wie soll ausgerechnet ich ein Buch auf den Markt bringen, das den Leuten auf jeder Seite von Ruhe und Frieden erzählt?«

Es kam zu keiner Antwort, denn das Telefon läutete. Tonio nahm ab, meldete sich mit »Studio Ostermann«, lauschte einen Augenblick und gab den Hörer dann weiter an seinen Chef, flüsterte: »Die Polizei.«

Es wurde ein kurzes Gespräch, und als es beendet war, sagte David Ostermann:

»Ich soll hinkommen. Sie haben zwei grünhaarige Typen festgenommen und wollen nun wissen, ob das meine sind.«

»Und was machst du, wenn es deine sind?« fragte Tonio.

»Erstmal überhaupt nichts. Was sollte ich schon groß machen mit einem halben Dutzend Polizisten in der Nähe? Aber wenn es wirklich die zwei aus dem Kaufhaus sind und man läßt sie trotzdem laufen, dann … dann fängt eine unruhige Zeit an, jedenfalls für die beiden und für mich.«

Er verließ das Studio, stieg in sein Auto und machte sich auf den Weg zu der Revierwache, in der er den Überfall auf Hanna zu Protokoll gegeben hatte.

Was machst du, wenn es deine sind? Tonios Frage war genau die, die ihn seit elf Tagen umtrieb und auf die er immer neue Antworten fand. War er zum Beispiel im Auto unterwegs und seine Phantasie bugsierte ihm die Grünen vor die Kühlerhaube, so drückte er aufs Gas. Wenn er sein Brot zerschnitt, wurden sie zu Opfern seines Messers, und im Geist sah er ihr Blut auf der Schneide. Das machte ihn zufrieden, denn mit Blut hatte alles begonnen. Ging er am Alsterufer entlang, beachtete er weder die Boote noch die Schwäne, sondern war einzig darauf bedacht, die grünen Köpfe so lange unter die Wasseroberfläche zu drücken, bis es keine Luftblasen mehr gab. Er wußte, das alles war sehr primitiv, aber es kam einfach in Gang, lief automatisch ab, und er sah keinen Grund, sich zur Ordnung zu rufen. Zu welcher Ordnung denn auch?

Ob es wirklich Hannas Mörder waren, die man da gefaßt hatte? Den Größeren der beiden würde er auf Anhieb wiedererkennen, selbst wenn sein Haar jetzt blau wäre oder violett. Bei dem anderen hatte er das Gesicht nicht gesehen, dafür aber ein deformiertes Ohr. Es muß, überlegte er, das rechte gewesen sein, denn sie gingen, als ich vor den Fahrstühlen stand, rechts von mir aus ihrer Tür und verschwanden in der Menge. Das Ohr war quergespalten und sah aus wie eine in der Mitte zerbrochene Muschel. Also, die Identifizierung dürfte nicht schwierig sein, aber sie würden die Tat mit Sicherheit leugnen, und dann könnte ich nur hoffen, daß die Kripo die Personen erfaßt hat, die mit mir zusammen vor den Fahrstühlen gewartet haben, und daß wenigstens eine von ihnen die Burschen ebenfalls gesehen hat; auffällig genug waren die ja. Na, und dann stünde nicht mehr nur Aussage gegen Aussage.

Was mache ich, wenn sie es sind?

Seine Hände verkrampften sich. Er hielt das Lenkrad mit viel zuviel Druck, bemerkte es, lockerte den Griff.

Ich glaub', wenn ich sie allein vor mir hätte, wäre ihr Geständnis in spätestens zehn Minuten auf dem Tisch, aber ein Polizeibeamter hat nun mal seine Vorschriften. Noch bei der letzten Kanaille muß er das Persönlichkeitsrecht respektieren. Man kennt das. Die Burschen sind verroht, sind brutal und halten, ohne mit der Wimper zu zucken, ihrem Opfer das Messer, die Pistole, die Aids-Spritze an den Hals, schlagen, wenn es sich wehrt, rücksichtslos zu. Aber wehe, ein Polizist faßt sie mal etwas härter an! Der kann dann gleich mit einem Verfahren rechnen!

Er erinnerte sich der deutschen Hooligans, die in Schweden eine friedlich feiernde Gruppe angegriffen und dabei mehrere Personen verletzt hatten. Grundlos waren sie mit Steinen und Messern über die Menschen hergefallen, fast so, als gehörte das bei Fußball-Länderspielen einfach dazu. Hoffentlich haben die Schweden sie drastisch bestraft! Fünf Jahre mindestens! Und nicht etwa die ruhige Zelle mit Radio und Fernsehen und drei Mahlzeiten, sondern fünf Jahre Schwerstarbeit in einem Steinbruch oder im Straßenbau. Und natürlich müßten sie, wenn sie wieder draußen sind, den Verletzten die Arztkosten ersetzen und auch Schmerzensgeld zahlen. Nein, nein, ich bin kein dröhnender Stammtischbruder! Ich überlege mir, was ich sage, mache Rechnungen auf. Zum Beispiel diese: Wenn da ein Rowdy einen harmlosen Passanten zum Krüppel schlägt, so daß der nur noch im Rollstuhl durchs Leben fahren kann, dann darf der Kerl nicht mit ein paar Monaten Versorgung auf Staatskosten davonkommen! Eigentlich müßte er dazu verurteilt werden, den Ärmsten lebenslang zu pflegen. Das geht aber nicht, denn er würde ihn vermutlich den nächsten Abhang hinunterstoßen und erklären, es sei ein Unfall gewesen. Also muß er anders rangenommen werden, auf jeden Fall hart, damit er nie vergißt, was er getan hat.

Er hatte sich mit seinen Gedanken derart in Zorn gebracht, daß er, als er in der Nähe der Polizeidienststelle einen Parkplatz gefunden hatte, noch im Wagen blieb, um seine Ruhe zurückzugewinnen. Er rauchte eine Zigarette, und erst dann ging er.

In dem großen Raum waren vier Beamte. Er sagte zu dem, der am Tresen stand, daß man ihn erwarte. Der Mann brachte ihn in eins der hinten liegenden Zimmer. Dort saßen zwei Polizisten, einer in Uniform, einer in Zivil, zwei schrägen Vögeln gegenüber, die ihn von ihrem grotesken Aussehen her zwar an die Grünen erinnerten, für seinen Fall aber ausschieden. Sie waren älter, Anfang bis Mitte Dreißig. Ihr Haar war auch nicht durchgehend grün, sondern hatte bei dem einen gelbe, bei dem anderen rötliche Einsprengsel. Wie Papageien, dachte er und verkündete, noch ehe er sich gesetzt hatte:

»Die kenne ich nicht.«

Das Lamento der Buntgescheckten brach sofort los.

»Sehr ihr?« rief der eine, der mit den gelben Strähnen. »Wir haben's euch doch gesagt! Aber nein, erstmal gilt, daß wir so ungefähr alles auf dem Kerbholz haben, was hier während der letzten vierzehn Tage passiert ist.«

Und der andere assistierte ihm: »Klar, wir haben vorgestern den Türken umgebracht und neulich das Feuer im Hafen gelegt und natürlich auch die Schwangere mit Aidsviren beschossen. Nee, Kameraden, so läuft das nicht!«

»Vom Türken und vom Feuer im Hafen hat kein Mensch was gesagt«, erklärte der Zivilist.

»Nicht direkt«, sagte darauf nun wieder der

Gelbgesträhnte, »aber ihr behandelt uns wie den letzten Dreck, und das brauchen wir uns nicht bieten zu lassen. Außerdem wollen wir jetzt gehen. Ich schlage vor, eins von euren Bullenautos fährt uns zum Kiez, und zwar in unser Stammlokal, ins Kuckucksnest. Da sind wir sozusagen zu Hause. Geht das klar? Schließlich habt ihr uns …«, er zeigte auf die an der Wand hängende Uhr, »eine Stunde und zehn Minuten aufgehalten.«

»Halt die Klappe!« ranzte der Uniformierte ihn an, und sofort ging das Gejammer weiter.

»Aber wie spricht denn der zu uns, Harry? Hast du das gehört? Die Klappe soll ich halten! So was hab' ich nicht. Also«, er wandte sich wieder den Beamten zu, »laßt gefälligst das Pöbeln sein, sonst …«

»… kommt euer Anwalt, ist doch klar«, fiel ihm der Zivilist ins Wort.

»Oh, er kann Gedanken lesen! Genau das wollte ich sagen.«

»Gehen wir!« Der Beamte in Zivil stand auf, tippte David Ostermann auf die Schulter und führte ihn zurück in den großen Raum.

»Messmer ist mein Name«, sagte er, als sie an einem kleinen Tisch Platz genommen hatten, »bin von der Kripo. Und Sie sind also der Mann, der durch diese furchtbare Geschichte seine Frau verloren hat?«

»Ja. Aber die beiden da …«, David Ostermann zeigte auf die Tür, durch die sie gekommen waren, »haben mit meiner Sache wirklich nichts zu tun.«

»Schade. Ich hatte so gehofft, wir hätten einen dicken Fang gemacht.«

»Waren die denn auch mit Aidsviren unterwegs?«

»Könnte sein. Jedenfalls kriegten wir einen Tip. Unser Informant sagte, die beiden seien schon des öfteren mit einer Spritze auf Passanten losgegangen. Sie sind sich Ihrer Sache absolut sicher?«

»Absolut. Meine waren mindestens zehn Jahre jünger. Aber ich finde es gut, daß Sie am Ball bleiben. Wie gehen Sie denn in meinem Fall vor?«

»Na ja, wir befragen die Zeugen und sehen uns in der Szene um.«

»Wie ist es mit Fingerabdrücken?«

»Da war nichts zu machen, denn nach der Tat haben, obwohl es auf den Ladenschluß zuging, noch zig Leute die Fahrstühle benutzt.« Messmer stand auf. »Aber ich melde mich bei Ihnen, sobald es was Neues gibt.«

David Ostermann verabschiedete sich, ging zu seinem Auto, fuhr dann aber nicht ins Studio zurück, sondern nach Haus, wo ihn die Räume empfingen, die, zu zweit bewohnt, ein Hort gewesen waren, ein Refugium, und die nun totenstill und öde und quälend waren. Die vielen Gegenstände darin, im Laufe der Zeit entweder vom Praktischen oder vom eingebrachten Gefühl her unentbehrlich geworden, jetzt wirkten sie wie Hohn.

Zum Beispiel der Sekretär aus Mahagoni. Sie hatten ihn in Paris bei einem Trödler entdeckt. Er hatte im oberen Teil zwölf winzige Schubladen, die mit ihren zierlichen Messingbeschlägen den Charme des Möbels ausmachten. Sechs der hölzernen Kästchen befanden sich auf der linken, sechs auf der rechten Seite, und dazwischen saß die schmale Arbeitsplatte. Manchmal schrieben sie sich aus purer Lust am Geheimnisvollen oder auch nur aus Verspieltheit kleine Briefe und legten sie in eine der Laden, er seine links, sie ihre rechts, und es verschaffte ihnen einen zusätzlichen Reiz, nicht von vornherein zu wissen, in welcher die Botschaft steckte, sie also erst suchen mußten, als wären sie Kinder und feierten das Osterfest. Wie oft hatte er, wenn er nach Hause kam und Hanna noch nicht da war, mal oben, mal unten, mal in der Mitte den kleinen Zettel mit der alles übertreffenden Nachricht vorgefunden: »Ich liebe Dich!« Einmal, im Labor, hatte es eine Panne und als Resultat sechsunddreißig verdorbene Aufnahmen gegeben; er war entsprechend verärgert gewesen, hatte dann, wie um sich aus einem Glücksautomaten einen Trost zu ziehen, zu Hause hastig die Schubladen aufgerissen, hatte – eingestellt auf die alte und doch immer wieder neue Botschaft – mit der unteren Reihe begonnen und dann links oben die Mitteilung gefunden: »Geliebter David, wir bekommen ein Kind!« Da hätte selbst die verpfuschte Aufnahme eines Meteoriteneinschlags oder die eines Pandabären in freier Wildbahn ihn keine Sekunde länger bedrücken können. Er war durchs Haus gehüpft wie ein Springbock, hatte gejubelt, Kinderlieder gesungen und schließlich nur noch draußen an der Gartenpforte gestanden, um Hanna zehn Schritte früher in die Arme nehmen zu können.

Nun sah er das Möbel an, als hätte es ihn hintergangen.

Oder die große buntbemalte Bauerntruhe, die Hannas Urgroßvater vor fast hundert Jahren als Gesellenstück getischlert hatte. Sie hatten sie geliebt bis hin zu dem Tag, an dem in der Zeitung stand, daß in einem solchen Möbelstück zwei Kinder erstickt waren. Die Kleinen hatten sich beim Spielen hineingelegt, dann von innen den Deckel zugemacht, und dabei mußte der Verschluß zugeschnappt sein. Zu der Zeit war Hanna schon schwanger, und so hatten sie die Truhe plötzlich nicht mehr nur als nützliches Behältnis und als Zeugnis handwerklichen Könnens angesehen, sondern auch als etwas ganz anderes, als eine gefährliche Falle, und dann kurzerhand das Schloß ausgebaut, so daß selbst ein Kind in der Lage sein würde, den Deckel von innen zu öffnen. Aber damit nicht genug. In ihrem besorgten Eifer hatten sie auch noch Luftlöcher in die Wände gebohrt, und sie waren sich ganz sicher gewesen, daß der Urgroßvater ihnen den Frevel verziehen hätte.

Oder Hannas Bücher. Sie hatte mit ihnen gelebt, so wie andere mit ihren Blumen leben oder mit ihren Haustieren. Obwohl ihre und seine Bücher nach der Heirat in dem großen Regal vermischt worden waren und seitdem den gemeinsamen Bestand bildeten, kamen ihre ihm nun verwaist vor.

Oder ihr Kleiderschrank! Den durfte er schon gar nicht öffnen.

Und das Kinderzimmer!

Überall im Haus waren sie wie Fußangeln oder Stolperdrähte ausgelegt, die Dinge, die ihm auch noch den letzten Rest an Lebensmut zu nehmen drohten.

4

Vor vier Wochen war Hans Oldeboom siebzig Jahre alt geworden, und seitdem versuchte er, sich mit dem Klang des neuen Zehners abzufinden. Ja, besonders der Klang war es, der ihm zusetzte, denn das Leben selbst, so empfand er, hatte vor diesem Geburtstag nicht anders ausgesehen als jetzt. Der Klang machte es; der reihte ihn ein in die Riege der Alten und gab ihm das Gefühl, sich wiederum und diesmal deutlicher als sonst ein Stück entfernt zu haben von denen, die am Lauf der Welt mitwirkten, der großen, wenn sie zu Großem berufen waren, der kleinen, wenn sie dort ihren Platz gefunden hatten.

Seine Umgebung half ihm nicht. Im Gegenteil. Das in einem Randbezirk von Hamburg gelegene Seniorenheim Ruhleben mit seinen rund achtzig Insassen und vierzig Angestellten sorgte dafür, daß sich dem fatalen Klang der siebzig Jahre erbarmungslos die Bilder hinzugesellten: die langsame Gangart der Betagten, die zupackenden Hände ihrer Betreuer, die vielen Grautöne auf den teils schon recht wackeligen Köpfen oder statt des Graus der endgültige Kahlschlag und zu allem das deprimierende Sortiment an Hilfsmitteln wie Brillen und Hörgeräte, Krückstöcke und Rollstühle.

Und was die alten Menschen unternahmen und was sie sich zu erzählen hatten, war ebensowenig dazu angetan, Hans Oldeboom von der Vorstellung zu befreien, er halte sich, ob er nun im Eßsaal saß oder im Gesellschaftsraum, ob er in der Turnhalle Medizinbälle bewegte oder die allwöchentliche ärztliche Visite über sich ergehen ließ, im Vorzimmer des Todes auf.

Heute war Sonntag, und da bekam er regelmäßig Besuch. Im Wechsel erschienen seine Kinder Richard und Clara, und je nach den Gegebenheiten war der familiäre Anhang dabei oder eben nicht, Schwiegertochter, Schwiegersohn, die Enkel.

Diesmal war Clara an der Reihe. Am Telefon hatte sie gesagt, sie werde um drei Uhr nachmittags kommen und Holger mitbringen, ihren Ältesten. So saß er nun in der Eingangshalle und wartete auf die beiden. Er verabscheute Situationen wie diese, aber nicht wegen des Wartens, nein, es war das Arrangement, das ihm mißfiel. Da hockte ein Alter im Foyer, weil er abgeholt werden sollte, jedoch nicht zu einer Bergtour oder einer Leopardenjagd, sondern um im Fond eines Wagens herumkutschiert zu werden und sich dabei erzählen zu lassen, welche Zensuren die Enkel von der Schule mit nach Hause brachten, und überhaupt, wie sie so vorankamen auf ihrem Weg in die Erwachsenenwelt. Irgendwo wurde eingekehrt, es gab Kaffee und Kuchen, und sehr bald ging es dann auch schon wieder zurück. Nach solchen Ausflügen war er nicht etwa erfüllt und glücklich, sondern eher das Gegenteil war der Fall. Er fühlte sich einsamer denn je, weil er fast immer den Eindruck hatte, seine Kinder erfüllten damit nur eine Pflicht.

Bis vor zwei Jahren hatte er die gut eingeführte Schiffsausrüstungsfirma Oldeboom & Sohn geleitet, plötzlich jedoch, ohne vorher auch nur die geringsten Beschwerden gehabt zu haben, einen Schlaganfall erlitten, der ihn für Monate ans Krankenbett fesselte. Nur zögernd kam die Genesung voran, und so befand der Familienrat, bestehend aus Sohn und Tochter und deren Ehepartnern, daß es wohl das beste sei, ihn in einem Seniorenheim unterzubringen. Natürlich hatte auch er ein Wort mitzureden gehabt, aber, geschwächt wie er war, willigte er schließlich ein und gab überdies die Geschäftsleitung an den Sohn ab. Sein Vermögen allerdings, bestehend aus zwei wertvollen Immobilien und einem ansehnlichen Kontostand, behielt er, und dazu kam natürlich sein Anteil an den laufenden Einnahmen der Firma.

Anderthalb Jahre lebte er bereits im Ruhleben, hatte dort seine Wohnung, bekam seine Mahlzeiten, brauchte sich weder ums Saubermachen noch um die Wäsche zu kümmern, war ärztlich versorgt, und für die Zerstreuung wurden ständig Programme angeboten wie Konzerte und Theateraufführungen, Vorträge, Skat- und

Bridgeturniere und derlei mehr. So fehlte es ihm im Grunde an nichts, wenn man außer acht ließ, daß er längst genesen war und seinen Kindern schon mehrmals erklärt hatte, am liebsten nähme er nun sein gewohntes Leben wieder auf, einschließlich der Geschäftsleitung. Doch davon wollten weder Richard noch Clara etwas wissen. Jedesmal sagten sie, der Schlaganfall sei ein Signal gewesen, eine Warnung, ein Schuß vor den Bug, und wer einen solchen Hinweis ignoriere, bezahle das unter Umständen mit dem Leben. So war er im Heim geblieben, haderte zwar mit seinem Los, war aber nicht untätig, und wenn Sohn und Tochter auch nur geahnt hätten, welch einem absonderlichen und auch gefährlichen Gewerbe er nachging, sie hätten ihn sicher schleunigst zurückgeholt.

Vor einem halben Jahr hatte es begonnen. An einem Winternachmittag. Ganz zufällig. Im Gemeinschaftsraum, in dem ein Flügel stand, würde ein Hamburger Komponist die Ruhleben-Insassen mit eigenen Werken erfreuen. Hans Oldebooms musische Neigungen waren weniger auf die Welt der Töne als die der Worte ausgerichtet, und so wollte er der Veranstaltung fernbleiben, sich lieber in seinen Sessel setzen und lesen. Er hatte, um nicht in der eigenen kleinen Küche hantieren zu müssen, eine Thermoskanne mit heißem Kaffee aus der Cafeteria geholt und war auf dem Rückweg zu seiner Wohnung, hatte den langen, mit Marmorplatten belegten Korridor etwa zur Hälfte abgeschritten, da sah er vom anderen Ende her Frau Höxter herankommen, eine schon fast achtzigjährige Mitbewohnerin, die – ihrer festlichen Kleidung nach zu urteilen – auf dem Weg ins Konzert war. Zu einem schwarzen Kostüm trug sie die goldene Kette, die er von anderen Gelegenheiten her kannte. Es war ein breiter Lamellenkranz, eine Arbeit aus Peru. In der Linken hielt sie ihre Handtasche, in der Rechten den Stock, mit dessen Hilfe sie sich langsam den Gang entlangbewegte.

Er war eingestellt auf ein paar nette Worte hin und her, denn Frau Höxter gehörte zu den wenigen Nachbarn, mit denen er freundschaftlichen Umgang hatte. Doch es kam anders. Plötzlich sah er eine zweite Person im Korridor auftauchen, keine betagte, gebrechliche Gestalt, sondern einen drahtigen jungen Mann, der sich auf schallschluckenden Sohlen von hinten an Frau Höxter heranschlich, auf ihrer Höhe kurz stoppte, ihr blitzschnell die Goldkette vom Hals riß, auch die kleine Handtasche an sich brachte und dann weiterlief, offenbar unbeeindruckt von dem Umstand, daß da noch jemand war, nämlich er, Hans Oldeboom.

Frau Höxter war hingestürzt, ohne einen Laut von sich zu geben. Der Schreck, dachte er, hat sie stumm gemacht, unfähig zu jeder Form von Gegenwehr. Von solcher Unfähigkeit konnte bei ihm keine Rede sein. Im Gegenteil. Wenn ihn etwas aufbrachte, dann war es die um sich greifende Brutalität, mit der besonders die jungen Leute, oft fast noch Kinder, ihren Mitmenschen begegneten, sie bedrohten oder gar niederschlugen, um sie auszurauben.

Es war ganz simpel, war, zunächst jedenfalls, nur eine einzige Bewegung, mit der er den Diebstahl vereitelte. Er stellte sich mit dem Rücken zur Wand, wollte bei dem Täter den Eindruck erwecken, er mache ihm Platz oder bringe sich vor so viel Ungestüm in Sicherheit. Doch so war es nicht. Mit einer gar nicht mal schnellen, dafür aber genau bemessenen Bewegung schob er den rechten Fuß vor, stellte dem Heranstürmenden regelrecht ein Bein, so daß der stürzte und auf den steinernen Boden schlug, Kette und Handtasche verlor und sich stöhnend an die Knie griff.

Hans Oldeboom wußte, auf allen Korridoren gab es, wie auch in den Wohnungen und Gemeinschaftsräumen, kleine, in die Wände eingelassene Alarmanlagen. Schlichte, in Holz gefaßte Klingelknöpfe boten den alten Menschen die Möglichkeit, sofort Hilfe herbeizurufen, falls ein Schwächeanfall oder ein anderes Mißgeschick sie ereilte. Eine dieser Klingeln befand sich, wie er mit einem raschen Blick feststellte, ganz in der Nähe; nur zwei, drei Schritte brauchte er zurückzugehen. Also los! dachte er und wollte sich an dem Dieb vorbeidrücken. Aber da hatte er die Rechnung ohne den Wirt gemacht, denn der Junge packte ihn am Bein, hielt ihn fest, versuchte gar, ihn zu Boden zu ziehen, schaffte es nicht.

»Dir Lümmel werd' ich's zeigen!« Mit diesen Worten hatte Oldeboom in Windeseile die Kappe seiner Thermoskanne abgeschraubt, und nun schüttete er den heißen Kaffee dem Burschen ins Gesicht. Der schrie laut auf und ließ das Bein seines Gegners wieder los. Oldeboom erreichte gleich darauf die Klingel, drückte auf den Knopf. In wenigen Augenblicken war der Pfleger Bruno zur Stelle. Er überwältigte den Dieb, und so konnte Oldeboom sich endlich um die noch immer am Boden liegende Frau Höxter kümmern.

Ja, das war der Auftakt gewesen. Fortan nämlich widmete er sich – in aller Heimlichkeit und vorerst auch nur theoretisch – der erschreckend anwachsenden Kriminalität in seiner Stadt. Er sammelte Zeitungsberichte und Bücher zu diesem Thema und ließ keinen der entsprechenden Fernsehbeiträge aus.

Schon bald befand sich in seinem Schrank eine stattliche Anzahl von Ordnern, in denen er sowohl statistisches Material wie auch Berichte über spektakuläre Einzelfälle archiviert hatte. Bei deren Studium waren es vor allem zwei Erkenntnisse, die ihn immer aufs neue zornig machten: zum einen die Feststellung, daß die Polizei dem zunehmenden Terror nicht mehr gewachsen war, zum anderen die Beobachtung, daß es bei den Überfällen, erfolgten sie nun auf Straßen oder Plätzen, in Parks oder U-Bahnen, zwar oft genug Zeugen gab, die später den Ablauf des Verbrechens in allen Einzelheiten beschreiben konnten, während der Untat jedoch nicht bereit gewesen waren, in irgendeiner Form, und sei es auch nur durch mündlichen Protest, einzuschreiten und den Opfern zu Hilfe zu kommen. Befragt, warum sie denn tatenlos zugesehen hätten, antworteten sie dann meistens, die Angst vor eigenem Schaden hätte sie davon abgehalten.

Doch nach einigen Monaten war ihm klargeworden, daß es mit dem Zorn am Schreibtisch nicht getan war. Wer Mißstände beklagt, muß auch handeln! hatte er sich gesagt. Wenigstens Nadelstiche sollte man den Tätern versetzen!

Ja, und dann schien es fast so, als hätte eben diese Metapher ihm die Richtung gewiesen, denn der Einfall, den er hatte, lief tatsächlich aufs Stechen, aufs Zustechen hinaus.

In Wahrheit aber gab etwas anderes den Ausschlag für die Wahl seines Kampfmittels. Zu jener Zeit, das lag nun zwei Wochen zurück, war er in der Zeitung auf den Bericht über einen Aids-Anschlag gestoßen, in dessen indirekter Folge eine junge Frau, die ein Kind erwartete, ums Leben kam. Da hatten zwei jugendliche Verbrecher zugestochen, und es entsprach seiner Logik, zur aktiven Gegenwehr auf ein ähnliches Mittel zu verfallen, wobei er allerdings nicht daran dachte, mit Aidsviren zurückzuschlagen.

Er hatte ein Dutzend Paar Schuhe, darunter auch ein sehr robustes mit dicken Ledersohlen. Den rechten Schuh dieses Paars bestückte er mit einem einzelnen Spike, den er jedoch nicht unten, sondern vorn anbrachte. Er war aus Stahl, hatte die Form eines übergroßen Rosendorns und ließ sich ohne viel Aufwand in die Sohle einschrauben, wo er schließlich festsaß wie das Horn von einem Miniatur-Rhinozeros, ganz unauffällig, wenn man nicht gerade draufstarrte.

Es dauerte dann, obwohl er mit dieser Waffe fast ständig unterwegs war, eine ganze Woche, bis der etwa zwei Zentimeter lange und im Sockel stark verdickte, doch vorn wie eine Stecknadel zugespitzte stählerne Dorn zum Einsatz gelangte. Und dazu kam es wohl auch nur, weil er sich – geradezu erpicht darauf, seine Erfindung auszuprobieren – in eine finstere Gegend gewagt hatte, in der mit einer Attacke eher zu rechnen war als an einem belebten Ort.

Es war zwei Uhr nachts. Er ging durch eine schwach beleuchtete Unterführung. Was die lokalen Gegebenheiten betraf, gab es eine gewisse Ähnlichkeit mit dem Ruhleben-Korridor, denn an beiden Flanken fehlte jegliche Ausweichmöglichkeit. Von der anderen Seite kam ein etwa zwanzigjähriger Bursche. Er sah nicht aus wie einer der Pennbrüder, die zu Hunderten in der Stadt herumlungerten, trug normale Kleidung, nämlich Jeans und Pullover, und auch sein Haar hatte weder von der Frisur noch von der Farbe her etwas Herausforderndes. Die Provokation erfolgte auf andere Weise. Obwohl Hans Oldeboom sich rechts hielt, steuerte der junge Mann direkt auf ihn zu, und als nur noch ein halber Meter die beiden voneinander trennte, blieb er vor ihm stehen und sagte:

»Du willst mir also nicht Platz machen? Okay, dann mußt du eben bezahlen!« Um seiner Forderung Nachdruck zu verleihen, riß er die Rechte, die mit einem Schlagring bestückt war, in die Höhe.

»Ich hab' nichts«, lautete Oldebooms Antwort. »Außerdem bin ich rechts gegangen, und der Tunnel ist breit genug für uns beide.«

»Auch noch frech werden, was? Na, warte!« Zwar schlug der Mann nicht zu, doch seine Linke packte Oldeboom am Hals. Da hielt der Angegriffene den Augenblick für gekommen, seine Waffe einzusetzen. Er holte mit dem rechten Fuß aus und trat gleich darauf dem anderen so heftig gegen das Schienbein, daß der, überrascht durch die unerwartete und schmerzhafte Verletzung, ächzend zu Boden ging. Und in seine Verblüffung hinein sagte Oldeboom mit ruhiger und fast freundlicher Stimme:

»Junger Mann, das hier ...«, er zeigte auf seinen rechten Schuh, »ist nicht nur eine Spitze, sondern auch eine Spritze. Sie enthielt Zyanphenol, das jetzt in Ihrem Bein sitzt. Sie haben dreißig Minuten, um sich von einem Arzt das Gegenmittel injizieren zu lassen. Wenn Sie das nicht tun, muß amputiert werden, aber wahrscheinlich nur unterhalb des Knies. Beeilen Sie sich!« Damit ging er weiter, sah sich dann aber noch einmal um und stellte fest, daß der Mann, der noch immer am Boden saß, das Hosenbein aufgekrempelt hatte und die Wunde untersuchte.

Er machte, daß er wegkam. Natürlich war kein Gift geflossen, und das Mittel Zyanphenol gab es vermutlich überhaupt nicht. Aber er hatte die Strafe drastisch und wirkungsvoll haben wollen, und das schien ihm auch gelungen zu sein.

Nach diesem Vorfall war er zufrieden ins Heim gefahren und hatte dann die nächsten Tage vorwiegend über seinen Akten verbracht, zwischendurch jedoch auch einige praktische Vorkehrungen getroffen.

Nun saß er also im Foyer und wartete auf Clara und Holger. Er fing an, sich Sorgen zu machen, denn es war schon zwanzig Minuten über die Zeit. Nach weiteren fünf Minuten wurde er ans Telefon gerufen. Frau Hagemann vom Empfang zeigte auf die Zelle, und dort hörte er dann von seiner Tochter, daß überraschend Besuch aus den USA eingetroffen sei und der Junge und sie deshalb nicht kommen könnten. Sie habe Richard bitten wollen, für sie einzuspringen, ihn aber nicht erreicht. »Mach's dir in deinem Sessel gemütlich!« sagte sie dann noch und verabschiedete sich.

Auf dem Weg in seine Wohnung dachte er über das Wort *einspringen* nach, das ihn störte, weil es eine schnell arrangierte Notlösung umschrieb, eine lästige Vertretung. Doch dann schob er den Gedanken beiseite, öffnete schließlich, eine völlig veränderte Tagesplanung im Kopf, die Wohnungstür, trat ein und schloß hinter sich ab.

Eine Viertelstunde später hatte sein Schreibtisch sich in eine Werkbank verwandet, auf der kleine Sägen, Zangen und Feilen bereitlagen, mit denen er jetzt zu hantieren begann. Diesmal ging es nicht um einen einzelnen, ins Leder einer Schuhsohle getriebenen Spike, sondern um ein komplizierteres und auch tückischeres Instrument, um eine abgewandelte Rattenfalle.

Das makabre Gerät war fast fertig. Nur ein paar letzte Feinheiten mußten noch herausgearbeitet werden. Die Spannung des metallenen Bügels war durch zusätzliche Windungen in der Spirale verstärkt worden, und der Schnappmechanismus war nun besser abgesichert als der einer gewöhnlichen Falle. Ja, bei diesem Exemplar brauchte es schon eines kräftigen Zugriffs, um den beabsichtigten Vorgang auszulösen, denn der Bügel durfte nicht vorzeitig, durch eine zufällige Bewegung etwa, herunterschnellen. Auch war die Falle so konstruiert, daß der hölzerne Untergrund, in den sonst der Speck eingelassen wurde, und ebenso der Bügel mit breiten Blechmanschetten versehen waren, damit man sie, nach oben geöffnet, in die Innentasche der Jacke stecken konnte, ohne daß einzelne Teile sich im Stoff verhakten oder das ganze Gerät sich wegen zu großen Spielraums in die falsche Richtung drehte.

Die V-förmige Öffnung bildete einen Winkel von nur fünfundzwanzig Grad, war aber immer noch groß genug, die Hand eines Erwachsenen aufzunehmen.

5

Wenn die einschlägig informierten Männer der Stadt vom Lucrezia sprachen, dachten sie an das Nachtlokal und erinnerten sich der dort verbrachten Stunden. Sprachen sie aber von *der* Lucrezia, war auch damit in der Regel nicht die angeblich so sittenlose Borgia gemeint – wiewohl sie natürlich in beiden Fällen mit ihrem Namen hatte herhalten müssen –, sondern dann ging es um die dreizehn Meter lange Yacht, auf die, jedenfalls früher, bei Überfüllung des Lokals ausgewichen wurde, die nun jedoch an ihrem Liegeplatz vor sich hin dümpelte und mit der kein Staat mehr zu machen war.

Etablissement und Schiff gehörten demselben Mann, dem Zuhälter Joob de Vries, einem Deutsch-Holländer, der sich zur Zeit um beide Objekte nicht kümmern konnte, weil er in Fuhlsbüttel einsaß.

Das Lokal, das schon viele Jahre hindurch regen Zuspruch fand, hatte de Vries seinem Freund Marius Ellerding in Obhut gegeben und damit eine gute Wahl getroffen, für die Yacht dagegen den noch sehr jungen Jacob Munk, einen Kollegen vom Kiez, ausgesucht. Anfangs schien auch er der richtige Mann zu sein, denn sieben Monate lang hatte der gebürtige Hannoveraner das Schiff, dessen Liegegebühren für ein ganzes Jahr im voraus bezahlt worden waren, in Schuß gehalten. Doch das änderte sich. Nach einem Gelage, an dem allerdings keine zahlenden Gäste, sondern nur fünf heruntergekommene junge Leute – drei Männer und zwei Frauen – teilgenommen hatten, war er in Großmannssucht verfallen und hatte ihnen das luxuriöse Schiff als Nachtquartier angeboten. Am nächsten Tag hatte er mit ihnen weitergefeiert, was abermals auf eine Übernachtung hinausgelaufen war. Am dritten Tag hatten die Gäste aus ihren jeweiligen Unterkünften – die Männer hausten in einer abbruchreifen Fabrikhalle, und die Frauen waren Mitglieder einer WG – kurzerhand ihre Habseligkeiten geholt und sich auf der Lucrezia häuslich eingerichtet. Ihr Gönner hatte sich bald darauf abgesetzt. Man munkelte von einem dramatischen Machtkampf auf dem Kiez, bei dem er um sein Leben fürchten mußte. Kaum war er verschwunden, hatten die fünf sich zu uneingeschränkten Nutznießern der schwimmenden Herberge gemacht, und das hatte für die Lucrezia verheerende Folgen gehabt, denn sie war, weil die Okkupanten sich in ständiger Geldnot befanden, regelrecht demontiert worden.

Ferdinand Greiner, dem – vor allem wegen seiner stattlichen Physis – die Rolle des Anführers zugefallen war, hatte als erstes das wertvolle Nachtglas versetzt, weil, wie er sagte, auf einem Schiff, das nicht mehr fahre, der Ausguckposten überflüssig sei und also auch dessen Gerät. Ein Trödler auf dem Kiez hatte ihm hundertfünfzig Mark gezahlt. In der Folge hatten dann weitere nautische Instrumente den Besitzer gewechselt, so der Spiegelsextant, das Echolot, der Kompaß und die Funkanlage mit allem Zubehör. Aber auch Schüsseln, Teller, Tassen und sogar seemännisches Kleinmaterial wie Taue, Blöcke und Schäkel waren, der Notlage entsprechend, verschleudert worden, und schließlich hatten Rettungsmittel wie Dingi, Schwimmwesten, Korkringe, Schlauchboot und Reserveanker dran glauben müssen.

An diesem Sommertag saßen die fünf in der Kajüte: Ferdinand Greiner, vierundzwanzig Jahre alt; seine Freundin Lotti Bender, zweiundzwanzig; Herbert Hagemeister, zwanzig; dessen Freundin Monika Karschewski, ebenfalls zwanzig, und – als Jüngster – Lothar Bernemann, achtzehn.

Sie beratschlagten, welche an Bord befindlichen Gerätschaften noch verkauft werden könnten. Da gab es nicht mehr viel. Herd und Propangasflasche brauchten sie selbst, ebenso den Kühlschrank. Bettwäsche und Handtücher entfielen ebenfalls, weil dafür wohl kaum ein Käufer zu finden wäre.

»Verdammt«, sagte Lothar, »wir leben nur

noch von der Substanz, und von Tag zu Tag geht's uns schlechter! Ihr hättet neulich«, er sah Ferdinand an, der rechts neben ihm saß, »der Dicken im Fahrstuhl wenigstens das Bare abnehmen können. Dann wären wir besser über die Runden gekommen.«

Doch Ferdinand Greiner, der sich nur ungern kritisieren ließ und am allerwenigsten vom Küken der Crew, antwortete gereizt: »Hast ja keine Ahnung, wie das war, als die feiste Braut mir ihr Knie in die Eier rammte! Hab' Sterne gesehen und das nicht zu knapp.«

Herbert ergänzte: »Na, und als Ferdi ihr die Ladung verpaßt hatte, war es höchste Zeit, aus dem Kasten rauszukommen, weil sie nämlich wegkippte und jeden Augenblick Leute zusteigen konnten. Zum Glück ging's erstmal nach oben, und klar haben wir da den Fahrstuhl gewechselt. Da war keine Zeit, noch groß nach Geld zu suchen.«

»Ihr hättet die Handtasche mitnehmen können«, meinte Lotti, aber sogar seiner Freundin fuhr Greiner über den Mund: »Hättet, hättet, hättet … wir war'n nun mal von der Rolle! Wer rechnet denn auch damit, daß die Frau einen derartigen Tritt landet?« Er stand auf, trat an den Kühlschrank, öffnete ihn, und für einen Moment war der klägliche Inhalt zu sehen: eine Flasche Milch, ein angebrochenes Päckchen Butter, ein kleines Ende Streichwurst, eine Handvoll Radieschen. Ganz unten stand dann noch eine weitere Milchflasche, fast leer. Der winzige Rest bedeckte gerade den Boden, doch es war keine Milch, es war Blut.

Er schlug die Tür zu und sagte: »Hundert könnte er bringen.«

Aber die Frauen protestierten, und Monika meinte dann noch: »Erstens kriegst du für einen alten Kühlschrank höchstens noch fünfzig Piepen, und zweitens brauchen wir ihn.«

Lotti fügte hinzu: »Es ist Sommer, und ohne das Ding verdirbt uns alles im Handumdrehen. Dann wäre ich, auch wenn wir nach dem Reinfall neulich eigentlich die Finger davon lassen sollten, doch für 'ne neue Aids-Tour. Aber nicht im Gruwa. Ein Kaufhaus ist für so was denkbar ungeeignet.«

»So?« Herberts Erwiderung kam schnippisch. »Wer in einem Kaufhaus rumläuft, hat Geld bei sich. Das war unsere Überlegung, und die war im Prinzip auch richtig. Und daß da nur die Fahrstühle in Frage kommen, versteht sich von selbst. Was würde dir denn so vorschweben?«

»Die U-Bahn zum Beispiel, nach Feierabend. Also nicht die Pendler. Erstens ist, wenn die unterwegs sind, der Zug viel zu voll. Für einen normalen Taschendiebstahl wär' das schon richtig, aber nicht für 'ne Show mit Spritze und Blut und so. Und zweitens haben die Rushhour-Typen meistens nur Kleingeld im Portemonnaie. Was wir brauchen, sind Brieftaschenleute. Na ja, auch die U-Bahn wäre wohl nur die zweitbeste Lösung. Am besten fände ich irgendwas ohne Licht. Von wegen Fahndung und so.«

»Du vergißt eins!« sagte Ferdinand und setzte sich wieder hin. »Wenn es dunkel ist, entfällt unser stärkster Trumpf: daß sie das Blut sehen. Das ist mehr als die halbe Miete. Wenn mir im Dunkeln jemand die Ohren vollquatscht, von Aids redet und behauptet, daß er gleich eine Spritze in meinen Hals jagen wird, ich das Ding aber nicht zu sehen kriege, also, dann kann der noch so viel quasseln, ich glaub' dem kein Wort! Die Optik, Mädchen, die macht's! Sie müssen das Blut sehen und genau verfolgen können, wie die Spritze auf sie zukommt. Das beste Beispiel war die Frau im Fahrstuhl, nur hat die eben leider überreagiert. Aber bewiesen ist damit zumindest, daß der bloße Anblick den Leuten einen gewaltigen Schrecken einjagt, und darauf sollten wir nicht verzichten.«

Auch der Benjamin hatte dazu eine Meinung: »Wie wär's mit einem Kompromiß? Halbdunkle Straße. Einsam. Ihr beide«, er zeigte auf die Mädchen, »steht da als Nutten, und wenn dann so'n Daddy angeschlurft kommt, macht ihr ihn spitz, könnt ihm ja 'ne halbe Brust hinhalten. Und wenn er anbeißt, tritt einer von euch ...«, er sah erst Ferdinand und dann Herbert an, »aus dem Hauseingang, hält die Spritze ins Straßenlicht und sagt seinen Spruch auf. Klar zückt der Onkel sofort seine Brieftasche.«

»Gar nicht so schlecht«, meinte Lotti, aber Herbert wandte ein: »Und ihr glaubt tatsächlich, die Daddys laufen da so ohne weiteres rum?«

»Tun sie!« Lothar geriet sogar in Eifer. »In so einem Viertel kreuzen immer ein paar geile Oldies auf, allein um zu glotzen. Mußt bloß die Davidstraße hochgehen, und schon ...«

»Stopp, mein Lieber!« Ferdinand hob sogar die Hand, um den Jüngsten zu bremsen. »Gegenden, in denen andere Miezen ihre Posten haben, kommen für uns nicht in Frage. Da gibt's ja schon einen Aufstand, wenn Lotti und Monika sich nur dazustellen, und dann soll da noch der Gag mit der Aids-Spritze laufen? Nee, das ist nicht drin.«

»Hast recht«, lenkte Lothar ein. »Nehmen wir also 'ne Straße, in der keine Nutten stehen! Und sag nicht gleich, dann kämen auch keine Daddys dahin. Das tun sie nämlich doch. Denk an den Weg zum Lucrezia! Da geht es durch ein paar schummerige Straßen, die wie für uns gemacht sind. Halbdunkel, keine Miezen, aber mit Sicherheit ein paar alte Knacker.«

»Stimmt«, erklärte nun sogar Herbert. »Die Gegend zwischen Reeperbahn und Fischmarkt. Da müssen die Gäste vom Lucrezia durch, wenn sie aus der City kommen, und das tun sie, weil in der City ihre Hotels sind.«

»Die kommen doch«, sagte Ferdinand, »im Taxi oder im eigenen Wagen, einige sogar mit Chauffeur.«

»Ein paar gehen auch zu Fuß«, hielt Lothar dagegen.«

»Okay«, setzte Ferdinand der Debatte ein Ende, »lassen wir's auf einen Versuch ankommen! Ihr Mädchen stellt euch beide dahin, und dann denkt der Kerl vielleicht, die Straße ist der letzte Ausläufer vom Nuttenrevier. Wir suchen einen Platz mit Hauseingang aus. In dem stehst diesmal du, Lothar! Es war dein Vorschlag, und außerdem bist du an der Reihe. Und … Scheiße!«

»Was ist denn jetzt noch?« fragte Monika.

Noch einmal stand Ferdinand auf und öffnete den Kühlschrank. »Unser Blut ist fast zu Ende.«

Lothar verzog das Gesicht. »Also wieder mal *Operation Lassie*. Aber das macht jetzt einer von euch. Hab' noch vom letzten Mal genug. Mann, hat der Köter mich angesehen! Und der Skipper von der Pegasus rennt hier immer noch jeden Abend rum und brüllt nach seinem Moritz. Dabei treibt der längst auf Helgoland zu, wenn er nicht schon vorher irgendwo im Schiff hängengeblieben ist.«

Ferdinand sah Herbert an. »Machst du's?«

»Klar. Aber so auf die Schnelle geht das nicht. Zum zweitenmal ein Bordhund, mein' ich, kommt nicht in Frage. Dann entsteht der Verdacht, daß irgendein Hundefänger sich auf den Yachthafen spezialisiert hat, und womöglich landet man bei uns. Wie spät ist es eigentlich?«

»Halb zwei«, antwortete Lotti. »Mittagszeit, wenn wir was Ordentliches hätten.«

»Also zieh' ich gleich los. Irgendwo auf St. Pauli wird schon noch 'ne Rentnerin mit ihrem Liebling Gassi gehen, und den schnall' ich ihr ab. 'ne Kopfnuß will ich ihm meinetwegen auch noch geben, falls er was hat gegen die Mitnahme, aber das Schlachtfest muß an Bord stattfinden, allein schon, damit wir einigermaßen sauber zapfen können.«

Das meinten die anderen auch, und da nun in Aussicht stand, daß sie noch an diesem Abend zu Geld kommen würden, waren sie zufrieden. Ferdinand holte die Spritze aus dem kleinen Wandschrank, säuberte sie, legte sie wieder zurück. Monika bestrich ein paar Scheiben Brot und teilte die Milch auf. Sie aßen, und danach machte Herbert sich auf den Weg.

Die fünf hatten sich im Frühjahr bei einer Demo kennengelernt, als sie zufällig über ein und dasselbe Auto hergefallen waren, um es zu kippen. Nachdem sie das geschafft hatten, waren sie zusammengeblieben, hatten als Gruppe agiert, mit Steinen geworfen, ein bißchen gezündelt, später dann in einer Kneipe gehockt und sich angefreundet.

Ferdinand war Hamburger. Die Eltern hatten sich schon bald nach seiner Geburt scheiden lassen, und das Sorgerecht war der Mutter zugesprochen worden. Sie arbeitete als Kellnerin in einem Nachtclub, wurde aber wegen wiederholter Trunkenheit gefeuert, lebte fortan von der Fürsorge, denn der Exehemann hatte die Zahlungen für sie und das Kind wegen eigener Schwierigkeiten längst eingestellt. Kurzum, der Junge wuchs im sozialen Abseits heran. Er stahl, bekam ein paar Jugendstrafen und landete, als er siebzehn war, endgültig auf der Straße.

Seine Freundin Lotti Bender war ein flippiger Typ mit lebhaften braunen Augen. Als Vierzehnjährige hatte sie ein Verhältnis mit ihrem Stiefvater gehabt, war dann von der Mutter aus der Wohnung gejagt worden und auf dem Babystrich gelandet.

Auch Monika war durch frühen Sex aus der Bahn geworfen worden, nur hatte sie die Eltern freiwillig verlassen und deren vielfältige Versuche, sie zurückzuholen, mit dem endgültigen Bruch quittiert.

Herbert Hagemann hätte man als eine unauffällige Erscheinung einstufen können, wäre da nicht der aberwitzige und geradezu aggressive, zu einem jetzt nicht mehr grünen, sondern leuchtend roten Hahnenkamm gestylte Haarschopf gewesen. Sein Vater, ein Beamter der gehobenen Laufbahn, hatte die drei Söhne und zwei Töchter zu reinen Befehlsempfängern erziehen wollen, weil er der Meinung war, ohne Gehorsam und Disziplin des einzelnen werde die Menschheit im Chaos enden. Für ihn brach eine Welt zusammen, als das zweitjüngste seiner Kinder, Herbert nämlich, ihm erklärte, nicht Gehorsam und Disziplin, sondern Auflehnung und Nutzdenken seien die Devisen, nach denen er das Leben zu meistern gedenke. Und diesen Grundsätzen folgte der Junge dann auch, kam daher früh mit den Gesetzen in Konflikt, handelte sich durch Rowdytum und einige Diebstähle zwei Jugendstrafen ein. Seitdem vertrat er den Standpunkt, die Gesellschaft habe ihm übel mitgespielt, und nun sei es an ihm, mit ihr abzurechnen. Ein als Seemann verbrachtes Jahr hätte ihm möglicherweise den Kopf zurechtrücken können, doch hatte er es an Bord mit einem Bootsmann zu tun, der – wie sein Vater – auf Disziplin hielt. Als er eines Tages das Deck scheuern sollte, das er für sauber genug hielt, kam es nicht nur zum Disput, sondern auch zu einer Schlägerei, und da er als erster handgreiflich geworden war, gingen die auf beiden Seiten erlittenen Verletzungen auf seine Kosten. Es gab kein Schmerzensgeld für sein eingerissenes Ohr, wohl aber mußte er für den ausgeschlagenen Schneidezahn des anderen aufkommen, was durch vorübergehenden Einbehalt der Heuer geregelt wurde. Das verdroß ihn. Er musterte ab und schlug sich vollends auf die Seite der Asozialen.

Lothar schließlich, der Benjamin, war der Intelligenteste, und er hatte sich vorgenommen, die Gruppe eines Tages zu verlassen. Fürs erste jedoch betrachtete er sie als einen sicheren Hort, denn er stand seit fast einem Jahr auf der Fahndungsliste der Polizei.

Ein schweres Delikt, nichts Geringeres als eine Vergewaltigung, hatte ihn in den Untergrund getrieben. Es passierte im vergangenen Sommer. Da hatte es ihm ein Mädchen angetan, neunzehn oder zwanzig Jahre alt. Für ihn war sie noch heute nicht nur Opfer, sondern auch Täterin. Er war in München gewesen und befand sich auf der Heimfahrt, ging durch die fast leeren Wagen des Nahverkehrszuges. Und da sah er sie. Ganz allein saß sie im Abteil. Ihr Gesicht war abgewandt, denn sie blickte aus dem Fenster. Trotzdem war er sofort fasziniert. Sie hatte die Schuhe ausgezogen und die nackten Füße aufs gegenüberliegende Polster gelegt. Ihr Rock hatte sich weit nach oben geschoben.

Er betrat das Abteil, setzte sich, dem Mädchen schräg gegenüber, auf den Mittelplatz, und dann geschah das, was er als Rechtfertigung anzuführen pflegte, wenn er über den Vorfall sprach. Abgesehen davon, daß das Mädchen ihn nur kurz ansah, um ihren Blick gleich danach wieder auf die Landschaft zu lenken, geschah nämlich nichts. Mit keiner Bewegung korrigierte sie die freizügige Art, in der sie dasaß. Die Füße blieben an ihrem Platz, die Knie blieben angewinkelt, der Rock blieb verschoben, und das alles wirkte auf ihn wie ein Signal. Vielleicht, so gestand er sich später ein, wären ein paar Eingangsworte angebracht gewesen, aber die Direktheit, für die er sich mit seiner spontanen, wortlosen Annäherung entschied, lag in eben dieser schamlosen Körperhaltung, die er als Offerte empfand, begründet. Jedenfalls beugte er sich vor, griff dem Mädchen an die Beine, schob seine Hände außen an den Oberschenkeln entlang. Da erst reagierte sie, nahm die Füße vom Sitz, sprang auf, wollte sich dem Zugriff entziehen. Auch er war aufgesprungen. Es kam dann zu einer Rangelei, bei der er anfangs dachte, sie wehre sich nicht ernsthaft, sondern ziere sich nur. Bald jedoch wurde ihr Widerstand stärker. Sie kratzte, schlug, versuchte zu beißen, aber da befand er sich bereits in einem Stadium, in dem ein Zurückweichen ihm als Schmach erschienen wäre. So packte er schließlich ihre Arme, drehte sie ihr auf den Rücken, und in dieser Position relativer Ohnmacht ließ sie sich ohne große Mühe bis an die Tür des Abteils schieben. »Mädchen«, sagte er dann, »ich hab' ein Messer, und mit dem stech' ich zu, wenn du weiter Zicken machst! Ich besorg's dir jetzt von hinten!« Er riß ihr den Slip herunter. »Los, bück dich!«

Sie gehorchte, und dann kamen seine brutalen Stöße. Doch nach ein, zwei Minuten machte sie dem Alptraum ein Ende. Blitzschnell richtete sie sich auf und zog die Notbremse, die rechts von ihr an der Wand hing. Kurz darauf ging ein mächtiger Ruck durch den Zug. Ihr Peiniger, wohl noch befangen in seinem Rausch, fiel zu Boden, und diesen Moment nutzte sie, ihren Slip hochzuziehen und, noch immer ohne Schuhe, auf den Gang hinauszustürmen. Im Nachbarwagen fand sie den Schaffner. Er stand im Gang. »Da hinten«, rief sie, »in meinem Abteil! Da hat mich einer vergewaltigt!« Sie zog den Mann förmlich mit sich.

Der schon etwas ältere Schaffner war von schmächtiger Statur, und so gelang es Lothar, der sich wieder aufgerappelt und seine Kleidung geordnet hatte, ihn am Kragen zu packen, ins Abteil zu zerren und auf die Sitze zu werfen. Dann floh er, rannte zur nächsten Wagentür, riß sie auf, und da der Zug inzwischen fast zum Stehen gekommen war, sprang er vom Trittbrett und verschwand im nahen Gehölz.

Das war sein Delikt, und seitdem suchte man nach ihm. Eine Woche lang hatte er sich noch im heimatlichem Gebiet aufgehalten, auch ein paar Zeitungsberichte über seine Tat gelesen, und was da geschrieben stand, hatte so bedrohlich geklungen, daß ihm gar nichts anderes übriggeblieben war, als sich abzusetzen.

6

Gegen siebzehn Uhr desselben Tages, an dem wieder mal ein Hund hatte dran glauben müssen, packte Hans Oldeboom sein Werkzeug zusammen, legte es – ebenso wie die nun endgültig fertiggestellte Rattenfalle – in den Schrank und verschloß ihn. Den Schlüssel steckte er ein.

Dann suchte er den Gemeinschaftsraum auf. Nicht, daß er eine besondere Neigung dazu verspürte; es ging ihm nur darum, nicht durch ein allzu offenkundiges Desinteresse am Heimleben aufzufallen. Er wollte innerhalb der Altenriege als dazugehörig gelten, und so ließ er sich hin und wieder blicken, sei es bei den Mahlzeiten, den Turnstunden oder auch bei der einen oder anderen gesellschaftlichen Veranstaltung.

Diesmal wurde Skat gespielt. Er trat an einen der grünbespannten Tische und fragte die Runde, ob er kiebitzen dürfe. Keiner der drei hatte etwas dagegen. Also setzte er sich auf den vierten Platz und sah ihnen zu, dem pensionierten Studienrat Hollerbek, der, obwohl Mathematiker, meistens verlor, weil er schon etwas vergeßlich war, dem ehemaligen Versicherungsvertreter Pape, der sich seinem achtzigsten Geburtstag näherte und im Laufe eines halben Jahrhunderts an die drei Dutzend Schweinehälften bei Turnieren gewonnen hatte, und Frau Malkowitz, die von allen nur Mathilde genannt wurde und deren Spielweise ihn schon oft amüsiert hatte. Die Fünfundsiebzigjährige konnte es nämlich nicht lassen zu mogeln. Mit ihrem sehr bestimmenden Wesen nahm sie sich manche Freiheit heraus, auch beim Kartenspiel. Sie ließ zum Beispiel, wenn sie mischte, den Hinterhandspieler nicht, wie sonst üblich, zum Schluß noch einmal abheben. Ihre Gewohnheit war, den Mischvorgang fast unmerklich zu unterbrechen, einen verstohlenen Blick auf die unterste Karte, die ja ihr zufallen würde, zu werfen und – je nachdem, ob sie ihr gefiel oder nicht – entweder mit dem Austeilen zu beginnen oder aber weiterzumischen. War ein mehrfaches Überprüfen der letzten Karte notwendig, so pflegte sie ihre Mitspieler durch interessante oder auch nur witzige Bemerkungen abzulenken. Er erinnerte sich: Der Rekord ihrer Späherblicke lag bis jetzt, das war im Frühjahr gewesen, bei sieben, und er wußte auch noch, daß sie dabei eine fesselnde Geschichte erzählte, die sie, als endlich eine Karte nach ihrem Geschmack unten lag, sehr elegant zu einem schnellen Ende brachte.

Auch diesmal verfolgte er belustigt ihre kleinen Manipulationen, die sie nicht hätte fortsetzen können, wenn er als vierter Mann eingestiegen wäre. Dann hätte ja, weil Skat nun mal ein Spiel zu dritt war, jeweils derjenige, der die Karten mischte, aussetzen müssen. Der Blick unter den Talon hätte ihr nur die letzte Karte des rechten Nebenmannes verraten, wodurch keinerlei Vorteil für sie entstanden wäre.

Um halb sieben beendeten die drei ihr Spiel. Herr Pape hatte gewonnen. Die beiden Männer gingen, aber Mathilde und er blieben noch eine Weile am Tisch sitzen.

»Ich hab' Sie lange nicht gesehen«, sagte sie. »Waren Sie krank?«

»Nein, aber ich lese viel und geh' auch gern spazieren.«

»Und warum sind Sie ausgerechnet heute hier? Sonntags fahren Sie doch immer mit Ihrer Familie weg.«

»Diesmal ist etwas dazwischengekommen.« Es klang nicht vorwurfsvoll, nur ein wenig mokant, als er fortfuhr: »Sie sind offenbar gut unterrichtet.«

Sie lächelte. »Herr Oldeboom, hier ist doch jeder über jeden genau informiert. Das ist ja das Kreuz, wenn man auf dem Abstellgleis gelandet ist. Da geht das Leben an einem vorbei, und man muß seine Seele von den ganz kleinen Begebenheiten ernähren. Frau Ludwigsens Haarausfall zum Beispiel wird von allen mit Argusaugen beobachtet. Früher, draußen, diskutierten wir das rigorose Abholzen der brasilianischen Regenwälder, heute geht's um die Lichtungen auf Frau Ludwigsens Kopf. Während wir noch vor ein paar Jahren die Ereignisse in unserer Stadt mit großem Interesse verfolgten, die Bürgerschaftswahlen oder die Hafengeburtstage, die Messen oder die Demos, die Horner Derbys oder die Tennisturniere am Rothenbaum, sind es heute die Gewohnheiten unserer Heimnachbarn, die den Gesprächsstoff liefern. Und wehe, Frau Sengelmann verlegt mal ihren Pediküre-Termin! Das raubt uns glatt den Schlaf.«

Nun war er es, der lächelte.

»Na ja«, fügte sie hinzu, »und so weiß ich natürlich, wann Sie Familientag haben. Ist das nicht zum Heulen?«

»Ist es, und dabei müßte es gar nicht so sein, ich meine, daß das Leben an uns vorbeigeht. Wenn wir nur wollten, würde nichts uns daran hindern, mal irgendwas Tolles auf die Beine zu stellen. Wir brauchten ja nicht gleich eine Bank auszurauben, aber wir könnten doch, was weiß ich, auf dem Rathausmarkt eine Würstchenbude eröffnen. Da hätten wir Kunden von früh bis spät, und die wären buntgemischt. Wir hätten es mit Handwerkern zu tun und mit Hausfrauen, mit Geschäftsleuten, Studenten und Kindern, mit Landsleuten und Ausländern. Jeden Menschen, egal von welcher Hautfarbe, Religion und Staatsangehörigkeit, kann plötzlich der Hunger überkommen. Also stellt er sich in die Reihe und ißt bei uns, und es ergeben sich Gespräche, in denen es nicht um Frau Ludwigsens Haarausfall und nicht um Frau Sengelmanns Pediküre-Termin und ebensowenig um meinen Familientag geht, sondern vielleicht, weil's grad ein Parlamentarier ist, um die Agrarsubventionen oder den Nato-Einsatz unserer Soldaten, und …«

»Aber dafür brauchen wir einen Gewerbeschein«, fiel Mathilde ihm ins Wort.

Er sah sie an. Mit ihrem kleinen, spitzen Gesicht erinnerte sie ihn an eine Maus. Die flinken, pfiffig dreinschauenden Augen unterstützten diesen Eindruck ebenso wie ihr mattgraues Haar. Vom Äußeren her waren sie ein groteskes Duo, sie klein, schmal, zart und etwas gebeugt, er dagegen groß, nicht gerade füllig, doch kräftig gebaut und sehr gerade auf seinem Stuhl sitzend. Aber sein verblüffendstes Attribut war die nur von wenigen silbrigen Strähnen durchzogene dunkelblonde Mähne, von der manche Ruhleben-Bewohner, neidische Männer vor allem, behaupteten, sie sei gefärbt, wenn nicht gar abnehmbar wie eine Mütze.

»Einen solchen Schein kann man sich beschaffen«, antwortete er. »Ich hab' vierzig Jahre lang einen gehabt, nicht grad für Würstchen, oder sagen wir mal: nicht nur für Würstchen. Ich war, wie Sie vielleicht wissen, Schiffsausrüster und hatte die Schiffe zu beliefern, in den ersten Jahren auch mit Proviant. Glauben Sie mir, es ist völlig egal, was wir den Leuten verkaufen wollen, wenn's nicht grad was Unsittliches ist. Wir melden die Bude an, bezahlen den Schein, die Steuer, die Platzmiete, und schon sind wir ein ernstzunehmender Teil der hamburgischen Geschäftswelt.« Er stand auf. »Lassen Sie sich das mal durch den Kopf gehen! Ich glaub', wir wären ein gutes Team. Ich mach' den Einkauf und die Buchführung, und Sie agieren vor Ort, führen die Verkaufsgespräche und sorgen natürlich auch dafür, daß die Würstchen immer schön heiß sind.«

Sie lachten einander zu, gaben sich die Hand, und dann ging Hans Oldeboom in seine Wohnung, machte sich dort einen kleinen Imbiß fertig. Er bestand aus Brot, Butter, Wurst, Käse und Tomaten. Dazu gab es, obwohl es auf die Nacht zuging, starken Kaffee.

Zum Lesen oder Fernsehen fehlte ihm die innere Ruhe, und so beschäftigte er sich, nachdem er gegessen und abgeräumt hatte, mit seinem Archiv, stieß dabei in einem der jüngeren Zeitungsartikel auf eine bestürzende statistische Angabe. Danach waren an der Gesamtheit der in Deutschland begangenen kriminellen Delikte die Jugendlichen mit siebzehn Prozent beteiligt, obwohl ihr Anteil an der Bevölkerung nur vier Prozent betrug.

Was ist los in unseren Elternhäusern, in unseren Schulen? fragte er sich. Was wird da falsch gemacht?

Sogar in Mölln, in Hoyerswerda und in Rostock waren es vorwiegend jugendliche Täter gewesen. Daß junge Menschen, weil Elternhaus und Gesellschaft versagten, keinen festen Kurs hatten, leuchtete ihm ein. Daß es sie aggressiv machte, verstand er auch. Doch zum Übergriff auf Leib und Leben von Mitbürgern bedurfte es mehr. Da mußte noch etwas anderes im Spiel sein, ein Rückfall ins Barbarische oder aber eine unglaubliche Beschränktheit. Oder es war ein Drittes: abgrundtiefer Haß. Wahrscheinlich, dachte er, ist es das alles zusammen. Er hoffte, daß die Richter nicht zimperlich verfuhren, den Mordbrennern etwa ihre von Bettnässen und Nägelkauen gekennzeichnete Kindheit zugutehielten. Dann würde es ja nie aufhören mit den ruchlosen Anschlägen.

Gegen zehn Uhr machte er den Schreibtisch frei, schloß seine Unterlagen weg und zog sich um. Er wählte einen Anzug aus feinem grauen Tweed, stellte sich vor den Spiegel, nickte dem, was er da sah, anerkennend zu, als wollte er sagen: Ja, der Mann sieht nach lohnender Beute aus.

Er holte die Rattenfalle aus dem Schrank, spannte sie und steckte sie in die Innentasche seiner Jacke. Da er es von jeher verabscheute, eingeschnürt zu sein, und darum weitgeschnittene Kleidung trug, fiel die kleine Ausbuchtung nicht sonderlich auf. Wenn sie überhaupt bemerkt wird, dachte er und lächelte unwillkürlich, dann wahrscheinlich als Indiz für eine dicke Brieftasche.

Er zog das Gerät wieder hervor, löste die Spannung, steckte es erneut ein und verließ die Wohnung.

Er holte seinen Wagen aus der Tiefgarage, einen schon recht betagten Volvo, den er liebte und, wenn möglich, niemals abschaffen wollte, weil er davon überzeugt war, daß er ihm das Leben verdankte. In diesem Fahrzeug nämlich hatte er den Schlaganfall erlitten. Auf einer in beiden Richtungen sehr befahrenen Landstraße war, bei Tempo neunzig, der Stoß aus seinem Inneren erfolgt und hatte ihn von einer Sekunde zur anderen so hinfällig gemacht, daß er zu keiner Aktion mehr fähig gewesen war. Nur ein paar passive körperliche Reaktionen hatte es noch gegeben. Der rechte Fuß war vom Gaspedal gerutscht, die Hände hatten das Lenkrad losgelassen, der Kopf war auf die Brust gesunken. Dennoch war der Volvo weder nach links in den Gegenverkehr noch nach rechts, wo es abwärts ging, ausgeschert, sondern schnurgerade weitergefahren und schließlich ausgerollt. Andere Autofahrer hatten Erste Hilfe geleistet und die Ambulanz gerufen.

Mit diesem Wagen also fuhr er nun nach St. Pauli, stellte ihn in einer Seitenstraße der Reeperbahn ab, spannte, bevor er ausstieg, abermals die Falle und schob sie in die Jacke zurück.

Eine Weile durchstreifte er die belebteren Bezirke des Amüsierviertels, in dem, wie in den entsprechenden Zonen anderer Großstädte auch, der Handel mit dem Sex zum Industriezweig geworden war, ging dann über den Hans-Albers-Platz, dachte ein paar Schritte lang an den großen, blonden Mann, der zu den Filmattraktionen seiner jungen Jahre gehört hatte und bei dessen blauäugigem Blick er sich nie ganz klar gewesen war, ob der nun männlich-stählern war oder nur nordisch-verwaschen.

Eine Hure sprach ihn an, griff sogar nach ihm und leierte ihren Koberspruch herunter. Er schüttelte sie ab, ging weiter, geriet in eine schummerige, schmale Straße, die zum Hafen führte. Ein paar erleuchtete Fenster, vereinzelte Straßenlampen und, wie es schien, keine Menschenseele. Dann, ganz plötzlich, doch ein Mensch, nein, zwei sogar, offenbar Huren. Sie traten aus dem Schatten eines Hauseingangs hervor. Er fragte sich, ob die beiden wohl wegen mangelnder Reize die Konkurrenz in den turbulenten Zonen scheuen mußten, erkannte dann aber, daß sie jung und hübsch waren. Und spärlich bekleidet waren sie, trugen tief ausgeschnittene T-Shirts und ganz kurze, enge Röcke.

Sie hakten ihn ein, die eine von links, die andere von rechts, und dann ging es auch schon los.

»Na, Daddy«, sagte die Linke, »du möchtest doch bestimmt mal wieder ein Stück Fleisch verstecken! Wir würden ...«

»Bestimmt nicht«, unterbrach er sie und versuchte, sich aus der Umklammerung zu lösen.

»Sucht euch ...« Weiter kam er nicht. Eine dritte Person stand plötzlich vor ihm, und wie auf Kommando liefen die beiden Mädchen in den Hauseingang zurück.

Der junge Mann war, so schätzte er, noch keine zwanzig Jahre alt. Ein Kindergesicht. Doch was aus seinem Mund kam, klang ganz und gar nicht kindlich:

»Hallo, Nachbar! Auch wenn du schon ein Gruftie bist, willst du vermutlich noch 'ne Zeitlang leben. Darfst du auch, wenn du zahlst. Rück dein Geld raus, oder ich jage dir diese Aidsviren in den Hals!«

Jetzt erst sah Oldeboom die Spritze, die der Bursche ihm entgegenhielt, sah die rote Flüssigkeit in der Kanüle.

»Ja, guck's dir genau an! Das ist kein Himbeersaft, das ist Blut. Wir haben es einem ausgemergelten HIV-Typen abgezapft. Also los! Dein Geld, und dir passiert nichts!«

Hans Oldeboom stieg ein in seine Rolle, tat es mit Leidenschaft, ließ zunächst seine Hände so heftig flattern, daß es den Anschein hatte, er wäre nicht einmal in der Lage, die Brieftasche hervorzuholen. Und nicht nur bebten seine Hände, auch die Stimme tat es, als er nun sagte:

»Ja, sofort ... aber, bitte, verschonen Sie mich! Ich ... ich werde ... also, bitte nicht spritzen! Sie kriegen ... kriegen ... ja alles, was ich habe!« Er knöpfte – offenbar unter Mühen – seine Jacke auf, ließ das grauseidene Futter und mitten darin den Schlitz der Innentasche sichtbar werden. »Da ... da ... ist mein Geld!«

»So ist es brav, Alterchen! Kooperation zahlt sich aus und schützt vor ansteckenden Krankheiten.« Der Junge nahm die Spritze in die Linke, und dann griff die Rechte zu.

Das *Klack* kam nur gedämpft, denn die textilen Schutzwände schluckten einen Teil des Geräuschs. Doch die Schreie, die gleich darauf zu hören waren, klangen nicht gedämpft, nein, sie klangen infernalisch und nicht mehr nach einer menschlichen Stimme.

Die Mädchen kamen wieder hervor, erschrocken, entsetzt. Zwei, drei Fenster wurden geöffnet, und Menschen beugten sich heraus.

Oldeboom packte das Handgelenk des Verletzten, denn durch dessen heftigen Reflex hatte die Rattenfalle sich im Stoff verhakt. Er holte sie heraus, stellte fest, daß der Bügel vier Finger erfaßt hatte. Doch schon kurz darauf war das Metall nicht mehr zu sehen. Das herausschießende Blut hatte alle Konturen verwischt. Jählings verstummte das Geschrei, und der Junge fiel in sich zusammen, sank ohnmächtig auf den schmalen Bürgersteig. Die Mädchen beugten sich über ihn, waren fassungslos, starrten auf den blutigen Brei. Oldeboom überlegte, ob er die Falle wieder mitnehmen sollte, entschied sich dafür, beugte sich also ebenfalls hinunter, bettete die zerschmetterte Hand des noch immer reglos Daliegenden auf die Steine, hielt dann mit seiner Linken die Bodenplatte fest und hob mit seiner Rechten den Bügel an, zog die Falle von der Hand, ließ den Bügel langsam wieder herunter.

Er richtete sich auf und sagte zu den Mädchen: »Besser, er hat vier gebrochene Finger, als daß ich Aids kriege. Findet ihr das nicht auch?«

Sie blieben stumm, starrten nur zu ihm hoch. Es mochte ihnen klargeworden sein, daß mit diesem *Daddy* nicht zu spaßen war.

»Ruft schnell einen Arzt!« sagte er noch, und dann ging er, die Falle in der Hand, davon.

Nach ein paar Schritten hörte er, daß der Verletzte zu sich kam. Erst war es nur ein Wimmern, doch es schwoll an, mehr und mehr, bis wieder die furchtbaren Schreie durch die Nacht gellten. Er wandte sich kurz um, sah, daß eins der Mädchen die Aids-Spritze aufhob. Dann ging er weiter, verließ die kleine Straße, verließ den Bezirk, erreichte seinen Wagen, stieg ein und fuhr los.

In seiner Wohnung wusch er sich das Blut von den Händen, säuberte die Falle und anschließend den Anzug. Er stülpte die Innentasche um und wusch sie mit heißem Seifenwasser aus. Als der Anzug nicht mehr blutig, sondern nur naß war, hängte er ihn ins Badezimmer. Am nächsten Tag würde er ihn chemisch reinigen lassen.

Später, im Bett, fragte er sich dann doch, ob er nicht zu brutal vorgegangen war, kam aber zu einem klaren Nein. Der Kerl, dachte er, hat unmißverständlich von Aids gesprochen und die Spritze drohend ins Licht gehalten. Hätte ich etwa davon ausgehen sollen, daß sie in Wirklichkeit nur Tinte enthielt oder Fruchtsaft oder Katzenblut? Hätte ich nicht! Wenn einer mir skrupellos kommt, kenne auch ich keine Bedenken. So einfach ist das.

7

Der übernächste Tag. Hans Oldeboom hatte sich seine Zeitung und frische Brötchen besorgt und frühstückte auf dem Balkon.

Er überflog die erste Seite, blätterte um und stieß auf die Überschrift MYSTERIÖSER ANSCHLAG AUF EINEN JUGENDLICHEN. »Na also!« murmelte er und begann zu lesen. Da wurde berichtet von der kleinen stillen Straße und von friedlichen Bürgern, die am späten Sonntagabend auf dem Heimweg waren, einem Achtzehnjährigen, der am Hafen spazierengegangen war, und zwei jungen Frauen, die sich einen Kinofilm angesehen hatten. Ja, und von einem bösen alten Mann war die Rede, der wie ein Blitz aus heiterem Himmel auftauchte, den Jungen mit einer Pistole bedrohte, ihn zwang, sich auf dem Bürgersteig niederzuknien und die Hände auf die Steine zu legen. Danach habe der Alte einen Hammer gezückt und seinem Opfer mit einem einzigen brutalen Hieb vier Finger der rechten Hand zertrümmert. Die beiden Frauen hätten das grausame Geschehen genau verfolgen können, denn sie seien nur wenige Schritte entfernt gewesen, und außerdem habe das Ganze im Lichtschein einer Straßenlaterne stattgefunden.

Und dann hieß es, wörtlich, weiter: »Die Polizei hegt allerdings Zweifel an der Darstellung des Opfers wie auch an der Aussage der beiden Zeuginnen, da alle drei sich nach der ambulanten Behandlung des Verletzten im hiesigen Hafenkrankenhaus nicht haben ausweisen können und, wie sich später herausgestellt hat, falsche Anschriften und, so wird jedenfalls vermutet, falsche Namen angegeben haben. Da es sich jedoch um einen Fall schwerer Körperverletzung handelt, bittet die Polizei um Hinweise aus der Bevölkerung …«

Es folgten die Angaben über Tatort und Tatzeit, wobei hinzugefügt wurde, daß auch diese möglicherweise unrichtig seien und somit jeder zur Meldung aufgerufen sei, der über eine wie oben geschilderte Verletzung, wo und wann sie auch erfolgt sein mochte, Auskunft geben könne.

Ein Achtzehnjähriger! dachte Oldeboom, einer, der grad erst raus ist aus den Kinderschuhen. Als ich achtzehn war, herrschte Krieg, und da war kein Raum für unsinnige Gewalt. Doch sofort korrigierte er sich: Nein, so darf man's nicht sehen! Der Krieg selbst war Unsinn und Gewalt in schlimmstem Ausmaß, und man kann sich ja wohl nicht einen neuen Krieg wünschen, nur damit die Jugend wieder ins Lot kommt. Aber, verdammt noch mal, irgendwie muß sie doch zur Räson gebracht werden! Demokratie ist eine gute Sache, solange sie nicht die Spielregeln außer Kraft setzt, nach denen wir miteinander leben. Ich jedenfalls hab' da meine ganz eigene Meinung: Wer aus der Reihe schert, wer sein Gegenüber mit Aidsviren bedroht, ist so zu behandeln, daß er's kein zweites Mal macht ...

Er legte die Zeitung beiseite, beendete das Frühstück, überzeugte sich davon, daß die Wohnungstür abgeschlossen war, und holte die abgehefteten Zeitungsartikel der letzten Wochen hervor, suchte nach etwas Bestimmtem, fand es schnell, las, las lange, denn über den Fall, um den es hier ging, war von fast allen Blättern berichtet worden. Die Regenbogenpresse war mal wieder vorgeprescht mit Überschriften wie AIDS IM LIFT! DEMNÄCHST AUCH IN DER U-BAHN UND IM KINO? Die großen Zeitungen brachten es seriöser.

David Ostermann also, dachte er, als er zu Ende gelesen und die Mappe wieder in den Schrank gelegt hatte. Er nahm sich das Telefonbuch vor, fand die Nummer, wählte.

Eine Frauenstimme.

»Mein Name ist Oldeboom«, sagte er, »könnte ich bitte Herrn Ostermann sprechen?«

»Er ist im Moment leider nicht da. Soll ich ihm etwas ausrichten?«

»Nein, danke! Ich müßte schon persönlich mit ihm reden. Wann wäre das denn möglich?«

»Ich weiß es nicht, aber versuchen Sie es doch mal mit seiner Privatnummer!«

Er bekam sie, bedankte sich, drückte auf die Gabel, wählte erneut.

»Ostermann.«

»Guten Tag, Herr Ostermann. Mein Name ist Oldeboom. Wir kennen uns nicht, und doch könnte es sein, daß uns ein gemeinsames Interesse verbindet. Ich bin vorgestern von einem jungen Mann attackiert worden. Er bedrohte mich mit einer Aids-Spritze, wollte an mein Geld.«

»Hat er zugestochen?«

»Nein, dazu kam es Gott sei Dank nicht.«

»Sie haben ihm also Ihr Geld gegeben?«

»Nein, ich hab' mich zur Wehr gesetzt, wie Ihre Frau es auch getan hat, nur nahm die Sache bei mir einen günstigeren Verlauf. Was mit Ihrer Frau geschehen ist, hat mich, als ich davon gelesen hab', sehr erschüttert. Mich überkam ... ja, wie soll ich es nennen? Also, mich überkam ein starkes Solidaritätsgefühl, und ich hatte plötzlich den Wunsch, gemeinsam Front zu machen gegen dieses Pack. Gibt es in Ihrem Fall eine Spur?«

»Leider nicht. Die Polizei tritt, wie mir scheint, auf der Stelle. Neulich hat sie mir zwei Typen vorgeführt, von denen sie annahm, es seien die beiden Fahrstuhltäter. Aber sie waren es nicht. Herr Oldeboom, ich würde mich gern mal mit Ihnen treffen. Ist es Ihnen lieber, daß ich Sie besuche, oder wollen Sie zu mir kommen?«

»Wissen Sie, ich bin nicht mehr der Jüngste, wohne in einem Seniorenheim, in dem jeder jeden mit Luchsaugen beobachtet. Sobald ein neues Gesicht auftaucht, geht das Geschnatter los, und deshalb wäre es mir sehr recht, wenn ich zu Ihnen kommen dürfte.«

»Soll ich Sie mit dem Wagen abholen?«

»Danke, aber ich fahre noch selbst. Sagen Sie mir nur die Adresse, bitte!«

Oldeboom notierte sich die Straße und die Hausnummer. »Ist das nicht in Duvenstedt?« fragte er.

»Ja. Von mir aus könnten wir uns schon heute abend sehen. Ich habe nichts vor.«

»Ich auch nicht.«

»Paßt es Ihnen um acht?«

»Ja.«

»Sehr gut. Eine Frage bitte noch! Ihr Täter, war er groß?«

»Eher mittelgroß.«

»Und die Haarfarbe?«

»Dunkel.«

»Nicht grün?«

»Nein, nein! Er sah sogar ganz manierlich aus. Aber wer weiß, vielleicht steckt er mit den Kaufhaustätern unter einer Decke. Ich halte es für möglich, daß ich ihn wiederfinde, sofern er sich nicht davongemacht hat. Er hat nämlich ein besonderes Kennzeichen, ein Stigma sozusagen.«

»Etwa ein gespaltenes Ohr?«

»Nein, nichts am Kopf. Er hat es sich bei dem Überfall auf mich zugezogen.«

Seit dem Unglück las David Ostermann den täglichen Polizeibericht in der Zeitung mit großer Aufmerksamkeit, und so fragte er jetzt:

»An der rechten Hand?«

»Wir sprechen darüber, wenn ich bei Ihnen bin. Bis heute abend also!«

»Ja, bis heute abend.«

Das Mittagessen nahm Oldeboom im Speisesaal ein, und zwar an dem Tisch, an dem auch Mathilde saß, die Maus.

»Ich hab' über unser Vorhaben nachgedacht«, sagte sie zu ihm, ohne die Stimme zu senken, und dann genoß sie es sichtlich, daß die Tischnachbarn die Ohren spitzten, als im Verlauf der Mahlzeit von Ein- und Verkaufspreisen die Rede war, von geräucherten und ungeräucherten Würstchen, von solchen im zarten Saitling und von Kieler Knackern. Und von Finanzierungsmodellen.

»Es müssen aber nicht unbedingt Würstchen sein«, meinte er schließlich. »Wir könnten auch ganz was anderes machen, zum Beispiel einen Verein gründen, der es übernimmt, ältere Menschen in Selbstverteidigung zu schulen.«

Damit nun traf er bei der Maus ins Schwarze. Sie war sofort Feuer und Flamme, und wenn ihr vorher, deutlich spürbar, der Schalk im Nacken gesessen hatte, ging sie auf diesen neuen Vorschlag mit allem Ernst ein, griff sogar über den Tisch hinweg nach seiner Hand.

»Ja, das wär' was!« sagte sie. »Das sollten wir tun!«

8

David Ostermann bat seinen Gast, Platz zu nehmen, schenkte Bier ein. Der eine hatte dem Rauchen abschwören wollen, dem anderen war es vom Arzt verboten worden, und doch qualmten sie drauflos, beide mit der Rechtfertigung, die sie zwar nicht aussprachen, aber im Kopf hatten: Das Ungewöhnliche setzt derlei Beschlüsse und Anordnungen außer Kraft, und diese Begegnung ist ungewöhnlich.

»Als ich heute morgen am Telephon sagte«, begann Oldeboom, »daß mein Täter ein besonderes Merkmal hat, wollten Sie wissen, ob es an seiner rechten Hand ist. Wie kamen Sie darauf?«

»Ich lese die Zeitung«, antwortete David Ostermann, und ohne eine Erwiderung abzuwarten, fuhr er fort: »Aber Pistole und Hammer? Mit Ihnen glaube ich zwar einen entschlossenen und tatkräftigen Mann vor mir zu haben, aber doch keinen, der junge Leute überfällt und sie dann so übel zurichtet.«

Oldeboom lächelte. »Es war natürlich ganz anders«, sagte er. »Aber weil der Bursche und die beiden Mädchen nicht mit der Wahrheit herausrücken konnten, ohne sich selbst zu belasten, andererseits die verletzte Hand sofort behandelt werden mußte, tischten sie das Märchen von dem bösen alten Mann auf. Ich werde Ihnen den wirklichen Verlauf schildern und baue darauf, daß Sie nicht gleich zum Kadi rennen.«

»Aber nein!«

Oldeboom griff in die linke Innentasche seiner Jacke, und im nächsten Augenblick lag die Rattenfalle auf dem Tisch. Er spannte die Feder, und dann sagte er, indem er sich an die Brust klopfte: »Das Ding hatte ich hier in der Tasche, als ich angegriffen wurde. Der Kerl bedrohte mich mit einer Aids-Spritze. Ganz deutlich sah ich die rote Flüssigkeit und kann mir also ausmalen, was in Ihrer Frau vorgegangen ist, zumal sie ja, im Gegensatz zu mir, völlig unvorbereitet war.« Er sah sich im Zimmer um, entdeckte eine Schachtel mit Kamin-Streichhölzern, stand auf, nahm sie vom Sims und fragte: »Darf ich?«

»Klar.«

Er holte eins der etwa zwölf Zentimeter langen Hölzer heraus, drückte den Schwefelkopf auf den Auslöser der Falle. Mit einem lauten *Klack* schlug sie zu, zerbrach den kleinen Stab.

»So ungefähr«, sagte er, »erging es dem jungen Mann, als er mir in die Tasche griff, um an mein Geld zu kommen.«

David Ostermann war beeindruckt. Unwillkürlich umfaßte er mit der Linken die Finger seiner Rechten.

»Donnerwetter!« entfuhr es ihm. »Das war drastisch!«

»Ja, aber was hat so eine Hand denn auch in meiner Tasche verloren!«

»Wie sind Sie bloß auf die Idee gekommen? Bei meiner Frau war die Gegenwehr ein Reflex; sie handelte aus dem Instinkt, während Ihre Reaktion offenbar von langer Hand vorbereitet wurde. Das Ding da«, David Ostermann zeigte auf die Rattenfalle, »ist sorgfältig ausgetüftelt worden. Das kriegt man nicht beim Kaufmann an der Ecke, jedenfalls nicht so, wie es jetzt ist. Sie haben, scheint mir, die Auseinandersetzung geradezu gesucht.«

Oldeboom legte das durchschlagene Streichholz auf den Tisch, steckte die Falle wieder ein, nahm einen Schluck Bier, nickte. »Nicht gezielt mit einem Aids-Attentäter, sondern ganz allgemein mit den Schlägern, die hier herumlaufen.« Nach einer kleinen Pause fügte er hinzu: »Aber auch das geschah natürlich nicht aus einer Laune heraus.« Er erzählte von Frau Höxter, deren Weg ins Konzert ein so böses Ende gefunden hatte, beschrieb den Anschlag auf sie bis in die kleinsten Einzelheiten. Der Bericht über den Vorfall in der Unterführung, wo er seinem Gegner sozusagen die Sporen gegeben hatte, schloß sich an, und danach sprach er über die Arbeit an seinem Archiv.

Wieder war David Ostermann beeindruckt, doch obwohl er seit Hannas Tod oft genug eigene Rachepläne geschmiedet hatte, fragte er, und fast klang es wie ein Vorwurf:

»Ist es also Rache?«

Oldeboom schüttelte den Kopf. »Ich will etwas anderes«, sagte er, »will dazu beitragen, daß diese rüden Burschen endlich zur Vernunft gebracht werden. Das Fatale ist ja, daß ihnen so vieles durchgeht. Das macht ihnen Mut, und damit wächst nicht nur die Anzahl ihrer Untaten, sondern sie werden bei ihren Übergriffen auch immer dreister. Verdammt, die müssen endlich den Wind von vorn kriegen! Klar, ein einzelner kann da nicht viel ausrichten, aber wenn Sie mitmachen, sind wir schon zwei. Ich möchte, daß die Anschläge immer häufiger mißglücken, damit die Kerle eines Tages davon ausgehen müssen, daß ihre Raubüberfälle zu riskant geworden sind. Ich vermute, die Insider, die Typen der Szene, die Schläger also, wissen längst, was in Wirklichkeit mit dem Achtzehnjährigen passiert ist, und darauf kommt es mir an. Bevor da wieder einer rabiat wird, soll er sich wenigstens überlegen, ob es ihn die rechte Hand kosten könnte. Das wär' doch schon was. Ihre Pannen sollen sich wiederholen, und sie sollen sich herumsprechen.«

»Sie meinen, wenn der Staat die Bremse nicht zieht, müssen die Bürger es tun?«

»So ungefähr, ja. Der Gesetzgeber ist lasch, um nicht zu sagen, feige, und die Richter sind es auch. Sie haben Angst, harte Strafen zu verhängen, geben sich daher milde. Aber Milde in diesem Bereich ist Schwäche, und Schwäche vergrößert das Problem. Kürzlich wurde gegen ein paar Jugendliche verhandelt, die Brandsätze in ein Ausländerheim geworfen haben. Die Staatsanwaltschaft hatte es richtig formuliert: Mordversuch. Die Urteilsfinder gingen dann aber einen anderen Weg, wählten Vokabeln wie Brandstiftung und Landfriedensbruch und ließen den Mordversuch nicht gelten, obwohl es einer war. Wer ein bewohntes Haus anzündet, geht doch nicht davon aus, daß alles in dem Haus verbrennt, nur nicht die Menschen, die darin schlafen. Also, die Richter scheuten sich, die Dinge beim rechten Namen zu nennen. Sie wählten andere Namen, und weil es die falschen waren, wurden es auch die falschen Strafen, die man zum Teil sogar zur Bewährung aussetzte. Für mich ist das unfaßlich. Da versuchen Jugendliche, andere Menschen zu ermorden, und das Gericht hebt warnend den Finger: Diesmal wollen wir's noch durchgehen lassen, aber tut so was bitte nicht noch mal! Man kann sich gut vorstellen, was nach solchen Urteilssprüchen los ist. Die Burschen jubeln, und die noch nicht straffällig Gewordenen sagen sich: Einmal hat's die Mutter erlaubt! Na, und die Opfer? Die Menschen, denen das Haus überm Kopf angezündet wurde und die sich durch puren Zufall haben retten können? Muß es denen nicht wie blanker Hohn vorkommen, daß die Täter, die ausgezogen waren, sie zu ermorden, sich nun, nach einer so furchtbaren Tat, erstmal bewähren dürfen?«

David Ostermann warf ein: »Es waren Jugendliche, und da kam eben das Jugendstrafrecht zum Zuge.« Aber eigentlich brachte er den Einwand nur, um ihn von seinem rigorosen Gast widerlegen zu lassen.

Von dem kam denn auch die Antwort:

»Zumindest die Achtzehn- und Neunzehnjährigen sind doch keine Jugendlichen mehr! In anderen gesellschaftlichen Bereichen zählen sie ja auch als vollwertige Staatsbürger. Sie dürfen wählen, also mitentscheiden, wie dieses Land regiert werden soll. Oder braucht man, um da mitmischen zu dürfen, nicht unbedingt vollwertig zu sein? Weiter: Sie leisten Militärdienst. Braucht man auch dafür nicht vollwertig zu sein? Wenn ein Achtzehnjähriger bei der Regierungsbildung und bei der Landesverteidigung als vollwertiges Mitglied der Gesellschaft zählt, kann man ihn doch nicht, was seine privaten Entscheidungen angeht, als Kind einstufen und sagen, er habe noch nicht die nötige Reife, um die möglichen Folgen seines Tuns richtig einschätzen zu können. Übertragen Sie das mal auf die Wahl! Die logische Folge daraus wäre, daß die von diesen jungen Leuten abgegebenen Stimmen eigentlich für ungültig erklärt werden müßten.«

»Das stimmt alles«, erwiderte David Ostermann, »aber mir geht es weniger um politisch motivierte Verbrechen als um die Straßenkriminalität, denn der ist meine Frau zum Opfer gefallen.«

»Ich glaube, der Unterschied ist nicht sehr groß. Nehmen wir mal die Grünhaarigen! Unter denen gibt es bestimmt viele, die nicht von vornherein auf das Geld anderer aus sind, sondern die nur ihr Spiel spielen wollen. Macht- und Mutproben oder auch Terror um des Terrors willen, damit überhaupt irgendwas los ist. Ich glaube, daß der eigentliche Nährboden für ihre Untaten die Langeweile ist. Sie wissen nicht, was sie mit sich anfangen sollen, haben, wenn sie morgens aufwachen, kein vernünftiges Ziel vor Augen, müssen aber doch irgendwohin mit ihrer überschüssigen Kraft, und weil sie obendrein noch beschränkt sind, geht der ganze Drang in die falsche Richtung. Ich bin sicher, auch unter den jugendlichen Anhängern der Rechtsradikalen sind viele, die sich langweilen und nur den dumpfen Trieb verspüren, irgendwas anzustellen. Ja, und dann kommt, als verhängnisvoller Beschleuniger, der Alkohol hinzu. Da gibt es zum Beispiel den Fall des albanischen Gastarbeiters Sadri Berisha! Der Mann mußte sterben, weil ein paar Idioten, die zuviel getrunken hatten, durch das Anhören von Hitler-Reden in einen diffusen Aktionismus geraten waren. Die politische Tat, die zu begehen sie dann loszogen, lautete *Polacken klatschen*. Ihr Ziel in dieser Nacht war ein Asylbewerberheim, aber auf dem Weg dorthin lag eine Arbeiterunterkunft, und weil die offen war, gingen sie – es waren vier – hinein. Sie kamen über den Flur an ein verschlossenes Zimmer. Der Anführer zertrümmerte die Tür, und dann droschen die Kerle auf die beiden aus dem Schlaf gerissenen Männer, Sadri Berisha und seinen Arbeitskollegen, ein. Einfach so. Dem Albaner wurde der Schädel eingeschlagen. Er starb. Sein Kollege überlebte schwerverletzt. Solche Täter sollen politische Ziele haben? Für mich ist das, was sie gemacht haben, brutaler Mord und sonst nichts, ähnlich wie bei dem sechzehnjährigen Frankfurter Schüler, den man umgebracht hat. Der Junge wurde von ein paar wüsten Typen angehalten, und da hieß es: ›Zwanzig Mark her, sonst gibt's was auf die Fresse!‹ Er rückte das Geld sofort heraus. Trotzdem jagte ihm einer der Angreifer, ein arbeitsloser Achtzehnjähriger, das Messer in den Hals. Daß er zahlte, hat ihm also nicht genützt. Die wollten mehr, die wollten Blut fließen sehen. Ich weiß nicht, was die Richter mit ihnen gemacht haben, aber von vielen anderen Fällen her kennt man ja deren Hätschelpraxis. Da wird dann erstmal, um den armen, irregeleiteten Angeklagten möglichst zu entlasten, alles in die Waagschale geworfen, was ihn psychisch deformiert haben könnte: das desolate Elternhaus und der Liebesentzug natürlich als Basisentschuldigung; dazu unsere knallharte Leistungsgesellschaft, na, man kennt das ja. Und am Schluß der Alkohol, der dann womöglich noch für Unzurechnungsfähigkeit sorgt. Ist es nicht zum Kotzen, wie da nach mildernden Umständen gesucht wird, nur damit der Mann seiner gerechten Strafe entgeht? Manchmal denke ich tatsächlich, unser Rechtsstaat ist vor lauter Rechte-Sicherung seiner Kriminellen überhaupt nicht mehr funktionsfähig. Aber ich schätze, jetzt sind Sie dran. Ich rede mich bei diesem Thema viel zu sehr in Rage, und weil Reden überhaupt nichts bringt, will ich was tun. Darum …«, Oldeboom klopfte sich noch einmal an die Brust, »diese Rattenfalle.«

»Sie dürfen mir glauben«, sagte David Ostermann, »ich bin auf Ihrer Seite. Wenn ich die Burschen, die meine Frau auf dem Gewissen haben, zu fassen kriege, werd' ich bestimmt nicht lange fragen, ob sie in der Kindheit unter Liebesentzug zu leiden hatten.«

»Was haben Sie denn bisher unternommen, um sie zu finden?«

»Eigentlich nichts. Ich fahr' durch die Stadt und guck' mir die Leute an, aber das Problem ist: Ich habe keinen Punkt, an dem ich ansetzen könnte. Die lächerlichen grünen Haare werden längst umgefärbt sein.«

»Jetzt gibt es einen Punkt. Ein Aids-Attentäter aus dieser Stadt ist stigmatisiert. Er läuft mit einem Kainsmal herum. Die Verletzung an seiner Hand ist so schwer, daß er in der nächsten Zeit nicht ohne ärztliche Hilfe auskommen wird, und darum sollten wir uns mal im Hafenkrankenhaus umsehen. Aber das müßten Sie machen! Mich würde man vielleicht für den bösen alten Mann halten, der dem Jungen so übel mitgespielt hat und dessen Gewissen sich nun meldet. Vielleicht treten Sie als Pressefotograf auf, der die Hintergründe recherchiert, oder als ein Verwandter.«

»Okay, das Hafenkrankenhaus. Das kenne ich, hab' da vor einem Jahr eine Fotoreportage gemacht.«

»Sehr gut. Ich nehme nicht an, daß es viele sind, die hier bei uns mit einer Aids-Spritze herumlaufen. Vielleicht ein Dutzend, vielleicht eine Handvoll. Und diese … diese Spezialisten werden sich untereinander kennen, vielleicht sogar von Zeit zu Zeit Erfahrungen austauschen. Sollte es uns gelingen, meinen Täter aufzuspüren, werden wir ihn observieren und dabei möglicherweise auf Ihre Grünen stoßen.«

»Ja, das könnte der Weg sein.«

»Die zwei Mädchen waren übrigens Prostituierte, und das Ganze spielte sich in einer kleinen Straße beim Hans-Albers-Platz ab. Man müßte sich im Rotlicht-Bezirk umhören. Vielleicht sind sie da bekannt. Diese Aufgabe könnte ich übernehmen, denn das wäre ja, im Gegensatz zum Krankenhaus, keine offizielle Anlaufstelle. Außerdem kann ich die beiden gut beschreiben.«

»Und Sie meinen tatsächlich, die Nutten da plaudern einfach drauflos?«

»So ohne weiteres sicher nicht, wohl aber gegen Bezahlung, gute Bezahlung. Geld spielt bei unseren Recherchen keine Rolle; ich hab' mehr, als ich brauche. Natürlich besteht auch die Möglichkeit, daß die Mädchen gar keine Prostituierten sind, sondern sich nur als solche ausgegeben haben, um mich auf meinem Weg zu stoppen und abzulenken, damit der Aids-Mann mich aus dem Hinterhalt taxieren konnte. Also, Herr Ostermann, ich bring's noch einmal auf den Punkt: Wollen Sie, daß wir ein Team bilden?«

»Ja, und das ohne Wenn und Aber.«

»Dann gehen wir jetzt an die Arbeit.« Oldeboom zog sein Notizbuch aus der Tasche, schlug es auf. »Machen wir erst mal einen Zeitplan, legen wir fest, wer von uns beiden was wann und wo unternimmt. Und wie wir Kontakt halten!«

9

Sie hausten noch immer auf der Lukrezia. An diesem Abend war Lothar allein an Bord. Er pflegte seine Wunden, indem er die Rechte von Zeit zu Zeit in den Kühlschrank hielt, was zwar kurzfristige Linderung brachte, aber zur Heilung sicher nicht beitrug.

Die dickverpackte Hand glich der Pranke eines Polarbären. Wie es jetzt unter der Mullbinde aussah, wußte er nicht. Er hielt es für besser, den fachmännisch angelegten Verband unangetastet zu lassen. Längst hätte er zur Nachuntersuchung im Hafenkrankenhaus erscheinen müssen, aber nach Lage der Dinge war das zu gefährlich. Er durfte auch zu keinem anderen Arzt gehen, denn der würde ebenfalls, sofern er die Zeitung gelesen hatte, nach dem ersten Blick auf die ungewöhnliche Verletzung die Polizei informieren.

Entgegen den Zeitungsberichten waren nur zwei der vier betroffenen Finger gebrochen, weil die Hand schräg in die Falle geraten war, so daß der zuschnappende Bügel Zeige- und Mittelfinger weiter oben und die beiden anderen im unteren Bereich erwischte, wo die Knochen stärker waren und dem Schlag widerstanden hatten. Doch gerade die Quetschwunden verursachten besonders starke Schmerzen.

Als erstes hatte man im Krankenhaus die Blutung gestillt, was nicht einfach gewesen war, weil der Metallbügel mit seiner ganzen, von der gespannten Feder erzeugten Wucht die Gefäße zertrümmert und wahre Fontänen in Gang gesetzt hatte. Anschließend war geröntgt worden. Danach wurden die gebrochenen Finger geschient, und das war in wenigen Minuten erledigt, da Fertigschienen in allen möglichen Größen zur Verfügung standen. Zuletzt wurde die Hand mit einer Blutegelsalbe eingerieben und dann dick verbunden. Er bekam eine Injektion. Die Schwester gab ihm aber noch vier in Folie eingeschweißte Tabletten, erklärte dazu, sie enthielten die gleiche schmerzlindernde Substanz wie die Spritze, die er gerade bekommen habe. Natürlich war ihm klar gewesen, daß es einen zweiten Besuch im Krankenhaus nicht geben würde, und so hatte er sie angefleht, sie möge ihm noch mehr Tabletten überlassen, denn er müsse für einige Tage verreisen, könne also frühestens in einer halben Woche wiederkommen. Daraufhin hatte sie vier weitere herausgerückt.

Er hatte noch zwei Tabletten übrig. Eine lag im Wandschrank der Kajüte, die zweite hatten die anderen mitgenommen, denn sie wollten versuchen, das Medikament, das seine Schmerzen jedesmal für ein paar Stunden erträglich machte, auf dem Kiez zu besorgen. Monika kannte dort einen Dealer namens Axel, der neben Haschisch und Kokain auch pharmazeutische Produkte in seinem Sortiment führte, vor allem Aufputschmittel und Psychopharmaka, aber eben auch Schmerzmittel.

Nun – es war Dienstagabend – wartete er auf die Rückkehr seiner Kumpane, die ihm den Nachschub bringen würden.

Geld hatten sie sich inzwischen beschafft. Nach der mißglückten Attacke auf den Alten hatte Ferdi gemeint, ihre Aids-Touren stünden offenbar unter einem schlechten Stern; erst das Malheur im Fahrstuhl und dann der so schmählich ausgegangene Überfall in der kleinen Straße. So dürfe es nicht weitergehen. Deshalb waren sie zum Taschendiebstahl nach Standardmuster zurückgekehrt. Eins der Mädchen sprach ältere Frauen an und fragte sie nach dem Weg, während Ferdi oder Herbert, die für Sekunden abgelenkte Aufmerksamkeit der Opfer nutzend, ihnen die Handtaschen entriß und in der Menge verschwand. Fast gleichzeitig verschwand dann auch das Mädchen. Auf diese Weise hatten die vier – er selbst war ja sozusagen krank geschrieben – in den letzten Tagen neunhundert Mark erbeutet.

Die Schmerzen wurden stärker, steigerten sich bald zu höllischer Qual. Also hockte er sich wieder einmal vor den Kühlschrank, riß ihn auf und steckte die Hand hinein, wußte aber, daß die lindernden Kältewogen den Wundbereich erst nach zwei, drei Minuten erfassen würden. Auch diesmal benutzte er das separate Eisfach, in dem sich schon dicke weiße Ablagerungen gebildet hatten.

Ein Glück, dachte er, daß wir das Ding behalten haben!

Am ersten Abend, nach Rückkehr aus dem Krankenhaus, hatte er in seiner Wut die anderen bedrängt, sie müßten sofort losziehen und nach dem Kerl suchen, hatte gesagt, der halte sich bestimmt noch in der Gegend auf, um neue Opfer auszuspähen. Doch sie hatten gemeint, nach den drei Stunden, die inzwischen vergangen seien, habe der längst das Revier gewechselt. »Okay«, hatte er sie daraufhin angeschrien, »wenn ihr mich hängenlaßt, mach' ich's eben selbst, sobald ich wieder in Ordnung bin, und wenn ich dafür tage- und nächtelang unterwegs sein muß! Irgendwann finde ich ihn, und dann soll er mir büßen für diese Schweinerei!«

Wieso mußten Monika und Lotti sich gerade diese Straße aussuchen? fragte er sich zum x-tenmal und schob den Arm noch tiefer ins Eisfach hinein. Ich hatte eine andere vorgeschlagen. Wieso mußten sie sich auf elf Uhr versteifen? Ich hatte für später plädiert, für irgendwann nach Mitternacht. Und schließlich: Wieso mußten sie aus der nicht gerade kleinen Anzahl geiler Bökke, die da nachts herumstreunen, ausgerechnet dieses Monster rauspicken? Allerdings, gestand er sich ein, war dem Alten die Gefährlichkeit nicht anzumerken, und so hätte ich mich wohl auch für ihn entschieden. Aber dann bleibt eben der andere Vorwurf, und der ist nicht zu entkräften: Es war die falsche Straße, und es war die falsche Zeit, und darum wurde es der falsche Mann. Und überhaupt! Für mich steht allmählich fest, daß ich in einem ganz beschissenen Team stecke. Die vier sind einfach Schrott. Nicht nur, daß es bei ihnen fast immer bloß ums Kleingeld geht, sie haben ganz generell keine glückliche Hand. Wenn ich an die Dicke im Lift denke, krieg' ich sofort graue Haare. Jagt der bekloppte Ferdi ihr doch glatt die Nadel in den Hals, obwohl wir abgemacht hatten, niemals wirklich zuzustechen. Und ein paar Stunden später bringt die sich in ihrer Panik um! Das war zwar nicht mehr sein Bier, aber wer ihm böse will, kann da durchaus auf einem gewissen Zusammenhang rumreiten und ihn zum Mörder oder mindestens zum Totschläger stempeln. Es ist ein Team im Pech, und so was geht mir auf den Geist. Ich werde mich, sobald ich wieder okay bin, nach was Neuem umsehen!

Er zog die Hand aus dem Eisfach, schloß den Kühlschrank, stand auf, machte ein paar Schritte und warf sich dann auf die Koje. Da die Schmerzen etwas nachgelassen hatten, gelang es ihm einzuschlafen.

Monika und Herbert kamen gegen zwei Uhr, weckten ihn. Monika schüttete eine Handvoll Tabletten auf den Kajütentisch. Zwei Dutzend mochten es sein.

»Oh, habt ihr's gekriegt?«

»Das gleiche ist es nicht«, antwortete sie, »aber was Ähnliches. Axel sagt, es wirkt fast genausogut.«

Lothar nahm sich eine der Tabletten, beäugte sie skeptisch. »Das sind womöglich Placebos«, sagte er.

»Pla … was?« fragte Herbert.

»Mein Gott, Placebos! Attrappen für eingebildete Kranke, mit Mehl oder Traubenzucker drin.« Er warf die Tablette auf den Tisch zurück. »Die kommen mir irgendwie mickrig vor, sind ja nicht mal eingeschweißt. Aber auch wenn sie was gegen Schmerzen enthalten, wer garantiert mir, daß sie nicht längst verfallen sind? Vielleicht hat euer Macker sie schon seit zehn Jahren im Koffer.«

»Wir haben getan, was wir konnten«, erklärte Monika aufgebracht, »und von dir kommt nichts als Meckern!«

»Schon gut«, versuchte er, sie zu beruhigen. »Nur, ich trau' den Dingern nicht.« Erneut nahm er eine Tablette auf. »Die sehen merkwürdig aus, und es steht ja auch gar nichts drauf! Hat Axel gesagt, wie sie heißen?«

»Nein«, antwortete Monika.

»Probier doch einfach mal!« riet Herbert.

»Okay.« Lothar schluckte die Tablette. »Und wo ist meine Original-Pille?«

Monika kramte sie aus ihrer Jackentasche, gab sie ihm. Die Folie war entfernt worden.

»Seid ihr denn noch zu retten? Die muß doch

ihre Schutzhülle behalten, sonst verflüchtigen sich die Wirkstoffe.«

»Aber Axel wollte sie sich genau ansehen«, sagte Monika.

»Scheiße!« Lothar legte die Pille zu der anderen in den Schrank, und dann zeigte er hinüber zum Tisch: »Die da wirken bestimmt nicht.«

»Warte erstmal ab!« herrschte Herbert ihn an. »Hast sie ja kaum zwei Minuten drin.«

»Was habt ihr für die Dinger bezahlt?«

»Einen Lübecker«, sagte Monika.

»Was? Nur fünfzig Mark? Zwei pro Stück? Und das auf dem Kiez? Dann können sie wirklich nichts taugen.«

»Wir haben getan, was wir konnten«, erklärte Monika ein zweites Mal. »Oder hast du gedacht, wir riskieren sonstwas und steigen deinetwegen in 'ne Apotheke ein?«

»Komm«, sagte Herbert zu ihr, »wir zischen ab!« Und dann wandte er sich an Lothar: »Bist ganz schön undankbar!«

Monika, die schon auf der Treppe stand, fragte dann aber doch noch: »Wie geht's denn überhaupt deiner Hand?«

»Beschissen. Falls ihr zufällig einen Medizinmann trefft, der seinen Job nicht so eng sieht, schickt ihn her! Mein Verband müßte längst erneuert werden. Kann auch ein Student sein, der was davon versteht.«

»Ja, machen wir«, sagte sie, »wenn uns so einer über'n Weg läuft.«

Die beiden gingen, und Lothar legte sich wieder auf die Koje.

Zehn Minuten später mußte er sich übergeben und hatte zu seiner schmerzenden Hand nun auch noch Magenkrämpfe. Er spuckte sich die Seele aus dem Leib, fegte danach mit der kranken Hand die vielen weißen Tabletten von der Tischkante in seine Linke und warf sie durch das offenstehende Bullauge ins Wasser. »Wenn ich«, fluchte er laut, »diesen Axel erwische, drück' ich ihm die Nase nach innen!« Und was dann folgte, sprach er nicht mehr aus, dachte es nur: Die vier sind wirklich das Letzte! Lassen sich von so einem dreckigen Dealer aufs Kreuz legen. Ein paar Tage, dann seile ich mich ab. Im Moment brauch' ich sie noch, weil sie Proviant besorgen und ich hier schlafen kann.

Durch den Ärger kam sein Kreislauf in Gang, und die Schmerzen in der Hand wurden wieder stärker. Wütend holte er sich die vorletzte Tablette, schluckte sie mit Bier.

10

Nun sollte es doch noch, nur um drei Tage verspätet, zum Besuch von Tochter und Enkel kommen. Clara hatte überraschend angerufen und ihn gefragt, ob es ihm recht sei, wenn sie um sechzehn Uhr einträfen. Natürlich hatte er sich einverstanden erklärt, und so saß er jetzt – es war zehn Minuten vor der verabredeten Zeit – im Foyer, weniger denn je aufgelegt zu gemeinsamen Ausflügen in die Umgebung.

Sie waren pünktlich, kamen um genau sechzehn Uhr durch die Drehtür herein. Er begrüßte beide mit einer Umarmung und einem Kuß auf die Wange. Das recht unhanseatische Ritual stand im Widerspruch zu den früheren Gepflogenheiten innerhalb der Familie Oldeboom, doch die Schwiegerkinder, lebhafteren Umgang gewohnt, hatten es eingeführt, und er war, um nicht als steif oder gar gefühllos zu gelten, darauf eingegangen.

»Wohin fahren wir denn diesmal?« fragte er seine Tochter.

»Nirgendwohin«, antwortete sie. »Das Beste ist, wir gehen zu dir. Da können wir ungestört reden.«

»Das klingt nach Problemen. Gibt es welche?«

»Eins, aber es wird hoffentlich zu lösen sein.«

Sie nahmen den Lift, waren wenig später in der Wohnung, packten den Kuchen aus, den Clara mitgebracht hatte, kochten Kaffee und setzten sich an den flachen Tisch im Wohnzimmer.

Clara sah, wie immer, großartig aus. Zur sportlichen schwarzen Hose trug sie eine weiße Seidenbluse mit Schalkragen. Sie ähnelte ihrem Vater, hatte dessen graublaue Augen und auch seinen schmalen Gesichtsschnitt, der vielleicht eine gewisse Einbuße an fraulicher Wirkung zur Folge gehabt hätte, wenn da nicht das prachtvolle kupferrote Haar gewesen wäre, ein nun wahrlich feminines Attribut. Sie hatte schöne, gepflegte Hände, die sie mit eleganten Bewegungen einsetzte, sobald sie ihren Worten Nachdruck geben wollte.

Holger war ein schlaksiger und im Auftreten etwas unbeholfener Junge, bot aber mit seinen Jeans in verwaschenem Blau, mit dem pinkfarbenen T-Shirt und den weißen Sportschuhen einen im großen und ganzen manierlichen Anblick. In seinen Gesichtszügen nach oldeboomschen Merkmalen zu suchen, wäre ein vergebliches Bemühen gewesen, so sehr war er nach seinem Vater, dem Kaffee- und Tee-Importeur Robert Tiedgen, geraten. Er hatte dunkles Haar, das er schulterlang trug, und dunkelbraune Augen, die allerdings den wachen Blick aufgeschlossener junger Menschen vermissen ließen; eher wirkten sie angespannt. Hans Oldeboom kannte die Ursache. Sein Enkel war stark kurzsichtig und hatte sich vor einigen Wochen von der Brille auf Kontaktlinsen umgestellt. Wenn es nach ihm selbst gegangen wäre, hätte er weiterhin die Brille benutzt, doch die Eltern hatten auf Verwendung der so diskreten Sehhilfe bestanden, hatten als Grund dafür bessere berufliche Chancen angeführt, was der Junge jedoch für baren Unsinn hielt.

Oldeboom fragte ihn ohne Umschweife:

»Sie piesacken dich also noch immer?«

»Meinst du meine Eltern?« fragte Holger zurück.

»Nein, nein, ich meine die Kontaktlinsen. Mir scheint, sie stören dich doch sehr.«

»Kann man wohl sagen! Ich renne herum mit Reibeisen in den Augen. Was das bedeutet, kann sich keiner vorstellen, der's nicht selbst ausprobiert hat.« Bei den letzten Worten traf ein kritischer Blick seine Mutter, die sich dann auch angesprochen fühlte und erwiderte:

»Das ist alles nur eine Frage der Willensstärke.«

»Mag ja sein«, sagte Holger, »aber für mich kommt es darauf an, wofür man Willensstärke aufbringt, ob für etwas wirklich Lohnendes oder für etwas Überflüssiges. Wenn ich zwei Möglichkeiten habe, meine Kurzsichtigkeit zu korrigieren, eine schmerzlose und eine, die verdammt unangenehm ist, dann dürfte ja wohl auf der Hand liegen, welche ich vorziehe. Und nun …«, diesmal war es ein grimmiger Blick, mit dem er die Mutter bedachte, »komm mir nicht wieder mit Wolli Menke!«

»Was ist mit Wolli Menke?« fragte Oldeboom. Die Menkes, soviel wußte er, waren Nachbarn der Familie seiner Tochter, und ihm war ebenfalls bekannt, daß es da einen Sohn Wolfgang gab, Wolli genannt, der etwas älter war als Holger und vor ein paar Monaten seinen Dienst bei der Bundeswehr beendet hatte.

»Der ist«, antwortete Clara, »kürzlich in die Staaten gegangen. Hotelfach. Eine der großen, weltweiten Ketten. Bei seiner Bewerbung hatte er ein Paßbild geschickt, auf dem er ohne Brille zu sehen war. Aber als er dann in Oklahoma ankam, trug er sie, und da sagte der Personalchef als erstes: ›Junger Mann, ab morgen haben Sie Kontaktlinsen! Ist besser fürs Geschäft.‹«

»Das grenzt an Diskriminierung«, warf Holger ein.

»Na und?« konterte die Mutter. »Der Personalchef sitzt nun mal am längeren Hebel, und wenn er in der Rezeption keine Brillenschlange haben will, könnte Wolli noch soviel dagegen einwenden, letzten Endes müßte er gehen. Und genau das meinen dein Vater und ich mit den besseren beruflichen Chancen. Im Geschäftsleben zählt nicht, was der Bewerber denkt oder fühlt, sondern was der Chef von ihm verlangt. Klar, niemand wird einem Brillenträger die Postbeamten- oder die Lehrerlaufbahn streitig machen, aber in der freien Wirtschaft – nicht umsonst nennt sie sich frei – können die Verantwortlichen die Kriterien, nach denen sie ihre Leute aussuchen, selbst bestimmen. Das ist nun mal so.«

»Und?« fragte Oldeboom. »Ist Wolli zurückgekommen, oder hat er sich auf Kontaktlinsen umgestellt?«

»Natürlich trägt er jetzt die Linsen«, antwortete Clara, »und kommt damit, wie seine Mutter mir erzählte, fabelhaft zurecht. Er schwimmt sogar mit den Dingern im Pool, und es kann passieren, daß er vor dem Schlafengehen vergißt, sie herauszunehmen.«

»Dann ist er eben weniger schmerzempfindlich als ich«, sagte Holger, »jedenfalls was die Augen angeht.«

Es war für Oldeboom nicht leicht, in dieser Angelegenheit Stellung zu beziehen. Auf der einen Seite wollte er die elterliche Autorität nicht untergraben, auf der anderen gab er dem Jungen recht. Eine Norm ließ sich für Schmerzen nicht aufstellen, und darum sollte es auch keine Vergleiche geben. Was also tun? Der Mutter oder dem Sohn beipflichten? Er flüchtete sich in eine dritte Version:

»Wißt ihr, daß man neuerdings Kurzsichtigkeit mit Hilfe des sogenannten Excimer-Lasers beheben kann?«

Beide verneinten, und so erklärte er:

»Wirklich, diese Operation gibt's. Eine meiner

Mitbewohnerinnen, sie ist fünfundsechzig Jahre alt, hat sich die Kurzsichtigkeit buchstäblich weghobeln lassen.«

»Weghobeln? Wie denn das?« Clara sah ihren Vater skeptisch an.

»Na ja, das hab' ich vielleicht zu drastisch formuliert. Korrekt wäre: Mit Hilfe des Lasers wird so viel Hornhautgewebe abgetragen, daß das Bild in Zukunft an der richtigen Stelle entsteht. Bei Kurzsichtigen formt es sich ja, weil das Auge zu lang ist, nicht auf, sondern vor der Netzhaut, und dadurch wird es unscharf.«

»Und die Frau kann jetzt normal sehen?« fragte Holger.

»Völlig normal. Nur zum Lesen braucht sie, wie fast jeder ältere Mensch, noch eine Brille.«

»Das ist ja abenteuerlich!«

Doch Clara fragte: »Und was ist mit irgendwelchen Spätfolgen? Wenn die Operation ganz neu ist, kann man darüber ja noch gar nichts wissen.«

»Da hast du allerdings recht. Die Methode ist etwa zehn Jahre alt. Sie kommt aus den USA. Spätfolgen sind bis jetzt nicht bekannt.«

»Nun gut.« Claras schöne Hände gerieten in Bewegung; sie hielt sie hoch, die Handflächen nach oben, als könnte von dort der Segen kommen – oder eben das Unheil. »Zehn Jahre. Doch was ist nach zwanzig, nach dreißig? Eine Fünfundsechzigjährige mag diese Ungewißheit in Kauf nehmen, sagt sich vielleicht: Was in fünfundzwanzig Jahren mit meinen Augen sein könnte, interessiert mich nicht, denn das bekäme ich ja ohnehin nicht mehr mit. Aber ein junger Mensch?« Sie zeigte auf ihren Sohn. »Er zum Beispiel ist achtzehn, und für ihn wäre es durchaus von Bedeutung, was nach fünfundzwanzig Jahren als Folge einer solchen Operation auftreten könnte.«

»Natürlich.« Oldeboom nickte ihr zu. »Ich meine auch nur, daß ihr diese Möglichkeit später, wenn man mehr darüber weiß, vielleicht mal erwägen solltet.« Ihm fiel auf, daß der Junge den Kuchen noch gar nicht angerührt hatte.

»Iß doch!« sagte er.

»Ich kann nicht kauen mit brennenden Augen, hab' auch keinen Appetit.«

»Was meint denn dein Augenarzt?«

»Er gibt zu«, antwortete Holger, »daß es Menschen gibt, die die Dinger einfach nicht vertragen. Ja, ich gehör' eben dazu, und deshalb fliegen sie auch erst mal raus.« Er holte ein kleines weißes Etui aus der Hosentasche, das aus zwei miteinander verbundenen, etwa groschengroßen Behältern bestand. Er klappte sie auf und griff sich dann ans rechte Auge, nahm die Linse heraus, deponierte sie, griff danach an das andere Auge. Als beide Linsen in ihren Schalen lagen, machte er die Deckel zu, steckte das Etui ein und holte seine Brille hervor, setzte sie auf und stieß einen Seufzer der Erleichterung aus, so laut, als hätte man ihm mindestens die Weltkugel von den Schultern genommen.

»So, jetzt bin ich wieder ein normaler Mensch, und wir können endlich über unser Problem reden, über das eigentliche.«

Damit wäre das Thema Kontaktlinsen vom Tisch gewesen, doch Oldeboom hatte das Gefühl, einer klaren Stellungnahme ausgewichen zu sein, und so sagte er noch:

»Weißt du, Clara, was irgendein Boß in Oklahoma zu Wolli Menke gesagt hat, muß nicht unbedingt weltweite Gültigkeit haben. Ich glaube, so mancher Chef würde die Brille nicht anders beurteilen als den Schlips, den jemand trägt, oder den Haarschnitt, für den er sich entschieden hat. Da sollte man nicht gleich von geringeren beruflichen Chancen reden. Aber nun möchte ich endlich wissen, wo euch sonst noch der Schuh drückt!«

Clara lehnte sich zurück, schloß für ein paar Sekunden die Augen, was Holger, der die Geste theatralisch fand, mit einem Kopfschütteln quittierte.

Sie richtete sich wieder auf, sagte:

»Dein Enkel will die Schule schmeißen!«

Das nun empfand der Großvater als ein echtes Problem, und entsprechend reagierte er. Er sah den Jungen an, aber sein Blick verriet nicht etwa Ärger oder gar Zorn, sondern Besorgnis. »Ist das endgültig, oder kann man da noch was retten?« fragte er.

»Es ist endgültig«, lautete Holgers Antwort.

»Ja, wenn's nach dir ginge«, fuhr die Mutter

dazwischen, »aber das tut es Gott sei Dank nicht. Wäre ja auch noch schöner!« Und an ihren Vater gewandt, fuhr sie fort: »Er hat sich, ohne uns zu fragen, abgemeldet. Natürlich rief der Direktor uns sofort an, und wir machten die Sache rückgängig.«

»Könnt ihr gar nicht«, sagte Holger. »Es ist meine Schulzeit, um die es geht, mein Leben also, und da hat mir niemand reinzureden. Ich kann besser als jeder andere beurteilen, wo meine Fähigkeiten liegen. Im Büffeln stumpfsinniger lateinischer Zitate und mathematischer Formeln liegen sie nicht. Also muß ich die Konsequenz aus dieser Erkenntnis ziehen, und die lautet: Die Tischlerei entspricht am ehesten meiner Veranlagung, und deshalb fang' ich eine Tischlerlehre an.«

»Man höre diesen Grünschnabel!« Clara war sogar aufgestanden, begann hin und her zu gehen, redete weiter, gestikulierte dabei, als wäre das Zimmer eine Bühne. »Ich will mich nicht schon wieder aufregen, und im übrigen hatten wir ...«, sie sah ihren Sohn an, »vereinbart, alles ganz ruhig mit Großvater zu besprechen.«

»Ich spreche ja auch ganz ruhig, aber du redest mit Händen und Füßen.«

Sie setzte sich wieder, hatte wohl eingesehen, daß nicht ihr Junge, sondern sie selbst unbeherrscht war.

»Man weiß doch«, sagte sie dann, »wie vorschnell junge Menschen oft urteilen, aus irgendeiner Stimmung heraus, einem Tief vielleicht, und später bereuen sie die unbesonnene Entscheidung. Holger, wir wollen nichts anderes als dich vor deinen Irrtümern beschützen. Wir sind bereit, jeden Nachhilfeunterricht zu bezahlen, der nötig ist, würden dir sogar, wenn es nicht anders ginge, den Besuch einer Privatschule ermöglichen, aber kapituliere um Himmels willen nicht vor Latein und Mathematik! Denk an das, was wir dir schon hundertmal gesagt haben: ohne Durchhalten kein Abitur, ohne Abitur kein Studium, ohne Studium kein vernünftiger Beruf und ohne einen vernünftigen Beruf kein Leben, das dich zufriedenstellt!«

»Und genau da liegen *eure* Irrtümer«, erwiderte er. »Diese Kette hängt mir allmählich zum Hals heraus, weil sie nicht stimmt, und sie wird auch nicht stimmiger dadurch, daß ihr sie immer wieder runterleiert.«

»Wie sieht es denn, um mal konkret zu werden, mit deinem Zeugnis aus?« fragte Oldeboom.

Holgers Antwort kam spontan: »Finster, ausgesprochen finster, und folglich bin ich sitzengeblieben. Mathe Fünf, Latein Fünf, Physik Fünf, Chemie Vier, allerdings eine mit Hängen und Würgen.«

»Und Deutsch?«

»Drei. Geschichte auch.«

»Habt ihr noch Werkunterricht oder wie man das Fach heute nennt?«

»Künstlerisches Gestalten, ja, aber das hatte ich nicht belegt, weil meine Eltern dagegen waren. Sie meinten, dann kämen die ernsthaften Fächer zu kurz. Wirklich, den Ausdruck haben sie benutzt, denken also, das andere wäre nur Spielerei.«

»Ist es ja auch«, sagte die Mutter, »genau wie der Sport.«

Holger war anderer Meinung: »Ist es nicht. Sport und Werken sind ernsthafte Fächer, um dein Vokabular zu benutzen, und in beiden hatte ich immer gute Noten. Aber dann schobt ihr einen Riegel vor, und ich mußte mich für andere Wahlfächer entscheiden. Großvater, achte bitte auf diesen Widersinn! Etwas müssen, weil andere es so wollen, und sich entscheiden, das schließt sich ja wohl gegenseitig aus, denn wo sollte bei einem erzwungenen Schritt die eigene Entscheidung angesiedelt sein?«

»Wir haben für dich entschieden«, legte die Mutter klar, »weil wir nun mal den Überblick haben, den du noch nicht hast. Mein Gott, so machen andere Familien es doch auch! Nimm Peter, nimm Johannes, nimm Sabine! Die haben sich mit ihren Eltern hingesetzt, sind gemeinsam die Fächer und die Prüfungsordnung durchgegangen und haben sich am Ende auf eine bestimmte Kombination geeinigt. Warum geht das bei uns nicht? Warum nimmst du unsere Ratschläge nicht an?«

»Erstens, weil es keine Ratschläge sind, sondern Befehle, und zweitens, weil die nicht auf meine, sondern auf eure Vorstellungen zugeschnitten sind.«

»Holger«, mischte Oldeboom sich erneut ein, »wollen wir's nicht mit einem Kompromiß versuchen? Du wiederholst das Jahr, und da, wo es hapert, also in Latein und in den Naturwissenschaften, akzeptierst du das großzügige Angebot deiner Eltern, dir mit Privatunterricht auf die Sprünge zu helfen. Vielleicht ist schon nach wenigen Monaten alles im Lot. Man kann hier wirklich nicht sagen: Die Eltern haben recht und der Sohn unrecht oder umgekehrt. Für beide Standpunkte gibt es starke Argumente. Nur: Ist die Schule erstmal geschmissen, dann fällt es, wenn dieser Schritt sich eines Tages als Irrtum herausstellt, sehr viel schwerer, das Versäumte über Selbststudium, Fernkurs oder Abendschule nachzuholen. Gib dir ein Probejahr! Und sollte sich danach tatsächlich erwiesen haben, daß du in einer Tischlerei besser aufgehoben bist als im Gymnasium, dann werden dir deine Eltern ihren Segen für den neuen Weg bestimmt nicht verweigern.« Er sah seine Tochter an. »Oder irre ich mich da?«

»Nein, das tust du nicht. Wenn wirklich alle Möglichkeiten ausgeschöpft sind und es dann immer noch die Tischlerei sein muß, lassen wir mit uns reden.«

Doch von einem solchen Kompromiß hielt der Junge nichts. »Ihr produziert am laufenden

Band Denkfehler«, sagte er. »So ein Versuchsjahr setzt ihr an wie 'ne Probefahrt in einem neuen Auto. Die dauert allerdings nur zwanzig Minuten, vielleicht auch 'ne Stunde, und danach weiß ich, ob das Fahrzeug mein Ding ist oder nicht. Ein Probejahr aber hat dreihundertfünfundsechzig Tage, und wenn die herum sind, ist ein Jahr meines Lebens verstrichen. Warum soll ich das opfern, wenn ich doch schon vorher weiß, daß es nicht nur ein vertanes Jahr sein wird, sondern auch eins, das mich demoralisiert, weil meine ganze Kraft in was Sinnloses geht. Genausogut könnte ich mir befehlen, ein Jahr lang Steine zu schleppen, aber nicht dahin, wo sie gebraucht werden, das hätte ja einen Sinn, nein, immer nur hin und her, von einer Seite des Platzes auf die andere und am nächsten Tag wieder zurück. Ich will lieber ...«

»Es geht nicht danach, was du willst«, fuhr die Mutter ihm wieder dazwischen, »sondern danach, was für dein späteres Leben gut ist. Das Probejahr ist ein faires Angebot, und ich sag' dir noch mal, wir würden es uns was kosten lassen. Solltest du es ablehnen, müßtest du in Zukunft ohne uns zurechtkommen. Aber wie willst du dich dann ernähren? Wovon willst du deine Miete bezahlen, vorausgesetzt, du findest überhaupt eine Wohnung oder auch nur ein Zimmer?«

»Das ist Erpressung!« Nun war Holgers Stimme doch etwas lauter geworden.

»Ist es nicht. Ich weiß, was du jetzt sagen willst, hast es uns ja oft genug an den Kopf geworfen: Eltern sind ihren Kindern gegenüber unterhaltspflichtig. Das stimmt auch, aber man kann die Eltern nicht zwingen, irgendwelche Absurditäten ihrer Kinder zu finanzieren. Na ja, wir drehen uns nur noch im Kreis. Also, machst du das Probejahr oder nicht?«

Es dauerte eine Weile, bis Holgers Antwort kam:

»Ja, unter Protest. Hab' ja auch gar keine Wahl. Ihr droht, mir den Hahn zuzudrehen, wenn ich nicht spure, und da bleibt mir nichts anderes übrig, als gute Miene zum bösen Spiel zu machen.«

»Himmel noch mal«, herrschte Clara ihn an, »du kannst die Hilfe deiner Eltern nicht als böses Spiel bezeichnen!«

»Bitte, versteh mich doch! Ihr erzeugt einen Druck, der kaum noch zu ertragen ist, der mich fertigmacht. Wenn das kein böses Spiel ist! Ich möchte frei sein und ...«

»Du bist frei! Kannst noch heute das Haus verlassen, kannst gehen, wohin du willst. Niemand hält dich fest. Kannst tischlern, soviel du magst. Aber du kannst nicht erwarten, daß deine Eltern für ein solches Abenteuer aufkommen.«

»An dem Punkt waren wir schon«, sagte Holger, und seine Stimme klang nicht mehr nach Ärger oder Wut, sie klang nur noch traurig.

»Versuch's, Junge!« Oldeboom stand auf und legte ihm die Hand auf die Schulter. »Sobald du die schlechten Zensuren weggebracht hast, sieht alles anders aus.«

Sie schwiegen eine ganze Weile, und dann sagte Clara zu ihrem Vater: »Tut mir leid, nun haben wir dir diesen furchtbaren Streit vorgeführt, aber ich wollte so gern, daß Holger auch deinen Standpunkt kennenlernt.«

»Schon gut, Clara! Wie steht denn Hella zu den Schulproblemen ihres Bruders?«

»Ach, weißt du, eine Fünfzehnjährige ist wie ein schwankendes Rohr im Wind. Mal hält sie zu ihm, mal zu uns, wie es ihr gerade paßt.«

»Und ihre eigenen Leistungen?«

»Guter Durchschnitt.« Sie stand auf und begann, das Geschirr abzuräumen. »Wir müssen jetzt gehen, denn ich hab' noch einen Termin bei meiner Schneiderin.«

Auch Holger erhob sich. »Diese Augenoperation, Großvater, wo könnte ich mehr darüber erfahren? Gibt es vielleicht was Gedrucktes?«

»Ganz sicher. Ich werd' mich drum kümmern.«

»Hast du 'ne Ahnung, wie teuer die Operation ist?«

»Pro Auge etwa dreitausend Mark.«

»Und zahlen das die Krankenkassen?«

»Ich weiß es nicht, glaube aber, daß zumindest ein Teil der Kosten übernommen wird. Wenn du es eines Tages machen lassen willst und die Kasse nicht alles zahlt, übernehme ich die Differenz.«

»Du, das wäre super!«

»Was du aber auch wissen solltest: Es wird lokal anästhesiert, und sobald die Wirkung nachläßt, setzen für ein paar Stunden höllische Schmerzen ein.«

»Dann wird es daran scheitern«, sagte Clara, »denn unser Junge ist ja nun alles andere eher als ein tapferer Indianer.«

Wegen dieser Bemerkung hätte Oldeboom sie ohrfeigen können.

11

Das mit Tochter und Enkel geführte Gespräch ging ihm lange nach. Selbst am späten Abend beschäftigte es ihn noch.

Was, fragte er sich, ist falsch gelaufen, wenn ein begabter Junge, der früher immer gute Noten gehabt hat, derartig abfällt? Ich fürchte, das hat weniger mit einer durch die Schule hervorgerufenen Frustration zu tun als vielmehr mit einem tiefen Unbehagen am Elternhaus. Sie haben ihn allein gelassen, haben ihre beruflichen und ihre gesellschaftlichen Verpflichtungen für wichtiger gehalten als seine Fragen, und jetzt wundern sie sich, daß der ruck, zuck anberaumte Privatunterricht, den sie auch noch als Opfer hinstellen, den Jungen nicht ruck, zuck wieder ins Lot bringt. Ich werd' mich da in Zukunft einschalten, sofern sie es zulassen.

Doch vorerst hatte er etwas anderes im Sinn. Zusätzlich zum Sporn und zur Rattenfalle, die er beide mit Erfolg eingesetzt hatte, gab es ein weiteres Instrument, das ihm bei seinem Feldzug gegen den Terror der Straße dienlich sein könnte. Er war darauf gekommen, als seine Gedanken wieder einmal um die Firma kreisten.

Die Schiffsausrüstung Oldeboom & Sohn, die ihre Büroräume am Ballindamm in der Innenstadt hatte, deren Auslieferungslager und Fuhrpark sich jedoch in Hafennähe, nämlich in der Palmaille, befanden, hatte sich auf die Innenausstattung von Offiziers- und Mannschaftsunterkünften sowie von Messeräumen und Pantrys spezialisiert. Die große, schon Mitte der fünfziger Jahre errichtete Halle war ständig angefüllt mit Möbeln, Teppichen, Lampen aller Art, mit Fernseh- und Videogeräten, Schreibmaschinen und Computern, Hi-Fi-Türmen, mit Tellern, Tassen, Töpfen, Bestecken, Schreibgarnituren, aber auch mit Kleinmaterialien wie Schrauben, Nägeln, Türstoppern, Werkzeugen. Und da nun all die vielen Gegenstände nicht für den Gebrauch in Häusern, sondern auf Schiffen vorgesehen waren, gab es so manche Spezialanfertigung, die dem Umstand Rechnung trug, daß Wind und Wetter die auszustattenden Räume fast ständig in Bewegung hielten. Die Möbel zum Beispiel konnten im Fußboden verankert werden, das Küchengerät war durch besondere Halterungen gesichert, und die Tische hatten erhabene Kanten, damit Geschirr, Gläser und Flaschen bei Seegang nicht herunterfielen.

Manchmal enthielten die eingehenden Bestellungen Wünsche, die aus dem üblichen Lagerbestand nicht zu befriedigen waren, und an einen dieser Aufträge hatte er sich plötzlich erinnert. Der Kapitän eines südamerikanischen Seelenverkäufers hatte ihm sein Leid geklagt und erzählt, er habe es auf seinem Schiff oft mit renitenten, ja, sogar mit kriminellen Leuten zu tun, unter denen es ständig Streit gebe. Kurzum, der Mann wollte Handschellen, und davon gleich zehn Paar, damit er, wenn aus den täglichen Händeln mal ein richtiger Krieg werden sollte, die gefährlichsten Burschen außer Gefecht setzen konnte.

Diese Doppelringe, von Polizisten gern als *Acht* bezeichnet, schaffte die Firma dann auch in kürzester Zeit herbei; trotzdem nicht schnell genug, denn wegen Schmuggels waren der Auftraggeber und zwei seiner Offiziere, als die Bestellung eintraf, selbst mit jenem Armschmuck versehen worden. So saß man nun da mit dem Paket, das die zehn Paar enthielt, und seitdem – der Fall lag etwa fünf Jahre zurück – war der Wunsch nach Handschellen in keiner Bestell-Liste aufgetaucht. Sie mußten also noch irgendwo sein, wahrscheinlich in der *Rumpelkammer*, einem acht mal zehn Meter großen Abstellraum, in dem die Ladenhüter aufbewahrt wurden, zum Beispiel das halbe Dutzend Kuckucksuhren mit den zwar ganz niedlichen, aber für Zimmer mit schwankenden Wänden völlig ungeeigneten Gehäusen, deren lange Ketten mit den Gewichten daran sich schon bei mittlerem Seegang verheddern würden; und auch der Vogel geriete dann aus dem Gleichgewicht. Aber sollte man sie deswegen ausmustern? Doch wohl nicht! Vielleicht verfiel ja noch irgendein amerikanischer oder asiatischer Seemann auf die Idee, sie als exotische Souvenirs mitzunehmen. Sogar Gartengeräte, die von einer dänischen Firma versehentlich mitgeliefert worden waren und für die bisher noch niemand eine auf Schiffen in Betracht kommende Verwendungsmöglichkeit entdeckt hatte, lagerten dort.

Ja, dachte er jetzt, da sind bestimmt auch die Handschellen, und was sollte mich daran hindern, noch heute hinzufahren und sie mir zu holen? Immerhin hab' ich noch meine Schlüssel, und der Nachtwächter wird sich hüten, dem Seniorchef den Zutritt zu verweigern.

Es dauerte nur zehn Minuten, da saß er schon im Volvo, seinen kleinen Stadtkoffer neben sich auf dem Beifahrersitz, und fuhr in Richtung Altona.

Er stellte sich vor, wie er einen der vielen Straßenräuber, die Nacht für Nacht auf Beute ausgingen, mit den Handschellen an einen Laternenpfahl pflockte, so daß der Halunke den Ort seiner Untat nicht mehr verlassen konnte und regelrecht am Pranger stand, preisgegeben den neugierigen Blicken der Passanten. Das wär' doch was! sagte er sich. Und erst das Nachspiel! Irgendwann erscheint die Polizei, um ihn aus seiner mißlichen Lage zu befreien, aber auch das braucht seine Zeit, denn den Schlüssel habe nur ich. Also muß erstmal der Schlosser her …

Die Straßen waren ruhig, doch er zweifelte

nicht daran, daß gerade jetzt irgendwo in der Stadt ein Ganove in ein fremdes Haus einstieg, daß irgendwo eine Horde von Gesetzesbrechern sich einem älteren Passanten, Mann oder Frau, in den Weg stellte und Geld verlangte, so wie man eine Maut verlangt, und daß irgendwo der Mob, im Rudel oder als Einzeltäter, über eine Frau herfiel, um sie zu vergewaltigen. Und die Polizei? Sie war längst nicht mehr Herr der Lage, hatte viel zuwenig Befugnis und viel zuwenig Personal. Kein Wunder also, wenn manch einer zur Selbsthilfe griff!

Doch nicht nur in Deutschland, auch in anderen europäischen Ländern und vor allem in den USA gab es immer mehr Bürger, die sich privat zur Wehr setzten. Ein Beispiel dafür, von dem er kürzlich gelesen hatte, ging ihm nicht aus dem Kopf, ähnelte es doch seinem eigenen Vorgehen.

Dickleburgh, ein Nest in der südostenglischen Grafschaft Norfolk. Zur Einwohnerschaft gehörte ein Siebzehnjähriger, klein von Wuchs und auch geistig zurückgeblieben. Dreißigmal schon hatte die Polizei ihn wegen Einbruchs in Gewahrsam genommen, danach aber immer wieder laufenlassen, weil er strafunmündig war.

Die Dörfler sahen rot und lehnten es ab, die kriminellen Umtriebe ihres jungen Mitbürgers noch länger ertragen zu müssen. Vor allem zwei bis dahin ehrenwerte Dickleburgher Männer, fünfunddreißig Jahre alt der eine, neunundzwanzig der andere, nahmen sich vor, nun selbst in Aktion zu treten, um dem Treiben ein Ende zu bereiten. Und sie wollten es drastisch, exemplarisch, damit das Beispiel abschreckend wirkte. Sie kidnappten den Jungen und machten ihm Angst, drohten, ihn mit Benzin zu übergießen und anzuzünden. Doch natürlich beließen sie es bei der verbalen Einschüchterung.

Den Richtern jedoch gefiel es ganz und gar nicht, daß man zur Selbstjustiz übergegangen war. Sie verurteilten die beiden Entführer zu je fünf Jahren Gefängnis und begründeten das hohe Strafmaß damit, daß es potentiellen Nachahmern, die sie als Möchtegern-Sheriffs bezeichneten, zur Warnung dienen solle.

Doch bei diesem Urteil blieb es nicht. Ganz Dickleburgh empörte sich über den Richterspruch, und der Krämer und Postmeister des Ortes wurde dann aktiv. Er sammelte Unterschriften für eine Wiederaufnahme des Verfahrens und zog auch mehrere Abgeordnete auf seine Seite. Und er hatte Erfolg. Das erste Urteil wurde aufgehoben, und aus den fünf Jahren wurden sechs Monate.

Also auch anderswo, dachte Oldeboom, begehrt man auf.

Er erreichte die Palmaille, fuhr an das Pförtnerhäuschen heran, drehte das Fenster herunter. Und dann freute er sich darüber, daß es noch immer der alte Niels Hecker war, der da Wache hielt und nun herauskam.

»Ist was passiert?« fragte Hecker seinen ehemaligen Chef mit deutlichen Anzeichen der Erregung.

»Nein, nein, beruhigen Sie sich!« antwortete Oldeboom. »Ich geb' ja zu, es ist eine verrückte Zeit hierherzukommen, aber wir sitzen grad in fröhlicher Runde, und eine alte Freundin äußerte plötzlich den brennenden Wunsch nach einer Kuckucksuhr. ›Nichts leichter als das!‹ hab' ich da gesagt, und so steh' ich nun bei ihr im Wort.«

»Eine Kuckucksuhr? Aber so was haben ...«

»Doch, wir haben ein paar von den Dingern in der *Rumpelkammer*. Ich fahr' mal eben hin und schnapp' mir eine.«

»Soll ich suchen helfen?« fragte Hecker.

»Danke, nein. Ich weiß genau, wo sie liegen, und außerdem dürfen Sie Ihren Posten nicht verlassen.«

Er fuhr los, hielt wenig später vor einer Nebentür der Lagerhalle, stieg aus und schloß auf. Und dann ging er durch die schmalen, von unzähligen Regalen gebildeten Korridore. Er hatte die Deckenlampen eingeschaltet, wäre aber auch im Dunkeln ans Ziel gelangt, so sehr war jeder Meter seines Wegs ihm vertraut. Er öffnete den Raum, in dem die Ladenhüter verwahrt wurden, suchte das Bord ab, das sich an der Außenwand entlangzog, schob einzelne Gegenstände hin und her und hatte nach zwei, drei Minuten den Karton, um den es ihm ging, gefunden. Er riß ihn auf, hielt gleich darauf ein in durchsichtiges Plastik geschweißtes Paar Handschellen in die Höhe, entdeckte auch die beiden Schlüssel in der Hülle.

Er leerte den Karton, verstaute die zehn Paar in seinem Koffer und machte sich auf die Suche nach den Kuckucksuhren, fand auch sie. Jede einzelne lag in einem mit Schaumstoff ausgepolsterten Holzkasten, und die Ketten mit den schweren Gewichten waren ebenfalls darin. Er nahm sich einen der Kästen, legte ihn auf den Tisch, hatte nun alles, was er wollte, das zum Schein Ausgewählte wie auch das, worum es ihm in Wahrheit zu tun war. Doch er trat ein drittes Mal an die Regale.

Ihm war eingefallen, daß die Handschellen nur von Nutzen sein konnten, wenn der Gegner schon außer Gefecht gesetzt worden war. Als Kampfgerät waren sie unbrauchbar. Deshalb zog er nun einen flachen Karton, dessen Aufschrift er während der Suche nach den Uhren gelesen hatte, hervor und öffnete ihn. Da lagen, in samtene Halterungen eingeklemmt, vier Schreckschußpistolen. Er nahm zwei heraus, packte sie ein.

Den Koffer in der Linken und die Uhr unter den rechten Arm geklemmt, verließ er das Lager. Wieder an der Pförtnerloge angekommen, hob er den Kasten mit der Uhr kurz in die Höhe und sagte zu Niels Hecker:

»Ich hatte gedacht, sie paßt in meinen Koffer, aber sie ist zu groß.«

Er ließ sich den Block mit den Entnahmescheinen geben. Im Normalfall wurden derlei Formalitäten beim Lageristen geregelt, doch kam es auch vor, daß außerhalb der Geschäftszeit Ware hinausging, und daher gab es die entsprechenden Papiere auch beim Pförtner.

Er notierte: Kuckucksuhr, Stückzahl 1, ließ die Rubriken für Hersteller, Katalognummer und Preis unausgefüllt, vermerkte aber, daß er die Uhr für private Zwecke entnommen hatte, unterschrieb, reichte Hecker den Block aus dem Auto, winkte kurz und fuhr davon.

Hochzufrieden mit dem Ergebnis seines nächtlichen Ausflugs, machte er bei der ersten Gelegenheit halt, öffnete den Koffer und holte eine der Pistolen, die echten Waffen täuschend ähnlich waren, heraus, steckte sie in die rechte Jackentasche. Anschließend griff er nach einem Paar Handschellen, las auf der transparenten Verpackung: *Hand cuffs, stainless steel, with two keys*. Er riß die Hülle auf, zog die Ringe hervor, probierte ihren Schließmechanismus aus und steckte sie in die linke Jackentasche.

Er fuhr dann an die Alster, parkte etwa in der Mitte zwischen den Hotels Atlantic und Prehm, stieg aus, überquerte die Straße und setzte sich am Wasser auf eine Bank, zündete sich eine Zigarette an.

Ein Pärchen kam vorbei und gleich danach ein Radfahrer. Es war nicht vollkommen dunkel, weil der Mond am Himmel stand. Die Geräusche, die er vernahm, waren identifizierbar und harmlos: die Schläge der Kirchturmuhr von Sankt Petri, die er ein Leben lang in seinem Büro am Ballindamm gehört hatte; gedämpfter Verkehrslärm aus der Ferne und etwas lauter die Wagen, die hinter ihm die Uferstraße befuhren; das Schwappen des Wassers.

Es wäre töricht gewesen, damit zu rechnen, daß schon in dieser ersten Nacht ein Anwärter auf die stählerne Acht in seine Nähe käme, aber ganz ausgeschlossen war es wiederum auch nicht, denn er wußte, an eben diesem Alsterstück hatte es vor einiger Zeit einen Überfall auf eine Frau gegeben, und außerdem gehörte die Gegend, obwohl sie so friedlich wirkte, zum Umfeld von St. Georg, war mithin eine Zone, in die finstere Gestalten sich durchaus verirren konnten.

Und es kam auch jemand. Anfangs wirkte er wie ein Spaziergänger, der gedankenverloren am Wasser entlangging, doch beim Näherkommen wurde deutlich, daß er leicht schwankte und also vermutlich zuviel getrunken oder Drogen genommen hatte. Es schien ein Südländer zu sein, denn er war schmächtig und sein Haar sehr dunkel.

Wohl nichts für meine Ringe, dachte er; der wird vorbeigehen, ohne mich überhaupt wahrzunehmen. Doch da hatte er sich geirrt. Der andere steuerte plötzlich – er war noch etwa zehn Schritte entfernt – auf seine Bank zu. Wie in einem Reflex griff Oldeboom in die rechte Tasche, umfaßte die Schreckschußpistole.

Jetzt war die kleine Person herangekommen.

»Du!«

Die Stimme verriet ihm: Es war eine Frau, die da vor ihm stand.

Sie setzte noch einmal an mit ihrem »Du!« und fuhr dann dort: »Gibst du mir dreizehn Mark?« Und nach einer Pause fügte sie hinzu: »Ich zeig' dir auch alles.«

Schon der merkwürdige Betrag hatte ihn verblüfft, aber die frivole Offerte tat es noch mehr, und auf sie ging er dann auch als erstes ein:

»Die Sehenswürdigkeiten von Hamburg?«

Die Antwort war ein Kichern. Und dann:

»Nein, meine.«

»Das laß mal lieber.«

Er erkannte, daß sie noch sehr jung war, hatte auch längst seine Rechte wieder aus der Jackentasche gezogen.

»Aber ich brauch' die dreizehn Mark.«

»Und warum nicht fünfzehn oder zwanzig?«

»Weil die Fahrkarte nach Reinfeld dreizehn Mark kostet und ich dich nicht übers Ohr hauen will.«

Sie setzte sich neben ihn und begann, ihren Anorak aufzuknöpfen.

Noch einmal sagte er: »Laß das!« und dann fragte er: »Was willst du denn in Reinfeld?«

»Ich will nach Hause.«

»Wie lange warst du weg?«

»Sechs Wochen.«

»Du bist ganz blaß, und dein Haar ist unordentlich. Du läßt dich gehen. Eigentlich könntest du sehr hübsch aussehen. Nimmst du Drogen?«

»Nur Koks.«

»Nur? Das reicht, um deine Gesundheit zu ruinieren.«

»Und du? Sitzt da und qualmst wie ein Schlot. Hab' doch den roten Punkt gesehen! Ruinierst selbst deine Gesundheit. Also, laß mir meinen Trip, und ich lasse dir deinen Krebs.«

»Ich glaub', für eine Fahrkarte willst du das Geld gar nicht haben.«

»Doch! Ich muß mal wieder in die Badewanne und möchte auch endlich was Richtiges essen.«

»Hast du dich denn zwischendurch bei deinen Eltern gemeldet?«

»Na klar. Hab' telefoniert. Mehrmals sogar, und immer sagte meine Mutter: ›Komm nach Haus!‹«

»Und dein Vater?«

»Der sagt gar nichts mehr, weil er nämlich abgehauen ist. Schon vor zwei Jahren. Nach Australien, sagte er, aber ein paar Wochen später haben Bekannte ihn in Bremen getroffen. Es heißt, da hat er 'ne Freundin.«

Das alles mußte nicht stimmen. Dennoch tat das Mädchen ihm leid.

»Wie heißt du denn?«

»Margarete. Und du?«

»Hans«, antwortete er.

»Oh, Hänsel und Gretel. Das ist 'n Ding!«

Er lachte auf, zog seine Brieftasche heraus, entnahm ihr einen Fünfzigmarkschein und gab ihn dem Mädchen.

»Mensch, danke! Aber ich kann nicht rausgeben.«

»Brauchst du auch nicht. Iß erstmal was im Bahnhofsrestaurant, und dann kauf dir die Fahrkarte! Wann fährt denn dein Zug?«

»Um vier Minuten nach fünf. Der Frühzug nach Lübeck. Vorher fährt noch ein Expreß, aber der hält nicht in Reinfeld. Bist 'n dufter Kumpel.« Sie stand auf, klopfte ihm einmal leicht auf die Schulter und trottete in Richtung Hauptbahnhof davon.

Er war nicht mehr erpicht darauf, noch in dieser Nacht jemanden anzupflocken. Also stand auch er auf, ging zu seinem Auto, um zurückzufahren ins Ruhleben-Heim.

12

David Ostermann hatte sich entschlossen, seinen Fotoband EINE STADT GEHT SCHLAFEN nun doch herauszubringen. Zwei oder drei Bilder fehlten ihm noch, und die wollte er sich, es war Donnerstagabend, vom Bahnhof holen. Er hatte das Haus schon verlassen, um ins Auto zu steigen, da kam ihm die Idee, seinen neuen Partner an dem Vorhaben zu beteiligen. Fotografieren war schließlich keine beliebige Tätigkeit wie etwa das Spazierengehen, nein, Fotografieren war immer zuerst gezielte Wahrnehmung, und weil es in diesem Fall um ganz bestimmte, spätabendliche Eindrücke in ihrer Stadt ging, müßte das professionelle Hinsehen gerade ihn, den das nachts in den Straßen waltende Böse auf den Plan gerufen hatte, zum Mitwirken verlocken. Er lief zurück ins Haus, rief Hans Oldeboom an, der sich über die Einladung zu freuen schien.

Sie trafen sich um zweiundzwanzig Uhr auf dem Bahnhofsvorplatz, gingen zum Haupteingang, stießen dort auf eine Gruppe indianischer Musikanten, die Lieder aus ihrer Heimat spielten. Sie blieben für eine Weile stehen und lauschten, zusammen mit anderen Passanten, dem wehmütigen Flötenklang. Alles wirkte sehr friedlich.

Nur wenige Meter weiter hockten biertrinkende Gammler auf dem Boden. Einer von ihnen, ein blonder, rotgesichtiger, leicht aufgedunsener Mann von etwa dreißig Jahren, lag mehr, als daß er saß. Den Oberkörper schräg aufgerichtet, stützte er den Kopf in die linke Hand; in der rechten hielt er eine Bierdose. Auch er sah recht friedlich aus. Doch es dauerte nicht lange, da kam es zu einer widerlichen Szene. Der Mann setzte die Bierdose ab, fingerte am Hosenschlitz, holte seinen Penis hervor und urinierte. Im Liegen. Vor allen Leuten. Gerade als eine ältere, einfach gekleidete Frau vorbeikam, floß das Rinnsal über die Steine. Sie machte einen Sprung zurück, um ihre Schuhe vor dem Naß in Sicherheit zu bringen, trat dann aber von der Seite her an den Mann heran. »Du Schwein!« schrie sie und schlug ihm ihre Handtasche ins Gesicht. Der Mann wehrte sich nicht, lachte nur schallend, und dann nahm er, während sein Penis noch immer aus der Hose hing und der gelbe Strahl munter weiterplätscherte, die Bierdose wieder auf, führte sie zum Mund. Erst nachdem er getrunken hatte, sagte er zu der Aufgebrachten:

»Aber Oma, Recycling ist doch was Gutes!«

Die Frau wandte sich ab, setzte kopfschüttelnd ihren Weg fort. Die umsitzenden Gammler applaudierten dem Pinkler, der sein Glied nun wegsteckte und den Reißverschluß zuzog.

»Auch das«, sagte Oldeboom zu David Ostermann, »ist eine Form von Gewalt, ist Verrohung.«

»Ja, und mißverstandene Freiheit.«

Sie gingen in die Halle und mußten feststellen, daß sie fürs Fotografieren noch zu belebt war. So traten sie wieder ins Freie, suchten sich in der Kirchenallee ein kleines Restaurant aus, wo sie beide einen Espresso tranken.

Erst gegen halb zwölf kehrten sie zum Bahnhof zurück, und dort gab es dann für Oldeboom etwas zu lernen. David Ostermann hatte das Stativ an einer Seite der langgestreckten Halle aufgebaut. Die Linse erfaßte gleich mehrere Motive, die seinem Thema entsprachen: verschlossene Türen, auf den Steinplatten Menschen in Schlafsäcken und schließlich noch den Mann, der auf dem Sattel eines kleinen Traktors saß und mit rotierenden Besen durch den riesigen Raum fuhr, immer hin und her. Als David Ostermann auf den Auslöser drücken wollte, meinte Oldeboom:

»Gucken Sie mal da! Es ist sieben Minuten vor Mitternacht. Vielleicht kriegen Sie die Uhr mit drauf.«

David Ostermann richtete sich auf, sah Oldeboom an und sagte:

»Das wollte ich gerade nicht. Das wäre ja so ähnlich wie bei einem Spielfilm, bei dem plötzlich am unteren Leinwandrand der Hinweis *Drei Jahre später* erscheint. Darüber reg' ich mich jedesmal auf, weil es so platt und so simpel ist. Ein guter Regisseur macht das anders. Verstehen Sie? Bei meinen Fotos muß allein durch die Motive und durch die Stimmung deutlich werden, daß die Nacht hereinbricht. Wenn das mißlingt, kann auch die Uhr nichts retten, mal ganz abgesehen davon, daß sie nicht verrät, ob nun wirklich gleich *midnight* ist oder vielleicht nur *high noon*.«

»Ich Dummkopf!« Oldeboom machte wahrhaftig einen bekümmerten Eindruck, so daß David Ostermann ihn zu beschwichtigen versuchte, sogar für einen Moment seinen Arm nahm. »Aber nein!« sagte er. »Jeder tut das, was er gelernt hat. Ich fotografiere, und Sie rüsten Schiffe aus. Ich würde womöglich einem Seemann ein Fahrrad an Bord schicken.«

»Was unter Umständen ganz in Ordnung wäre«, lautete die Antwort. »Auf den großen Tankern macht so mancher Offizier seine Decksinspektion per Drahtesel. Bei Hin- und Rückweg mehrmals am Tag kommen da durchaus ein paar Kilometer zusammen.«

»Das leuchtet ein.«

David Ostermann trat wieder hinter sein Stativ und machte dann eine ganze Serie von Aufnahmen, mit jeweils geringfügigen Veränderungen der Position, der Tiefenschärfe oder des Lichts.

»So viele?« fragte Oldeboom.

»Ja, denn später, im Atelier, muß ich sortieren

können, und je reicher die Auswahl, desto größer die Chance, das Optimale herauszupicken. Hab' mal eine Fotoreportage über New Orleans gemacht, für ein Magazin. Die zwölf besten Bilder kamen ins Blatt. Ahnen Sie, von wie vielen?«

»Von hundert?«

»Von dreitausend.«

»Donnerwetter!«

»Das ist bei einem solchen Auftrag absolut üblich. Nach der ersten Selektion bleiben dreihundert übrig, dann dreißig, und von da an wird's ein schon fast schmerzlicher Vorgang, nämlich die buchstäbliche Qual der Wahl. Wenn die Fotos reden könnten, würde manch eines sagen: Wieso flieg' ich raus, bin doch mindestens so gut wie mein Nachbar!«

Sie bauten ab, waren aber noch nicht fertig. David Ostermann suchte nach einem Standort, von dem aus er zumindest den Ansatz zur Vogelperspektive hatte, um das runde Dutzend leerer Gleise von oben aufzunehmen. Er fand einen geeigneten Platz neben einer der zu den Bahnsteigen hinabführenden Treppen, baute sein Gerät wieder auf, und dann ging es von neuem los. Zwischendurch meinte er: »Leere Bahnsteige, geschlossene Kioske, keine Reisenden, kein Zug weit und breit – genau das wollte ich haben.«

Auf einer Anzeigetafel las Oldeboom: 5.04 Uhr nach Lübeck, und flüchtig dachte er an das

Mädchen Margarete, das um dreizehn Mark bat und ihm dafür alles zeigen wollte.

Erst um halb zwei verließen sie das Bahnhofsgebäude, gingen zu David Ostermanns Wagen, verstauten die Ausrüstung auf dem Rücksitz.

»Und jetzt?« fragte der Jüngere.

»Bummeln wir noch ein bißchen!«

»Einverstanden.«

Sie gingen die Kirchenallee entlang, bogen dann nach links ab und befanden sich wenige Minuten später in der Schmuddelzone von St. Georg mit ihren Pornoshops und Absteigen, mit Betrunkenen, Huren und Zuhältern. Hier schlief die Stadt noch nicht.

»Ein blasser, wenig einladender Abklatsch der Reeperbahn«, sagte David Ostermann, und Oldeboom stimmte ihm zu.

Sie erreichten den Hansaplatz, wo viele Ausländer in kleinen Gruppen beieinanderstanden.

»Da wird gedealt«, sagte David Ostermann.

»Schlimm!« meinte Oldeboom, und nach einer kleinen Pause fuhr er fort: »Ich bin auf keinen Fall für *Ausländer raus*! Aber ich bin für *Dealer raus*! Oder rein, nämlich ins Gefängnis. Und wenn es dann Ausländer sind, sollte man nicht nachsichtig mit ihnen verfahren, nur weil sie Ausländer sind.«

»Das finde ich auch.«

Sie überquerten den Platz, gelangten in eine stille Nebenstraße. Die beleuchteten Fenster der Mietshäuser konnte man an den Fingern einer

Hand abzählen. Endlose Ketten von geparkten Autos zogen sich an beiden Seiten hin.

»Diese Straßen«, sagte David Ostermann, »mit dem typischen Blechsaum links und rechts machen den Notstand unserer Städte deutlich. Die Mieter kann man stapeln, vier-, fünf-, sechsgeschossig, ihre Autos nicht. Als meine Frau und ich unser Haus noch nicht hatten, wohnten wir auch in einem solchen Altbau, hatten, weil wir beide im Beruf waren, jeder ein Auto. Abends kam dann schon stereotyp die Frage: Wo stehst du? Und nicht selten war die Antwort: Drei Straßen weiter.«

Plötzlich sahen sie auf der gegenüberliegenden Seite eine Gestalt an der Wagenreihe entlanghuschen.

Den geschmeidigen, beinahe katzenhaften Bewegungen nach zu urteilen, war es ein Jugendlicher, der sich da von Auto zu Auto schlich, an der Fahrertür kurz verhielt und dann weitereilte. David Ostermann zog Oldeboom in einen Hauseingang und flüsterte ihm zu:

»Wie es scheint, hat er uns noch nicht bemerkt, aber gleich ist er am Ende der Straße; er könnte dann die Seite wechseln und auf dem Rückweg hierherkommen.«

Und so geschah es auch. Die Gestalt überquerte die Straße und ging auf Gegenkurs, faßte an jede Wagentür. Als sie auf ihrer Höhe war, drückten sie sich noch tiefer in die Nische, waren mucksmäuschenstill. Im Licht der Straßenlampen konnten sie erkennen, daß es ein Junge von vielleicht fünfzehn, sechzehn Jahren war. Jetzt schlich er weiter, prüfte den nächsten Wagen, den übernächsten. Sie lugten um die Mauerecke und sahen, wie er einen Mercedes kontrollierte. Auch der schien verschlossen zu sein. Doch offenbar hatte der Junge die vielen fruchtlosen Versuche nun satt, denn er blieb, wo er war, holte irgend etwas aus der Hosentasche und machte sich damit an der Wagentür zu schaffen.

»Es ist das übliche«, flüsterte David Ostermann, »eine Drahtschlinge.«

Und dann staunten sie. Binnen weniger Sekunden zog der Junge die Tür auf, warf einen kurzen prüfenden Blick in die Runde und verschwand im Wageninnern.

»Schade«, sagte Oldeboom, »gleich braust er ab, und wir können nichts machen, uns höchstens die Nummer merken, aber die gibt der Besitzer ja sowieso bei der Polizei an.«

»Hab' eher den Eindruck, er will nur das Radio ausbauen«, antwortete David Ostermann.

»Dann könnten wir was machen.«

»Und was? Diese Burschen sind rabiat, haben meistens ein Messer bei sich, stechen brutal zu, und im nächsten Moment sind sie entwischt wie die Wiesel.«

»Sagen Sie ruhig: wie die Ratten.«

»Okay, wie die Ratten.«

»Das muß nicht sein.« Oldeboom zog eine der

beiden Schreckschußpistolen hervor, die er sich aus der Firma geholt hatte, hielt seinem Partner das mattglänzende Stück unter die Augen und steckte es wieder ein.

»Mein Gott, so weit wollen Sie gehen?«

»Nicht, was Sie denken. Es ist eine Attrappe, aber das weiß der Kerl ja nicht. Wir laufen jetzt hin, einer tritt an die linke, der andere an die rechte Tür, ich zeige ihm das Schießeisen, und dann haben wir ihn.«

»Könnte klappen. Und danach?«

Noch einmal griff Oldeboom in seine Jacke, diesmal in die andere Tasche, und holte ein Paar Handschellen hervor. »Damit machen wir ihn fest. Am Lenkrad. Und anschließend gehen wir nach Hause.«

Darauf hatte David Ostermann zunächst vor lauter Verblüffung keine Antwort, doch dann fragte er:

»Sind Sie womöglich gar kein Schiffsausrüster, sondern ein pensionierter Bulle, der von seinem Job nicht lassen kann?«

»Nein, nein, ich rüste tatsächlich ... oder vielmehr, ich rüstete Schiffe aus, unter anderem auch mit diesen hübschen Armreifen. Hab' sie mir aus dem Lager geholt.«

»Toll!«

»Also los! Sie von rechts, ich von links.«

»Okay.«

Sie schlichen sich aus dem Hauseingang, waren im Nu bei dem Wagen. Oldeboom riß die

Fahrertür auf, hielt dem Dieb die Pistole vors Gesicht und herrschte ihn an:

»Mach die andere Tür auf!«

Der Junge parierte sofort.

»Ich wollte nicht wegfahren«, sagte er, »wollte nur ...«

»... was ausbauen«, ergänzte David Ostermann, der seine Tür inzwischen ganz geöffnet hatte und auf das schon zur Hälfte ausgeschraubte Radio zeigte.

»Hier!« Hinter dem Rücken des Jungen gab Oldeboom David Ostermann die Waffe. »Halten Sie ihn damit in Schach!«

Der tat, wie ihm geheißen, drückte dem Überrumpelten die Pistole in die Seite, und so hatte Oldeboom keine Mühe, den Burschen mit den Handschellen ans Lenkrad zu ketten.

»Was ... was ... soll das?« Die Stimme überschlug sich fast. »Das können Sie doch nicht machen! Wer sind Sie überhaupt? Zeigen Sie mir Ihre Ausweise!«

»Wie alt bist du eigentlich?« fragte David Ostermann. »Müßtest du nicht längst im Bett liegen, um morgen frisch zu sein für die Schule?«

»Wie alt ich bin, geht Sie einen Scheißdreck an!«

»Auch gut.« David Ostermann schlug auf seiner Seite die Tür zu. Oldeboom folgte dem Beispiel, und dann gingen sie.

Eine kurze Zeit noch hörten sie den Jungen lamentieren, hören seine Fußtritte, kümmerten sich aber nicht darum. Als sie wieder in der Kirchenallee waren und an der Polizeiwache vorbeigingen, fragte David Ostermann:

»Sollten wir unseren Fang da melden?«

»Höchstens telefonisch; sonst würden wir womöglich selbst festgenommen werden.«

»Sie haben recht. Lassen wir den Burschen also schmoren! Wird ja 'ne aufregende Begegnung, wenn der Wagenbesitzer kommt und einsteigen will.«

Seine Worte waren kaum heraus, da hatten auch sie ihre Aufregung. Sie waren an seinem Auto angekommen, und ein kurzer Blick auf den Rücksitz hatte genügt, um festzustellen, daß die gesamte Fotoausrüstung verschwunden war.

»Verdammt!« David Ostermann trommelte mit beiden Fäusten aufs Dach.

»Was für eine Dreistigkeit!« sagte Oldeboom. »Keine hundert Schritte von der Polizei entfernt ...«, er zeigte hinüber zum Revier, vor dem die grünen Einsatzwagen standen, »knakken die Ganoven ein Auto!«

David Ostermann öffnete die linke Hintertür, suchte das Wageninnere ab, fand nichts.

»Zahlt das Ihre Versicherung?« fragte Oldeboom.

»Ich hoffe. Kann aber auch sein, daß sie mir Mitverschulden anlastet, denn es heißt ja immer, man soll keine Wertgegenstände im Auto lassen.«

»Herr Ostermann, ich hab' es von Anfang an gesagt: Geld spielt keine Rolle. Es war ja auch nicht Ihr, sondern mein Vorschlag, nach dem Fotografieren noch ein bißchen zu bummeln. Also, sollte die Versicherung Schwierigkeiten machen, übernehme ich den Schaden. Wieviel war die Ausrüstung denn wert?«

»Na, so an die fünftausend Mark.«

»Die tragen Sie auf gar keinen Fall. Ärgerlich ist nur, daß nun auch die Aufnahmen weg sind.«

Doch da lächelte David Ostermann und klopfte gegen seine Jackentasche. »Die Filme hab' ich hier. Das mach' ich immer so.«

»Dann ist das Ganze kein Beinbruch.«

»Gehen wir jetzt zur Polizei?«

»Ja, das machen wir. Aber ...«, Oldeboom wiegte den Kopf, »wer weiß, zu welchen Fragen sich so ein Protokoll aufnehmender Polizeimensch versteigt. Vielleicht will er wissen, wo Sie waren, während es passierte, und da ich als Zeuge mitkomme, müssen unsere Aussagen sich decken. Nur, die Wahrheit dürfen wir ihm ja wohl nicht erzählen.«

»Um Gottes willen, nein!«

»Wir haben nach der Arbeit noch einen Spaziergang an der Alster gemacht.«

»Gute Idee.«

Die Anzeige und das Protokoll brauchten dann viel Zeit, und als sie wieder draußen waren, sagte David Ostermann:

»Es ist zwar schon sehr spät, aber auf den Schock muß ich ein Bier trinken.«

»Ich bin dabei.«

Sie fanden an der Ecke Lange Reihe/Baumeisterstraße ein Lokal, das noch geöffnet hatte, setzten sich und ließen das Bier kommen.

»Eine verrückte Koinzidenz!« sagte David Ostermann. »Wir nageln einen Dieb fest, der ein Auto plündern will, und zur selben Zeit wird unser eigenes geplündert. Könnte mich geradezu nachdenklich stimmen.«

»Meinen Sie damit, daß es vielleicht ein Zeichen war? Womöglich des Inhalts: Leute, so geht es aber nicht!?«

»Fast erscheint es mir so.«

»Das sehe ich anders, nüchterner. Zum einen glaube ich nicht an übersinnliche Botschaften, zum anderen ist diese Koinzidenz für mich nichts anderes als ein weiterer Beweis für die steigende Anzahl von Eigentumsdelikten in unserer Stadt.«

David Ostermann nickte. »Ja, so wird es sein. Nichts Mysteriöses, kein Fingerzeig Gottes, statt dessen die simple Erkenntnis: Weil das kriminelle Netz mittlerweile so eng geknüpft ist, kann man durchaus innerhalb einer einzigen Stunde zweimal in ein Verbrechen verwickelt werden. Schade nur, daß wir statt des anderen nicht meinen Dieb erwischt haben. Dann wäre meine Ausrüstung jetzt nicht weg.«

»Wie besprochen, der Verlust ist kein Thema. Wann wird Ihr Buch denn fertig sein?«

»Wir sind kurz davor. Aus der heutigen Ausbeute nehme ich noch zwei, drei Aufnahmen dazu, und alles andere ist Handwerk und Organisation, betrifft mich nicht direkt.«

Sie schwiegen eine Weile, tranken von ihrem Bier. Es war David Ostermann, der dann zum eigentlichen, zu dem, was sie miteinander verband, zurückkehrte.

»Daß wir heute diesen kleinen Dieb gefangen haben«, sagte er, »ist gut, aber es verstellt mir nicht den Blick für die Hauptsache: die Mörder meiner Frau aufzuspüren. Und wenn da auch Rachegelüste mit im Spiel sind, kann ich das nicht ändern. Ich würde mich niemals damit abfinden, daß die ihr Leben womöglich fortsetzen, als wäre nichts geschehen. Wissen Sie, ich war schon vor dem Unglück nicht gefeit gegen Rachedurst, wenn mir einer quergekommen war, nur blieb es früher bei bloßen Gedankenspielen. Wahrscheinlich geht das vielen so, vor allem uns Männern, die wir ja in der Mehrzahl ziemliche Maulhelden sind. Ständig reden wir uns selbst und auch anderen ein, wie couragiert wir eingreifen würden, wenn dies und das passieren sollte. Hanna bezeichnete diese imaginären Auseinandersetzungen immer als Revenge-Filme, die in meinem Kopf ablaufen, und manchmal auch als Kohlhaas-Allüren oder als meinen Bronson-Tick, aber sie warf mir die Kindereien nicht vor; sie analysierte sie nur.«

»Es ist wahr«, antwortete Oldeboom, »viele Menschen neigen dazu, eingebildete Feldzüge zu führen, gegen Nachbarn, gegen Familienangehörige, gegen irgendwelche Bürokraten, mit denen sie zu tun haben. In Millionen Köpfen werden solche Schlachten geschlagen, und meistens laufen sie auf einen Sieg hinaus, auf ein glorioses Finale.«

»Genauso ist es«, erwiderte David Ostermann. »Vor ein paar Monaten hatte ich in New York zu tun, und einen der Abende verbrachte ich im Kino, sah mir den Film ›Falling down‹ an. Ich glaube, inzwischen läuft der auch bei uns. Darin gibt es eine Szene, die meinem eigenen fiktiven Racherepertoire entnommen sein könnte: Jemand will telefonieren, aber die Zelle ist besetzt. Er wartet, wird ungeduldig, weil es ihm zu lange dauert. Endlich kommt der andere raus, muß sich aber, da er so lange gesprochen hat, mit *Arschloch* titulieren lassen. Das war die Kriegserklärung. Und die Antwort darauf? Der also Titulierte öffnet seine Sporttasche, entnimmt ihr eine MP, legt an und feuert. Erst zertrümmert er mit ohrenbetäubendem Getöse den Telefonapparat, dann die ganze Zelle. Und in die danach eingetretene Stille sagt er, schon im Abgehen: ›Ich glaube, die ist außer Betrieb.‹«

»Irrsinnig«, antwortete Oldeboom, »aber in der Grundhaltung nachvollziehbar.«

»Und außerordentlich effektvoll. Erst die Rambo-Vorstellung und dann, ganz beiläufig, diese lapidare Feststellung. Als Zuschauer weiß man nicht, ob man lachen oder sich entsetzen soll. Ich glaube, mit Ihren Handschellen haben wir es auch ganz schön hingekriegt.«

Sie tranken ihr Bier aus und gingen.

13

Am nächsten Tag fuhr David Ostermann ins Hafenkrankenhaus, fragte in der Aufnahme nach Dr. Lepsky, dem Arzt, der ihn bei seiner Reportage im letzten Jahr fachmännisch begleitet hatte.

»Den gibt's hier nicht mehr«, sagte die Frau hinter dem Schreibtisch, die nicht gerade abweisend, aber doch sehr zurückhaltend wirkte, »der arbeitet jetzt in einer Klinik in Mombasa.«

»Schade! Wissen Sie, ich bin Pressefotograf, hab' vor einiger Zeit einen Bericht übers Hafenkrankenhaus gemacht, bei dem Dr. Lepsky mir geholfen hat. Ja, und nun hab' ich wieder ein paar Fragen. Vor fünf Tagen, in der Nacht von Sonntag auf Montag, wurde hier ein junger Mann, dessen rechte Hand schwerverletzt war, ambulant behandelt. Können Sie mir sagen, welcher Arzt ihn versorgt hat?«

»Nein, da fragen Sie mich zuviel.«

»Aber es war kein Unfall, sondern ein Verbrechen, und die Kriminalpolizei wurde eingeschaltet.«

»Was wollen Sie denn von dem Arzt wissen?«

»Nichts weiter als die Adresse des Patienten.«

»Dann versuchen Sie es doch lieber bei der Polizei!«

»Aber mich interessiert auch, welcherart die Verletzung war. Könnten Sie nicht die in Frage kommende Station anrufen? Vielleicht weiß man da Bescheid. Es gab auch zwei Zeuginnen des Überfalls, und sie waren es, die ihn hierherbrachten. Bitte, Sie würden mir einen großen Gefallen tun! Irgend jemand muß was wissen über diese Nacht.« Geradezu flehentlich sah er sie an, sagte noch einmal »Bitte«, und da griff sie endlich zum Telefonhörer, kehrte ihm aber während des Gesprächs den Rücken zu und redete so leise, daß er nichts mitbekam. Erst als sie aufgelegt hatte, wandte sie sich wieder um.

»Schwester Beate«, sagte sie, »wird gleich herunterkommen, aber versprechen Sie sich nicht allzuviel! Wir dürfen keine Auskünfte geben.«

»Haben Sie vielen Dank!« Er trat vom Tresen zurück, ging in der Vorhalle auf und ab, und wenige Minuten später war die Schwester da. Er stellte sich vor, sagte wieder, er sei von der Presse.

»Bei welcher Zeitung sind Sie denn?« fragte sie.

»Bei keiner bestimmten. Ich bin freier Fotograf und arbeite mal für diese, mal für jene. Diesmal geht es um den jungen Mann, der vor fünf Tagen hier verarztet wurde, nachdem irgendein Wahnsinniger ihm die rechte Hand zermalmt hatte. Es war die Nacht von Sonntag auf Montag.«

»Und was wollen Sie von ihm?«

»Ich möchte ein Interview mit ihm machen, das heißt, ein Kollege wird das machen; ich bin nur für die Fotos zuständig. Aber erstmal müssen wir in Erfahrung bringen, wo er wohnt.«

»Tut mir leid, wir kennen seine Adresse nicht. Es ging ziemlich hektisch zu, denn wir mußten ja sofort die Polizei einschalten. Die hat alles aufgenommen, auch die Personalien der beiden Mädchen, die den Verletzten zu uns gebracht haben.«

»Haben Sie ihn gesehen? Vielleicht sogar mit ihm gesprochen?«

Die Schwester zögerte einen Moment, doch dann antwortete sie. »Ich habe ihn verbunden und mit Medikamenten versorgt.«

»War er zur Nachbehandlung bei Ihnen?«

»Die übernimmt in solchen Fällen häufig der Hausarzt. So kann es auch hier gewesen sein, denn der Patient ist nicht wiedergekommen.«

»Eine letzte Frage: Wie sah er aus?«

»Ich hab' eigentlich nur seine Hand gesehen, und die bot einen furchtbaren Anblick.«

»Aber ob er blond oder schwarz …«

»Sie sind ganz schön hartnäckig! Also, er war eher dunkel und hatte ein Kindergesicht.«

»Meine Größe etwa?«

Ihr Blick maß ihn von Kopf bis Fuß. »Vielleicht einige Zentimeter größer als Sie«, sagte sie dann und fügte gleich hinzu: »Aber nun muß ich gehen.«

Und das tat sie dann auch.

»Vielen Dank!« rief er ihr nach, woraufhin sie, ohne sich noch einmal umzudrehen, kurz die Rechte hob.

Also zur Polizei! dachte er, nachdem er das Krankenhaus verlassen hatte. Vom Tatort her mußte es die Davidwache an der Reeperbahn sein, die den Fall bearbeitet hatte, und so machte er sich dorthin auf den Weg, ließ, um keinen neuen Parkplatz suchen zu müssen, seinen Wagen an der Klinik stehen und ging zu Fuß.

Unterwegs versuchte er, sich eine Strategie zurechtzulegen. Auch der Polizei gegenüber eine Reportage vorzutäuschen, erschien ihm nicht ratsam. Da war es schon besser, seine private Rolle ins Spiel zu bringen und den Überfall auf Hanna mit der Attacke gegen den jungen Mann in Verbindung zu bringen. Er könnte vorgeben, in der Junkie-Szene werde gemunkelt, der Vorfall in der kleinen Straße sei in Wahrheit andersherum verlaufen; nicht der alte Mann habe den Jungen, sondern dieser den alten Mann angegriffen, und zwar mit einer Aids-Spritze. Was danach geschah, sei nur Gegenwehr gewesen. Aus diesem Grunde wolle er, David Ostermann, der Sache nachgehen, weil er hoffe, dabei vielleicht auch auf die beiden Grünen zu stoßen, die seine Frau in den Tod getrieben hatten.

Aber die Schwachstelle dieser Version lag auf der Hand. Mit der verwaschenen Einleitung, in der Szene werde gemunkelt, würde die Polizei sich nicht zufriedengeben. Sie käme sofort mit ihrer Gegenfrage: Wann und wo und von wem haben Sie das erfahren? Darauf müßte er die Antwort schuldig bleiben, und das hinwiederum würde die Beamten wohl kaum dazu ermuntern, nun ihrerseits mitteilsam zu werden.

Die andere Version: Der brutale Überfall im Fahrstuhl und der ebenfalls brutale Überfall auf den jungen Mann könnten nach seiner Meinung aus derselben Ecke kommen. Der wunde Punkt: Die Grünen waren jung, der Gewalttäter in der kleinen Straße aber war alt.

Er entschied sich für den zweiten Weg. Der Alte, dachte er, ist für mich dann eben der Chef der Bande, der Koordinator. Diesen Schluß werden die Polizisten zwar als reichlich naiv ansehen, aber das ist mir egal. Ich will ja nur, daß ein Gespräch in Gang kommt, in dessen Verlauf ich etwas aufschnappen könnte, was nicht in der Zeitung gestanden hat.

Er war fast am Ziel, hatte das aus rotem Backstein errichtete Gebäude der Davidwache schon im Blick, da erinnerte er sich plötzlich an den netten Kommissar Messmer. Besser, ich red' erstmal mit dem, dachte er, der kennt mich wenigstens. Er ging zurück zur Klinik, stieg ins Auto, fuhr zu der Dienststelle, in der ihm vor drei Wochen die beiden schrillen Typen vorgeführt worden waren.

Er betrat den großen Dienstraum, fragte nach dem Kommissar und wurde, wie beim ersten

Besuch, nach hinten geführt, in dasselbe Zimmer, in dem sie damals gesessen hatten.

Messmer begrüßte ihn freundlich und bat ihn, Platz zu nehmen. Er setzte sich, und dann rückte er, weil ihm eine dritte Möglichkeit eingefallen war, sowohl von der Version einer zweiten Aids-Attacke wie auch von der Theorie der so auffällig übereinstimmenden Brutalität ab, schlüpfte in eine Rolle, die unangenehm, aber vielleicht nützlich war.

»Kennen Sie«, begann er, »die alte Spruchweisheit ›Für Leidende ist es ein Trost, Gefährten im Leid zu haben‹?«

Der Kommissar schüttelte den Kopf. »Den Spruch kenn' ich nicht«, sagte er, »wohl aber die Erfahrung, die dahintersteckt. Der Begriff ›Leidensgenossen‹ ist ja geläufig. Wenn ich bei einer Massenprügelei ganz allein zu Schaden komme, ist das ziemlich deprimierend. Holen sich noch fünf andere 'ne blutige Nase, wurmt mich mein Schicksal vermutlich weniger.«

»Vielleicht«, fuhr David Ostermann fort, »werden Sie mich für sentimental halten, aber das läßt sich dann nicht ändern. Ich hab' in der Zeitung von dem Jungen gelesen, dem man bei einem Überfall auf grausamste Weise die rechte Hand zerschmettert hat, mit einem Hammer oder mit einem stumpfen Beil. Die Methoden werden immer bestialischer. Hier die Aids-Spritze, da das Hackebeil. Ich würde mich gern mal mit dem Jungen unterhalten, um zu erfahren, wie er damit fertig wird. Wir sind beide auf so entsetzliche Weise heimgesucht worden, daß wir uns sicher was zu sagen haben.«

»Das versteh' ich gut«, erwiderte Messmer. »Ich hatte kürzlich einen Einbruch zu bearbeiten. Die Opfer, zwei verwitwete Schwestern, die zusammenleben, waren mit ihren Nerven am Ende. Als sie dann aber erfuhren, daß in ihrem Wohnviertel in derselben Nacht weitere elf Wohnungen ausgeplündert worden waren, kriegten sie wieder Auftrieb. Da stand plötzlich nicht mehr das eigene Los im Vordergrund, sondern der Fall als solcher, und ich hatte sogar den Eindruck, daß sie den anderen Opfern gegenüber ein Solidaritätsgefühl entwickelten, denn mit denen tauschten sie sich eifrig aus.«

»Ja, so etwas kommt vor. Natürlich gibt's auch den Gegentyp, der sich lieber verkriecht, sich abkapselt, der niemanden sehen will, aber ich gehöre nun mal zu der anderen Sorte. Wie komme ich an den Jungen heran? Wenn ich mir das vorstelle: die Hand auf dem Bürgersteig, und dann ... ja, das muß fast wie beim Schlachter gewesen sein! Bei meiner Frau war's die Aids-Spritze. Vom Physischen her gesehen, vom Schmerz her, natürlich viel geringfügiger, dafür seelisch um so grausamer. Zwei Gefolterte also! Wirklich, ich würde mich gern mal mit dem Jungen unterhalten.«

»Wir auch.« Messmer hob kurz die Schultern an. »Das heißt, meine Kollegen von der Davidwache. Soviel ich weiß, hat der junge Mann nicht nur einen falschen Namen, sondern auch eine falsche Adresse angegeben.«

»Ja, das hab' ich gelesen, aber diese Angaben hätte ich gern, auch wenn sie falsch sind. Ob Sie die für mich in Erfahrung bringen können?«

Statt eine Antwort zu geben, nahm der Kommissar den Telefonhörer in die Hand und wählte eine Nummer. Kurz darauf hörte David Ostermann ihn fragen:

»Kann ich mal eben mit Hubert sprechen? Hier ist Messmer.«

Eine Weile herrschte Schweigen. Dann begrüßte Messmer den Kollegen am anderen Ende der Leitung und stellte seine Fragen. Daraufhin schien der andere den Grund dafür wissen zu wollen, denn die Antwort lautete:

»Ach, das erzähl' ich dir, wenn wir uns mal sehen. Ist was Privates.«

Messmer hörte zu, schrieb mit. Dann kamen nur noch sein Dank und sein »Grüß Marianne«.

»Hier!« Er schob den Zettel über den Tisch. Darauf standen vier Namen und zwei Adressen. »Gerd Pagels ist vermutlich ein falscher Name«, erläuterte er, »und die der Mädchen werden ebensowenig stimmen. Die Adresse des Jungen ist auch nicht richtig; da gibt's nämlich nur eine ausgediente Fabrikhalle. Die Kollegen haben keine Menschenseele vorgefunden. Die zweite Adresse stammt von den Mädchen, ist eine WG in Altona. Auch da sind die Kollegen gewesen, und es hat sich herausgestellt, daß sie vielleicht mal gestimmt hat, denn der Mieter Lippold sagte, da seien vor einiger Zeit zwei Mädchen ausgezogen, eine Lotti und eine Monika. Auch von denen hatten unsere Leute andere Namen im Notizbuch, nämlich ...«, Messmer zeigte auf den Zettel, »die da. Aber die Personenbeschreibungen paßten. Wo die beiden nach ihrem Auszug abgeblieben sind, wußte der Mann nicht, und ebensowenig konnte er Nachnamen nennen. Die seien, sagte er, in der WG nicht gebräuchlich. Ja, das war's. Eine spärliche Ausbeute.«

»Trotzdem vielen Dank! Es ist verrückt: Ich weiß, daß ich mit diesen Informationen sicher nichts anfangen kann, und dennoch freue ich mich, sie zu haben.«

»Ich kenne das. Man will eines um jeden Preis vermeiden: das Nichtstun.«

David Ostermann schrieb noch die Namen Lotti und Monika auf den Zettel, steckte ihn dann ein, stand auf und verabschiedete sich.

Wieder im Auto, dachte er: Daß die Adresse der beiden Mädchen irgendwann mal gestimmt hat, ist immerhin etwas. Dann könnte auch die Fabrikhalle früher gestimmt haben. Klar, daß die Polizei da nicht weiter nachforscht. Dafür hat sie erstens keine Zeit, und zweitens war der Junge in ihren Augen nicht der Täter, sondern das Opfer. Also haben die Beamten sich mit einer einzigen Kontrolle der Fabrikhalle und mit einem einzigen Besuch in der WG begnügt. Aber wir, dachte er, Oldeboom und ich, haben Zeit! Wir können Dutzende von Leuten befragen, können sogar vor der Fabrik Posten beziehen, weil der Junge ja vielleicht doch noch da auftaucht. Und wir wissen, was die Polizei nicht weiß! Daß er eben nicht in erster Linie das Opfer, sondern der Täter ist und daß es sich bei den Mädchen um seine Komplizinnen handelt. So spärlich, wie Messmer meint, ist die Ausbeute nicht. Ich werde, sobald ich zu Hause bin, Oldeboom anrufen.

14

Sie wollten noch am selben Abend Messmers Informationen auswerten, trafen sich zu diesem Zweck am Schiffahrtsmuseum, fuhren dann in David Ostermanns Wagen ein paar Straßen weiter, suchten sich einen Parkplatz, stiegen aus und standen kurz darauf vor dem Haus, in dem die beiden Mädchen früher einmal gewohnt haben sollten.

Es war ein vierstöckiger ockerfarbener Kasten aus der Zeit der Jahrhundertwende mit lädierter Fassade und einem verwilderten winzigen Vorgarten.

»Kein Prachtbau«, meinte David Ostermann, »aber doch etwas ansehnlicher, als ich erwartet hatte. Werden nicht billig sein, die Wohnungen hier.«

»Vielleicht sind die zwei deshalb ausgezogen«, antwortete Oldeboom. »Ja, dann also los! Ich setz' mich, wie wir's verabredet haben, ins Auto und warte da auf Sie.«

Er bekam den Schlüssel, ging zurück auf die andere Straßenseite, wo sie in etwa hundert Metern Entfernung geparkt hatten.

David Ostermann durchschritt den Vorgarten, fand die Haustür, an der es keine Klingeln gab, unverschlossen vor. Er trat ein, sah rechts an der Wand mehrere Briefkästen, überprüfte die Schilder daran und entdeckte tatsächlich den Namen Lippold, der ihm von Messmer genannt worden war.

Erst im vierten Stockwerk war er am Ziel. Dort hing neben der linken Wohnungstür ein schmales Holzbrettchen, auf dem in dicken schwarzen Buchstaben LIPPOLD, HOGEMANN, MÜLLER stand. Er klingelte, mußte lange warten. Schließlich öffnete ihm ein Mann in einem dunkelblauen, schon stark abgewetzten Trainingsanzug. Er war etwa dreißig Jahre alt, mittelgroß, schlank, blond, hatte verschmitzt dreinblickende graue Augen und einen Sieben-Tage-Bart. Er stellte als erstes einmal fest:

»Du bist kein neuer Mieter.«

David Ostermann war amüsiert. »Woran erkennst du das?« fragte er.

»Solange ich zurückdenken kann, hat es in dieser Hütte nie einen Mann mit Seidenhemd gegeben.«

»Mein Name ist Breuer«, sagte David Ostermann. »Ich suche zwei junge Frauen, die hier gewohnt haben sollen; Monika und Lotti heißen sie.«

»Ach, die zwei niedlichen Puppen! Hab' mit beiden gepennt und es nicht bereut.«

»Na prima! Dann kennst du sie ja näher und weißt sicher, wie sie mit Nachnamen heißen.«

»Also, so nah standen wir uns nun auch wieder nicht.«

David Ostermann mußte lachen, obwohl ihn die Mitteilung enttäuschte. »Aber«, antwortete er dann und zeigte auf das Holzbrettchen, »da stehen doch lauter Familiennamen!«

»Das Schild ist mindestens zehn Jahre alt; wir haben es hängen lassen, damit es aussieht, als wäre hier alles belegt. Na ja, ist es ja auch, aber du glaubst gar nicht, was für dreiste Leute es gibt. Klappern die Häuser ab, und wo sie was Leeres finden, ziehen sie sofort ein, mit Kind und Kegel. Und wenn die erstmal drin sind, kriegt man sie nur schwer wieder raus. Also, Lotti und Moni sind super, alle beide, aber sie sind weg.«

»Darf ich trotzdem für einen Moment reinkommen? Vielleicht weißt du ja doch mehr, als du denkst.«

Zum erstenmal verdüsterte sich das Gesicht des Blonden. »Bist du von der Polizei?«

»Ganz bestimmt nicht!« David Ostermann streckte die Hand aus. »Ich bin Werner«, sagte er.

Der andere nahm sie. »Und ich heiße Peter.«

Er ließ seinen Besucher herein, führte ihn über einen langen Flur mit je drei Türen an den Seiten. Links stand die letzte offen, und dort traten sie ein.

Ein großer Raum mit Stuckwänden in Hellblau. Ein breites Bett, ein Schrank, ein Tisch, ein paar Stühle und drei Kokosmatten.

Sie setzten sich, und David Ostermann sagte:

»Der Name Lippold, den ich von einer Freundin hab', stimmt doch noch immer! Er steht unten am Briefkasten und außerdem an der Wohnungstür.«

»Alex ist ja auch der einzige Ureinwohner. Ich glaub', der haust hier schon über zwanzig Jahre. Bei ihm waren neulich zwei Bullen, und die fragten ebenfalls nach Lotti und Moni. Wer ist denn die Freundin, die dir seinen Namen geflüstert hat?«

»Susanne heißt sie. Ist vom Kiez. Arbeitet als Bardame im Colibri. Irgendwann mußte sie für ein paar Tage nach Graz, und da hat Lotti ihre Wohnung gehütet. Na, und Susanne wußte, daß Lotti und Monika hier gewohnt haben, und sie kannte auch den Namen Lippold.«

»Was willst du eigentlich von den beiden?«

»Das ist eine verrückte Geschichte. Vielleicht weißt du von dem Überfall am letzten Sonntag, hier in der Nähe. Da hat man einem Jungen die Hand zertrümmert.«

»Hab' davon gelesen.«

»Ja, und die Zeuginnen, von denen da berichtet wurde, waren Lotti und Monika.«

»Das haben die Bullen, die bei Alex waren, auch gesagt.«

»Ich glaube zu wissen, wer der Kerl ist, der dem Jungen das angetan hat, könnte den Mädchen also einen Tip geben.«

»Und was sollen die mit dem Tip? Ich denke, sie waren bloß Zeugen.«

»So heißt es, ja, und so stand es auch in der Zeitung, aber von Susanne weiß ich, daß sie den Jungen schon vorher gekannt haben, sehr gut sogar. Deshalb könnte ich mir vorstellen, daß sie dankbar wären für den Hinweis.«

»Und wer war denn nun der böse Alte?«

»So alt ist der noch gar nicht. Fünfzig etwa. Ein frühpensionierter Zollbeamter aus Wilhelmshaven. Als er ein Schiff durchsuchen wollte, hat einer von der Besatzung ihm eine Eisenstange auf den Kopf gedonnert. Wahrscheinlich hat er davon einen Dachschaden gekriegt und schlägt seitdem zurück, wobei es ihn nicht kratzt, daß es die verkehrten Leute trifft.«

»Mann, das ist 'n Hammer! Woher weißt du das alles?«

Obwohl die faustdicken Lügen David Ostermann glatt über die Lippen gekommen waren, empfand er die Rolle des Geschichtenerzählers wahrlich nicht als angenehm, doch er mußte nun da hindurch, und so tischte er auch noch die letzte der mit Oldeboom ausgeheckten abenteuerlichen Versionen auf:

»In Wilhelmshaven hat es einen ähnlichen Fall gegeben. Da war's allerdings nicht die Hand, sondern der Fuß. Aber das Tatwerkzeug war vermutlich das gleiche wie jetzt hier in Hamburg. Das Opfer war der Freund meiner Schwester, ein Fernmeldetechniker, der nachts einen Schaltkasten zu reparieren hatte.

Wie aus dem Nichts heraus wurde er überfallen. Und weil er quasi einer aus meiner Familie ist, verfolge ich die Ermittlungen genau, soweit ich als Außenstehender das kann. Ich gehe davon aus, daß der Mann sein Revier von Wilhelmshaven nach Hamburg verlegt hat, und möchte eben wahnsinnig gern die beiden Mädchen finden. Na ja, eigentlich den Jungen, aber Lotti und Monika könnten mir sagen, wo er ist. Wirklich schade, daß du nichts Näheres weißt. Wann sind sie denn hier ausgezogen?«

»Ach, das ist schon 'ne ganze Weile her, zwei oder drei Monate.«

»Und du hast keine Ahnung, wo sie abgeblieben sind? Manchmal läuft es ja so, daß jemand, der umzieht, noch ein paar Sachen zurückläßt, die er später abholen will, und dann ...«

»Die beiden hatten doch nichts, nur das, was sie am Leib trugen, und dazu 'n bißchen Klimbim. Ging alles rein in ihre Taschen. Sie sagten Tschüs, und schon am selben Abend standen zwei Nachfolger auf der Matte.«

»Hatten die Mädchen denen gesagt, daß hier was frei wurde?«

»Nein, die kannten sich nicht. Als Lotti und Moni erzählten, daß sie ausziehen würden, hatte jeder von uns sofort mindestens drei Interessenten im Kopf. Weißt ja sicher, wie das hier in Hamburg mit Wohnungen ist. Alex als der Mann mit den ältesten Rechten – er spielt hier auch so 'ne Art Hausmeister –, hat die Neuen rangeschleppt.«

»Könntest du dir vorstellen, daß irgend jemand im Haus mehr über die Mädchen weiß als du?«

»Nein, ich kannte sie am besten. Glaub mir, es hätte keinen Zweck, noch andere zu befragen. Übrigens, mir fällt da grad was ein! Lotti war doch noch einmal hier, allerdings nicht, um was zu holen, sondern um was zu bringen. Sie kam mit einem Korb voll Geschirr, Teller, Tassen, Untertassen und so weiter, wollte die Sachen verhökern.«

»Hat sie da nicht über ihre neue Unterkunft gesprochen? Das tut man doch fast automatisch, wenn man noch mal mit den Leuten aus der alten WG zusammenkommt.«

»Wenn man sich gut kennt, ja, aber sie war nicht bei mir. Das heißt, sie wollte zu mir, aber ich war nicht da, und so landete sie bei Tobias, der ihr den ganzen Krempel abgekauft hat. Aber nun frag mich nicht nach diesem Tobias! Der ist nach Süddeutschland gezogen.«

»Und hat er das Geschirr mitgenommen?«

»Nein, weil er das nämlich nur 'n paar Stunden in Besitz gehabt hat. Ich hab' es ihm, als ich nach Hause kam, gleich abgekauft. War spottbillig. Er war ja sowieso ein Wandervogel und hatte den Plunder auch nicht für sich selbst, sondern für die WG haben wollen.«

»Würdest du mir mal ein Stück von dem Geschirr zeigen?«

Überrascht sah der Blonde auf, aber dann sagte er nur. »Sherlock Holmes, was?« und ging in die Küche, kam gleich darauf zurück, in der Hand einen Frühstücksteller, eine Tasse und eine Untertasse. Er stellte die Teile auf den Tisch. Sie waren aus robustem weißen Porzellan und hatten alle drei ein in leuchtend blauer Farbe eingebranntes Ornament, das fast so aussah wie das Pfund Sterling-Zeichen.

David Ostermann nahm die Tasse in die Hand. »Wie viele Teile sind es im ganzen?« fragte er.

»So an die dreißig, vierzig; es sind auch Kannen und Schüsseln dabei und sogar Eierbecher.«

»Und was hat alles zusammen gekostet?«

»Weiß ich nicht mehr so genau; war jedenfalls billig. Ich glaub', fünfzig Mark.«

»Würdest du mir diese Tasse verkaufen?«

»Verkaufen? Was willst du denn damit?«

»Ein Freund von mir klappert jeden Flohmarkt nach seltenen Stücken ab. Dem würde ich das Ding gern schenken.« Er stellte die Tasse ab, holte seine Brieftasche hervor, entnahm ihr einen Zehnmarkschein und legte ihn auf den Tisch.

»Von mir aus«, sagte der Blonde und steckte das Geld ein.

»Ja, dann geh' ich jetzt.« David Ostermann

nahm die Tasse wieder in sie Hand. »Danke, daß du dir die Zeit genommen hast, mit mir zu reden.«

»Ist schon okay. Mach's gut.«

David Ostermann verließ die Wohnung.

Im Auto gab er Oldeboom ausführlich Bericht, zeigte ihm auch seine Beute. »Sicher war das ein Fehlkauf«, sagte er, »aber ich hatte plötzlich die Vorstellung, dieses Geschirr könnte uns irgendwie auf die Spur bringen.«

Oldeboom ließ sich die Tasse geben, schlug mit dem Fingerknöchel dagegen. »Kein sehr edles Stück«, sagte er, »aber ich hätte es dem Mann genauso abgeschwatzt.«

Sie fuhren los. Es dunkelte schon, doch da sie nun einmal unterwegs waren, wollten sie auch noch die Fabrikhalle in Augenschein nehmen.

Mit Hilfe des Stadtplans fanden sie die schmale, mit Kopfsteinen gepflasterte Straße. Die Gegend, ein reines Industriegelände, wirkte verlassen. Linker Hand standen ein paar Gebäude, rechts verlief, parallel zur Straße, ein Eisenbahngleis. Die Nummer 73, die David Ostermann auf seinem Zettel stehen hatte, erwies sich in der Tat als eine Fabrikanlage, die man aufgegeben hatte. Während die gewerblichen Betriebe, an denen sie vorbeigefahren waren, intakt ausgesehen hatten – es gab da beleuchtete Werktore, Pförtnerhäuschen und Fahrzeuge –, waren die Fenster der aus Backstein gemauerten Halle, die nun vor ihnen lag, allesamt zerschlagen, und vom gewaltigen Kuppeldach existierte nur noch die Stahlkonstruktion. Einzelne Streben ragten bizarr in die Höhe.

»Nicht sehr wohnlich«, meinte Oldeboom, »aber wir sollten trotzdem mal reingehen. Hier kann ich's wagen, mitzukommen.«

»Das finde ich auch.«

David Ostermann nahm die Taschenlampe aus dem Handschuhfach, und dann stiegen sie aus.

Der verfallene Bau war frei zugänglich. Nur die in regelmäßigen Abständen in die Erde gerammten Metallpfähle verrieten, daß hier früher ein Zaun gestanden hatte.

Durch eine große Öffnung, in der sich ehemals wohl die Eingangstür befunden hatte, gelangten sie in die Halle. David Ostermann machte seine Lampe an, ließ den Lichtstrahl wandern. »Völlig leer«, sagte er. In der Tat gab es nichts zu sehen, was einen Rückschluß auf die einstige Bestimmung des nun so trostlosen Gemäuers zugelassen hätte. Auf dem Estrich lagen lediglich zerbrochene Mauersteine, Glasscherben, Mörtelbrocken.

»Da!« Sein Licht hatte in einer der vier Ecken einen separat errichteten kleinen Bau erfaßt, etwa sieben mal fünf Meter groß und zweieinhalb Meter hoch, ein Häuschen im Haus sozusagen. Die Wände waren verputzt, und in der Längsfront gab es eine Tür. Ob das Ganze ein Dach hatte, war von ihrem Standort aus nicht zu erkennen. »Das könnte dem Burschen als Quartier gedient haben«, flüsterte er.

So leise es ging, bewegten sie sich auf die Tür zu, lauschten dann an ihr, aber es war nichts zu hören. David Ostermann faßte sich ein Herz, zog sie auf, leuchtete in den Raum. An der Wand, ihnen direkt gegenüber, lag ein Mann in einem Schlafsack auf dem Boden. Als das Licht über ihn hinwegglitt, wurde er wach, richtete sich auf, strich mit der Rechten durch das schon graue Haar.

»Mensch, halt deine Funzel woandershin!« krächzte er und zündete dann mit einem Feuerzeug die Kerze an, die neben ihm stand.

»Ach, da ist ja noch einer!« sagte er dann. »Wollt ihr mich etwa rausschmeißen?«

»Nein«, antwortete David Ostermann, »wir suchen jemanden, der hier mal gewohnt hat.«

»Und wer soll das sein?«

»Der, dem sie neulich die Hand kaputtgehauen haben. Es stand in der Zeitung.«

»Ich bin erst gestern aus Köln gekommen.«

»Und woher wußtest du von diesem Unterschlupf?«

»Ein Penner auf dem Hauptbahnhof hat davon geredet, und er hat mir auch den Weg erklärt. Ein Hotelzimmer kann ich mir nicht leisten.«

»Wo genau war dieser Penner, und wie sah er aus?«

»Mann, du stellst Fragen!« Der Graukopf kroch aus dem Schlafsack heraus, faltete ihn zusammen und setzte sich auf das Polster. »Wie Penner eben aussehen, vergammelt. Die lagen da zu viert oder zu fünft.«

»Wo?«

»Gegenüber von den großen Hotels. Nicht weit von einem Blumenstand.«

Beide, Oldeboom und David Ostermann, erinnerten sich sofort: Da hatte, im Kreise seiner Kumpane, der Mann gelegen, der auf den Bürgersteig pinkelte.

»Am Hauptbahnhof war das? Ist ja mindestens 'ne Stunde von hier entfernt«, sagte David Ostermann.

»Zu Fuß vielleicht, aber ich bin mit der U-Bahn gefahren. Der Typ hat mir erklärt, welche Linie ich nehmen und wo ich aussteigen mußte.«

»Bist du schwarzgefahren?«

»Nee, blau.« Der Mann grinste und zeigte auf die bis auf einen kleinen Rest geleerte Schnapsflasche, die neben der Kerze stand.

»Und trotzdem hast du die Fabrik gefunden?«

»Hab' einen Schutzengel. Meistens.«

»Okay, schlaf weiter!«

»Sagt mal, habt ihr nicht 'ne kleine Mark übrig für einen armen Teufel wie mich?«

Oldeboom gab ihm ein Fünfmarkstück, und dann verließen sie den Raum, verließen auch die Halle, stiegen ins Auto, fuhren aber noch nicht los.

»Und jetzt?« fragte Oldeboom. »Zum Hauptbahnhof?«

»Wenn wir konsequent sein wollen, ja. Immerhin haben wir erfahren, daß da einer war, der dieses Biwak kennt. Es könnte der Bursche sein, der auf Sie losgegangen ist.«

»Aber vielleicht spinnt der Mann aus Köln, der am Ende aus Barmbek kommt.«

»Klar, mit der Möglichkeit müssen wir rechnen, aber so sehen Recherchen nun mal aus. Die Fragezeichen werden mitgeliefert.«

Sie starteten, brauchten zwanzig Minuten für die Fahrt. Es war kurz vor Mitternacht, als sie am Hauptbahnhof ankamen. Aber sie sahen es sofort: Der Platz neben dem Blumenstand war wie leergefegt. Keinen einzigen Penner gab es da. Nur am Eingang der Bahnhofshalle standen drei Mädchen, Kinder fast noch.

Sie stiegen trotzdem aus, gingen auf die kleine Gruppe zu, erwarteten, daß sie angesprochen wurden. Als das nicht geschah, trat David Ostermann näher und fragte:

»Wißt ihr zufällig, wo die Penner sind, die sich meistens da drüben aufhalten?« Er deutete mit der Rechten dorthin, wo tagsüber Blumen verkauft wurden.

Die Mädchen, alle drei bleichgesichtig und entsetzlich dünn, zeigten keinerlei Reaktion, blickten nicht einmal auf.

»Die sind so vollgedröhnt«, sagte er zu Oldeboom, der nun auch herangekommen war, »daß sie überhaupt nichts mitkriegen. Jedes weitere Wort wäre sinnlos.«

»Dann sollten wir für heute Schluß machen. Es ist schon spät.«

»Ja, machen wir Schluß.«

15

So müde Hans Oldeboom auch war, in dieser Nacht fand er keinen Schlaf. Das geschah in letzter Zeit fast immer dann, wenn es am Abend zuvor spät geworden und sein Körper aus dem Rhythmus gekommen war. Vielleicht lag es am Älterwerden. Mit Siebzig war man kein Springinsfeld mehr, leider. Man reagierte empfindlich auf jeden Fehler im Programm.

In Schlafanzug und Bademantel saß er auf seinem Balkon, sah auf die Lichter der Stadt, rauchte. Schon vor Monaten hatte er alle ärztlichen Warnungen in den Wind geschlagen und wieder damit angefangen, war aber nicht zurückgekehrt zu den früher gewohnten schweren Tabaksorten, sondern hatte sich eine Zigarettenmarke mit niedrigen Nikotin- und Kondensatwerten ausgesucht.

Er erinnerte sich daran, wie moderat, wie verständnisvoll Betty, seine Frau, die vor neun Jahren an Krebs gestorben war, mit seinen Fehlern und Schwächen umgegangen war. Betty, du fehlst mal wieder sehr, dachte er. Müßtest unserem Enkel den Kopf zurechtrücken und auch mit Clara ein ernstes Wort sprechen. Das konntest du viel besser als ich, hattest mehr Geduld, warst streng und gütig zugleich. Aber du entfällst, und so ist es an mir einzuschreiten. Das heißt, bei Clara werd' ich wohl nichts mehr ausrichten, aber vielleicht bei dem Jungen. Er ist drauf und dran, die Orientierung zu verlieren.

Und du fehlst mir auch sonst, fehlst mir jeden Tag. Als du damals in deiner unglaublich beherrschten Art zu mir sagtest: »Ich geh' schon mal vor ...«, ahnte ich nicht, daß das Wegstück ohne dich so lang werden würde. Einmal war es ja fast soweit. Der Schlaganfall kam wie ein Blitz aus heiterem Himmel, und er hätte leicht zum Ende führen können. Nein, so ganz aus heiterem Himmel kam er wohl doch nicht. Da hatte es vorher ein paar Zeichen gegeben, Irritationen, die ich allerdings erst im nachhinein als solche erkannt hab'. Beim Schreiben zum Beispiel. Die Buchstaben fielen etwas wackelig aus, rutschten nach unten weg. Und beim Lesen. Aus Abreise wurde *Ameise* und aus Hinwendung *Hindenburg*. Heute ist alles überstanden, aber unsere Kinder wollen nicht, daß ich in die Firma zurückkehre. Sie meinen, es könnte dazu führen, daß der Schlaganfall sich wiederholt und dann vielleicht heftiger ausfällt als beim ersten Mal.

Was ich denn so mache, möchtest du vielleicht wissen. Also, dir kann ich's ja verraten: Ich spiele ein bißchen Schwarzer Sheriff. Zusammen mit einem jungen Fotografen, dessen Frau man getötet hat, mache ich Jagd auf Kriminelle. Ein paar Erfolge haben wir schon erzielt. Zugegeben, wir schaffen es natürlich nicht, wirklich aufzuräumen, aber dem einen oder anderen sein schäbiges Handwerk zu vermiesen, das gelingt uns wohl doch, und vielleicht spricht sich bei den Burschen herum, daß da ein paar Leute auf der Jagd sind …

Der Himmel über den Dächern wurde schon hell. Bald würde die Stadt zu einem neuen Tag erwachen, zu einem Tag voller Geschäftigkeit und Lärm. Hunderttausende würden sich auf den Weg machen. Ob es unter anderem an diesem Zusammenleben auf engstem Raum lag, fragte er sich, daß so viel Aggressivität herrschte? Er hatte von einer Untersuchung gehört, durch die die Forscher nachwiesen, daß das allzu enge Aneinanderrücken von Artgenossen zu Streß und Tod führen konnte, auch wenn genügend Nahrung vorhanden war. Bei der eingehenden Prüfung der verendeten Tiere – es handelte sich um Sika-Hirsche – hatte man eine fünfzig- bis achtzigprozentige Vergrößerung der Nebennieren festgestellt, eine typische Streßerscheinung also. Vielleicht, überlegte er, haben Ostermanns Grüne, Frau Höxters rabiater Dieb, mein Tunnel-Gangster, der Milchbart, der meine Rattenfalle kennengelernt hat, seine Komplizinnen und das sonstige Gesindel der Stadt … vielleicht haben sie alle nichts weiter als bis zum Platzen geschwollene Nebennieren; sie sterben zwar nicht daran, schlagen aber blindwütig um sich …

Er rief sich zur Ordnung und stoppte seine

ausufernden Gedanken, stand abrupt auf, ging ins Schlafzimmer, zog sich an, verließ die Wohnung und machte einen ausgedehnten Spaziergang in der Hoffnung, danach vielleicht doch noch schlafen zu können.

Erst um halb acht kehrte er zurück, ließ sich nicht verführen von dem köstlichen Kaffeegeruch, der aus dem Speisesaal drang, fuhr mit dem Lift nach oben, ging ins Bett und schlief tatsächlich gleich darauf ein.

Am Abend trafen sie sich wieder vor dem Schiffahrtsmuseum, sprachen ihre Marschrouten ab. David Ostermann wollte ein zweites Mal in die WG gehen und versuchen, mit anderen Mietern ins Gespräch zu kommen. Womöglich gab es dort ja doch jemanden, der mit weiteren Informationen über die Mädchen Lotti und Monika dienen konnte. Oldeboom würde mit den Huren auf dem Hans-Albers-Platz sprechen. Er hatte vor, ihnen die Mädchen zu beschreiben, und wenn sich dann eine fand, die sie kannte, war sie vielleicht gegen Bezahlung zu Auskünften bereit.

Sie hatten vereinbart, nach anderthalb Stunden in einem Schnellrestaurant auf der Reeperbahn wieder zusammenzukommen, doch beide waren vor der Zeit da. David Ostermann betrat das Lokal um Viertel nach neun, Oldeboom nur fünf Minuten später.

An der Theke ließen sie sich Bier einschenken

und gingen dann mit ihren Gläsern zum entlegensten Tisch.

Oldeboom machte den Anfang. Auf dem Hans-Albers-Platz und in dessen Umgebung habe er mit etwa zwanzig Huren gesprochen, sagte er. Zehn davon hätten ihn unflätig beschimpft, sobald von seiner Seite die erste Bemerkung über zwei Mädchen der Konkurrenz gefallen sei, und selbst der Hinweis, er werde für die erbetene Auskunft zahlen, habe keinerlei Erfolg gebracht. Drei Frauen hätten gesagt, sie seien neu im Revier und wüßten über niemanden Bescheid. Von zwei weiteren, die zusammenarbeiteten, sei ihm Geld abverlangt worden, ehe sie sich in ein Gespräch einließen, und tatsächlich habe er vierzig Mark geopfert, jedoch keinen Gegenwert erhalten, denn mit seiner Beschreibung konnten sie nichts anfangen; außerdem gebe es gar keine Lotti unter ihren Kolleginnen, und die Monika, die ihnen manchmal über den Weg laufe, sei ein Wrack, schon über fünfzig und ständig betrunken.

Zwei Huren, so berichtete er weiter, seien sehr nett gewesen, denn sie hätten erklärt, sie könnten ihm ja, um Kasse zu machen, wer weiß was aufbinden von einer Lotti und von einer Monika, ihn sogar mit irgendwelchen Adressen füttern, aber freundliche alte Männer reinzulegen, sei nun mal nicht ihr Ding.

»Also gab's überhaupt keinen Hinweis?« fragte David Ostermann.

»Nicht den geringsten, und wieso nicht, das hat eine der Frauen mir überzeugend klargemacht. Die war ein ganz besonderes Exemplar, aber bevor ich von ihr erzähle, hab' ich eine Bitte. Wollen wir, als Partner in einer so heiklen Sache, uns nicht einfach duzen?«

»Sehr gern! Ich heiße David, wie du vielleicht schon weißt.«

»Ja, und ich heiße Hans.«

Sie tranken sich zu, und als sie die Gläser wieder abgesetzt hatten, sagte Oldeboom:

»Also, diese eine, diese ganz Besondere, unterschied sich deutlich von all den anderen, hatte in jeder Hinsicht Niveau. Einen interessanten Vortrag hat sie mir gehalten, aber erstmal redete sie mich an mit ›Hallo, mein Ritter ohne Furcht und Tadel ...‹ Ich fragte: ›Wieso denn das?‹ Und darauf antwortete sie: ›Na ja, wer heutzutage auf diesen Markt geht, der muß doch furchtlos sein!‹ Ich erklärte ihr dann, worum es mir ging, und beschrieb die beiden Mädchen. Ja, und ihre Antwort geb' ich dir jetzt ungefähr wörtlich wieder. ›Du zählst mir da ein paar Attribute auf‹ – sie sagte tatsächlich Attribute –, ›von denen du eigentlich wissen müßtest, daß sie, jedenfalls in meinem Metier, allesamt austauschbar sind. Bei einer Nutte gibt es nur ein einziges Merkmal, das unveränderlich ist: ihre Körpergröße. Alles andere kann sie variieren oder kaschieren. Für die Farbe von Haar, Augen und Teint hat sie die ganze Palette zur

Verfügung, von ihrer Kleidung gar nicht zu reden. Nutten sind immer auch Schauspielerinnen, können sich verwandeln, und wenn du aus einem Ensemble› – sie sagte tatsächlich Ensemble – ‹von einem Dutzend eine bestimmte heraussuchen müßtest und dir dabei zum Maßstab nimmst, wie sie gestern ausgesehen hat, dann kann es sein, daß du erst bei der zwölften auf die Richtige zeigst. Also, gib es auf!‹ Ich war perplex, glaub' jetzt fast, das war eine Soziologiestudentin, die für ihre Examensarbeit den Kiez erforscht.«

»Wie sah sie denn aus?«

»Fabelhaft! Wirklich, sie hatte alles schön beieinander. Und was unsere Suche nach den Mädchen angeht, hat sie natürlich recht. Blond, hübsch, jung, mittelgroß und mittelschlank – das paßt auf unzählige. Also summa summarum: eine Pleite. Und wie ist es dir ergangen? Hast du was herausgefunden?«

David Ostermann nickte. »Wahrscheinlich taugt es nichts«, sagte er dann, »aber ich hab' mit einem Mann gesprochen, der in der Lage war, ein winziges Teil zu unserem Puzzle beizusteuern. Georg Möller heißt er, und er ist einer der wenigen in der WG, die einer geregelten Arbeit nachgehen, verdient sein Geld als Schweißer bei Blohm & Voss. Er gab mir die Adresse von Lottis Vater, der kürzlich – da waren die Mädchen schon ausgezogen – in der Wohnung aufgetaucht ist, weil er für irgendwas

Amtliches die Unterschrift seiner Tochter brauchte. Ja, und für den Fall, daß man dort doch noch erfährt, wo sie abgeblieben ist, hinterließ er seine Anschrift. Hier ist sie.« Er holte einen Zettel hervor, reichte ihn über den Tisch. Oldeboom setzte seine Brille auf, las und sagte dann: »Sogar eine Telefonnummer ist dabei.«

»Ja, die stand auch auf der Visitenkarte, die er diesem Georg Möller gegeben hat. Er soll übrigens nach Geld ausgesehen haben, wie Möller sich ausdrückte, trug einen Kaschmirpullover, eine Nappalederjacke und so weiter. Offenbar kommen nicht alle kaputten Jugendlichen aus asozialen Verhältnissen.«

»Aber irgend etwas«, antwortete Oldeboom, »muß das Kind auf die Straße getrieben haben.« Er dachte an seinen Enkel Holger, der eines Tages, wenn die familiäre Krise sich nicht legte, im Zorn das Elternhaus verlassen könnte, schob den Gedanken dann aber schnell beiseite, wandte sich dem aktuellen Fall wieder zu: »Meinst du, es lohnt sich, mal mit dem Vater zu reden?«

»Wäre jedenfalls besser, als nichts zu tun, auch wenn der offenbar selbst auf der Suche ist.«

»Könnte doch sein, daß er in der Zwischenzeit seine Tochter gefunden hat! Wann war er in der WG?«

»Ungefähr vor einem Monat.«

Oldeboom sah auf die Uhr. »Es ist jetzt zwanzig vor zehn. Fahren wir hin oder rufen wir an?«

»Ich bin für Anrufen«, sagte David Ostermann, »denn du dürftest ja auch da nur Zaungast sein. Stell dir vor, die Kleine ist wider Erwarten zu Haus, macht die Tür auf, und vor ihr steht der böse Mann aus der kleinen Straße. Ich schlage vor, wir fahren zu mir, trinken da noch ein Glas und telefonieren.«

Sie zahlten, fuhren mit beiden Autos nach Duvenstedt, gingen ins Haus. Als sie es sich bequem gemacht hatten, griff David Ostermann zum Telefonhörer, schaltete auch das Mithörgerät ein, wählte.

Es meldete sich eine Frauenstimme: »Ja?«

»Entschuldigen Sie bitte«, sagte David Ostermann, »ich weiß, es ist eigentlich viel zu spät für einen Anruf bei Ihnen. Ich bin gerade erst aus München zurückgekommen, hab's auch schon vom Intercity aus versucht, aber das klappte nicht. Mein Name ist Alfons Rückert. Ich habe kürzlich, das war noch vor meiner Reise, Ihre Tochter Lotti kennengelernt und würde sie gern wiedersehen. Könnte ich sie bitte sprechen?«

Zunächst gab es überhaupt keine Antwort.

»Sind Sie noch da?« fragte er daher.

Aber dann ging es los. Beide Männer fuhren zusammen, so laut, so unbeherrscht, so böse kam von der anderen Seite:

»Lotti? Die hat bei mir nichts mehr verloren, und sollte sie hier noch mal aufkreuzen, fliegt sie in hohem Bogen wieder raus. Hab' keine

Ahnung, wo sie sich rumtreibt, und will es auch gar nicht wissen. Woher haben Sie überhaupt meine Telefonnummer?«

Nach diesem Ausbruch erschien es David Ostermann nicht ratsam, das Mädchen selbst als Quelle anzugeben. »Indirekt hab' ich sie von ihrem Vater«, sagte er, »der bei einem Bekannten nach ihr suchte und ...«, weiter kam er nicht. Die Stimme fiel förmlich über ihn her, noch lauter und schriller als zuvor:

»Ha! Der wollte ja bloß sein Flittchen wiederhaben! Er ist übrigens nicht ihr Vater, sondern ihr Stiefvater, und vor drei Tagen hab' ich auch ihn rausgeschmissen. Lassen Sie mich in Ruhe mit den beiden! Die haben mir mein Leben verpfuscht.« Es klickte in der Leitung.

David Ostermann legte auf, sah Oldeboom an. »Ich schätze«, sagte er dann, »wir müssen zumindest eins der Mädchen jetzt anders beurteilen. Wenn sich einer an seiner Stieftochter vergeht ... mein Gott, welche Gesetze sollen dann noch gelten für sie? So ein Kind verliert doch jede Orientierung!«

»Und wenn es anders war? Wenn sie ihn verführt hat?«

»Auch dann liegt die Schuld nicht bei dem Kind, sondern bei dem Erwachsenen. Er muß wissen, daß er sich zurückzuhalten hat, muß mit seiner Frau reden. Wie immer es hier gewesen sein mag, in solchen Fällen haben nach meiner Meinung die Mädchen keine Schuld,und wenn sie dann zu Hause rausfliegen und auf der Straße landen, ist das eben nicht ihr eigenes, selbstgewähltes Programm, sondern die Folge des elterlichen Versagens.«

»Heißt das, du hast jetzt Vorbehalte gegen unsere Sache?«

»Nein, es heißt nur, daß wir die Jugendlichen, die auf die schiefe Bahn geraten sind, nicht alle über einen Kamm scheren dürfen.«

»Der Ansicht bin ich auch, aber zugleich meine ich, daß bei ihnen, wenn sie erwachsen geworden sind, die eigene Verantwortung einsetzen muß. Einen lebenslangen Freibrief würde ich ihnen nicht geben.«

»Ich ebensowenig, und was meine Grünen angeht, wissen wir ja überhaupt nicht, wie deren Biographien aussehen. Vielleicht stammen sie aus ganz normalen Verhältnissen, haben nette, fürsorgliche Eltern gehabt, und kein Mensch hätte je gedacht, daß sie eines Tages Kriminelle sein würden. Ist also gar keine Frage, daß wir weitermachen. Nur, wo setzen wir neu an? Im Moment, scheint mir, haben wir unser Pulver verschossen, oder hast du eine Idee?«

»Hör zu!« Oldeboom richtete sich in seinem Sessel auf, rieb sich die Stirn, um die einsetzende Müdigkeit gleich wieder zu vertreiben, fuhr dann fort: »Alles, was wir bisher unternommen haben, galt dem Bemühen, den Burschen ausfindig zu machen, der mit seiner Aids-Spritze auf mich losgegangen ist. Wir dachten, über ihn und seine Komplizinnen könnten wir vielleicht diejenigen finden, die deine Frau auf dem Gewissen haben. Wir gingen davon aus, daß sich die Täter, die mit dieser Methode arbeiten, untereinander kennen. Bis jetzt ist unsere Suche erfolglos gewesen, und darum schlage ich vor, daß wir uns mal um die beiden Typen kümmern, die Kommissar Messmer dir vorgeführt hat. Die sollen ja genauso mit Injektionsnadeln unterwegs gewesen sein, und wenn die These stimmt, daß die Täter sich untereinander kennen, werden diese zwei uns möglicherweise weiterhelfen.«

»Donnerwetter«, sagte David Ostermann, »auf die Idee hätte ich auch kommen müssen! Ich geh' gleich morgen zu Messmer und frag' ihn nach den beiden aus.«

»Aber mit welcher Begründung?«

»Da wird mir schon was einfallen. Ich brauch' ja bloß rauszukriegen, wo sie wohnen. Moment, das weiß ich sogar! Die waren nämlich verdammt dreist, wollten von der Polizei nach Haus gefahren werden und nannten als Ziel das KUCKUCKSNEST, eine Kneipe auf dem Kiez.«

»Na großartig! Die gucken wir uns morgen an.«

16

Das Kuckucksnest erwies sich als ein biederes Lokal mit Gästen, wie man sie in jedem Bahnhofsrestaurant hätte antreffen können. Da saßen Männer im Zweireiher, im Jogginganzug, im blauen Overall, und die Frauen sahen so aus, als wollten sie zwischen oder nach ihren Einkäufen noch schnell einen Kaffee trinken. Der Wirt, der hinter dem Tresen stand und Bier zapfte, aber auch Speisen aus der Durchreiche entgegennahm, trug, obwohl es erst fünf Uhr nachmittags war und man den warmen Sommertag auch drinnen verspürte, einen Pullover über dem weißen Oberhemd.

Ihr Platz befand sich in der größtmöglichen Entfernung zum Musikautomaten. David Ostermann hatte ihn ausgesucht und dazu bemerkt: »Für mich sind diese Dinger immer wie Zeitbomben; irgendwann brüllen sie los und vergällen mir mein Essen oder mein Bier oder was es grad ist.«

Eine Kellnerin kam. Sie war um die Vierzig, bewegte sich in trägem Gleichmaß, als wäre auch sie ein Automat, einer mit niedriger Drehzahl. Sie fragte nach ihren Wünschen. Beide wollten Kaffee. Als sie wieder gegangen war, meinte Oldeboom:

»Eigentlich passen die zwei Paradiesvögel, so wie du sie beschrieben hast, gar nicht hierher. Bist du sicher, daß wir im richtigen Lokal sind?«

»Ganz sicher. Der eine sagte klar und deutlich: ›Eins von euren Bullenautos fährt uns jetzt ins Kuckucksnest. Da sind wir sozusagen zu Hause‹«

»Dabei hat der Kuckuck doch gar kein eigenes, sondern legt seine Eier in fremde Nester.«

»Vielleicht steckt ja was Symbolisches dahinter, und dieser Laden ist ein Hort für Heimatlose. Dann passen sie wohl doch hierher. Ich frag' gleich mal. Zum Glück hab' ich auf der Wache noch einen Namen aufgeschnappt. Der eine sagte nämlich zu dem anderen: ›Du, Harry, wie redet denn der mit uns‹, und meinte damit einen der Beamten. Ich hatte überhaupt den Eindruck, die Brüder trieben ihr Spiel mit der Polizei.«

Die Kellnerin brachte den Kaffee. Sie zahlten gleich, und dann fragte David Ostermann: »Wann tauchen eigentlich Harry und sein Kumpel hier auf?«

Sie sah auf die Uhr. »Ungefähr in zwanzig Minuten. Sie kommen immer gegen halb sechs und essen dann dahinten.« Sie zeigte auf den einzigen Nebenraum des Lokals. Er war durch einen dunklen Vorhang abgeteilt, den man aber aufgezogen hatte. Ein kleines Schild zeigte an, daß der Tisch reserviert war.

»Danke schön.«

Die Frau entfernte sich.

»Endlich ein Volltreffer!« sagte Oldeboom, doch David Ostermann entgegnete: »Ich weiß nicht so recht. Wenn die hier regelmäßig essen, liegen wir vielleicht völlig daneben mit ihnen.«

Oldeboom sah noch einmal hinüber zum Nebenraum, und dann sagte er: »Du magst recht haben. Man ißt nicht Tag für Tag zur festgesetzten Zeit in einem Restaurant und zieht anschließend mit einer Injektionsspritze durch die Stadt, um sich Geld zu verschaffen.«

Tatsächlich kamen die beiden um kurz vor halb sechs. Sie begrüßten den Wirt, nahmen ihre Plätze ein, und gleich darauf wurde ihnen das Essen serviert.

»Wir warten lieber« sagte Oldeboom, »bis sie fertig sind. Wer andere beim Essen stört, hat von Anfang an schlechte Karten.«

Doch offenbar hatte die Kellnerin geplaudert, denn einer der beiden, der mit den rötlichen Einsprengseln im Haar, kam zu ihnen an den Tisch, grüßte mit »Hallo!« und sagte dann: »Molly erzählt, Sie hätten nach uns gefragt. Wollten Sie uns sprechen?«

»Ja«, antwortete David Ostermann, »aber wir möchten Sie nicht beim Essen stören.«

»Das dürfen Sie gern. Oder vielmehr: Sie stören uns nicht. Sagen Sie mal, wir kennen uns doch, oder? Sind Sie nicht derjenige, der uns neulich aus der Haft befreit hat?«

»Ja, der bin ich.«

»Kommen Sie mit rüber!«

Sie folgten ihm in die Nische, wo erst einmal Namen genannt und Hände geschüttelt wurden. Danach saßen Oldeboom und David Ostermann den beiden gegenüber, die offenbar mit gutem Appetit ihre Suppe löffelten. Was nach wie vor irritierend wirkte, waren die bunten Haarschöpfe der Männer, die so gar nicht zu ihren angenehmen Tischmanieren paßten.

»Worum geht's denn?« fragte Harry, der sie hergeführt hatte. Der andere, der Bernhard hieß, hängte seine Frage gleich dran, und sie sorgte für eine weitere Überraschung:

»Wollen Sie vielleicht ein Bild kaufen?«

»Ein Bild?« fragte Oldeboom zurück. Er machte kein Hehl aus seinem Erstaunen.

»Ja«, erwiderte Bernhard, »die meisten, die hier nach uns fragen, wollen eins haben.«

»Sie sind Maler?« fragte David Ostermann.

»Sagt ruhig du zu uns«, antwortete Harry. »Das tun die Bullen ja auch, wie du gehört hast. Ja, wir malen Bilder, aber nicht nur auf Leinwand, sondern auch auf Bürgersteige, öffentliche Plätze und sonstwohin. Da nehmen wir dann bunte Kreide. Die Leute werfen uns Geldstücke in den Kasten und manchmal sogar Scheine. Am elften Juli war der Rekord dieses Sommers. Da hatten wir abends dreihundertsiebenundsiebzig Mark.«

»Aber es gibt«, warf Bernhard ein, »auch Tage, an denen es nicht mal fürs Abendessen reicht.«

»Was malt ihr denn?« wollte Oldeboom wissen.

»Was uns auf den Nägeln brennt«, sagte Bernhard. »Etwas über den Balkan zum Beispiel, über dieses Trauerspiel in unzähligen Akten. Eine Friedenstaube mit gebrochenen Flügeln. Auch Friedhöfe und Wälder, was ja auf das gleiche hinausläuft. Aber was können wir für euch tun, wenn es nicht um unsere Bilder geht?«

Nun steckten sie in der Bredouille. Was sollten, was könnten sie vorbringen, ohne die beiden zu verletzen? Die Hoffnung, von ihnen konkrete Hinweise zu erhalten, war ohnehin zunichte.

Oldeboom übernahm die Antwort, weil er meinte, sie würden ihm als dem wesentlich Älteren eine Taktlosigkeit eher nachsehen:

»Bitte, nehmt es uns nicht übel, aber wir haben euch in einer anderen Ecke vermutet. Mein Freund ...«, er zeigte auf David Ostermann, »traf auf der Wache mit euch zusammen, wo es um zwei Aids-Attentäter ging, nach denen wir suchen. Die Polizei hegte einen Verdacht gegen euch, und darum wollten wir nun fragen, ob ihr Leute kennt, die mit diesen teuflischen Aids-Spritzen unterwegs sind.«

»Unser Outfit«, antwortete Bernhard und griff sich kurz ins Haar, »macht nicht gerade einen seriösen Eindruck, und deshalb nehmen wir euch den Irrtum nicht krumm. Die Hahnenkämme, müßt ihr wissen, sind so etwas wie ein Markenzeichen, abgestimmt auf unsere knalligen Bilder. Die …«

»Aber wieso«, unterbrach ihn David Ostermann, »kommen die Bullen dazu, euch bloß wegen eurer Haare bei den Aids-Spritzern einzureihen?«

»Das wollte ich gerade erklären. Okay, früher waren wir mit Spritzkanonen unterwegs, aber das waren Spraydosen, und was wir versprühten, waren keine Viren, sondern die Farben für unsere Graffiti. Irgendein Blödmann hat uns dann mal als Spritzer bezeichnet, und prompt landeten wir in dieser ekelhaften Schublade, kommen da wohl auch so schnell nicht wieder raus. Das ist unsere Geschichte. Heute arbeiten wir nicht mehr mit Sprühdosen, sondern, wie gesagt, mit Kreide. Und wir schreiben auch keine Parolen mehr an Wände und auf Straßen, sondern malen Bilder, die beunruhigen und aufrütteln sollen. Aber so sind die Mitmenschen! Ein gutes Image bist du im Handumdrehen wieder los, ein schlechtes bleibt, selbst wenn's auf einen Irrtum zurückgeht, ewig und drei Tage an dir kleben. Um nun eure Frage zu beantworten: Wir kennen niemanden, der sein Geld mit HIV macht, weder einen aus dem Fußvolk, das ambulant arbeitet, noch einen aus der Nadelstreifenclique, die das HIV in großem Stil auf den Markt bringt. Ich frag' mich, wer schlimmer ist, der Kleine, der sozusagen tröpfchenweise arbeitet, dabei obendrein nur Attrappen benutzt und auf den bloßen Schreck setzt, oder die Halunken von der Blutmafia: Wenn die nicht mindestens lebenslänglich kriegen, wandere ich aus.«

Die Steaks kamen, und Harry und Bernhard setzten ihre Mahlzeit fort. Oldeboom beobachtete mit Vergnügen die elegante Beiläufigkeit, mit der die beiden Straßenkünstler ihre Bestecke handhabten. Da umschloß keine raffige Faust den Gabelgriff, und keine Messerschneide ragte drohend gen Himmel.

»Ihr habt«, sagte Harry, »mit uns tatsächlich die total verkehrte Hausnummer erwischt. Aber warum seid ihr überhaupt hinter den Typen her?«

»Meine Frau«, antwortete David Ostermann, »wurde von ihnen überfallen. Weil die Polizei die Kerle nicht findet, suchen wir selbst.« Er stand auf; Oldeboom folgte seinem Beispiel. Sie wünschten noch eine angenehme Mahlzeit und verabschiedeten sich.

Als sie bei ihren Autos angekommen waren, meinte David Ostermann: »Nun sieht es wirklich so aus, als säßen wir fest. Ich wüßte nicht, wo wir jetzt noch ansetzen könnten.«

»Ich auch nicht«, antwortete Oldeboom, »aber um nicht so enttäuscht auseinanderzugehen, mach' ich dir einen Vorschlag. Wir fahren zum

Hauptbahnhof, besorgen uns irgendwas Schönes im Gourmet-Laden, zum Beispiel Scampi, Lachs und Räucheraal, und damit geht es dann zu mir nach Haus. Nicht ins Seniorenheim, nein, wir werden an der Alster speisen. Ich hab' ein Penthouse in Harvestehude. Hin und wieder, wenn die Alten mir auf die Nerven gehen, weiche ich dahin aus, schlaf' auch manchmal da. Und denk bitte nicht, die Wohnung sei unwirtlich! Da wird noch immer regelmäßig saubergemacht, und alles ist so, daß man es jederzeit benutzen kann. Das war damals meine Bedingung, als die Familie beschloß, meinen Hauptwohnsitz ins Ruhleben zu verlegen. Hättest du Lust?«

»Ja, und Appetit übrigens auch.«

So kam es, daß sie eine Stunde später mit Armen voller Köstlichkeiten – zwei Flaschen Chablis waren auch dabei – vor dem achtstöckigen Gebäude standen.

»Noch nicht hineingehen, bitte!« sagte David Ostermann. »Ich muß mir Häuser, bevor ich sie betrete, erstmal von außen ansehen, vor allem dann, wenn Freunde darin wohnen.«

Sie setzten ihre Last ab.

»Wie alt ist es?« fragte David Ostermann.

»Etwa zwanzig Jahre.«

»Auf den ersten Blick meint man: ein langweiliger weißer Kubus. Aber wenn man genauer hinsieht, kommen Facetten zum Vorschein. Die Balkons zum Beispiel. Es ist, als betrachtete man vom Land aus die Promenadendecks eines vorbeifahrenden Passagierdampfers.«

»Eines vorbeifahrenden?«

»Ja, wirklich. Wenn man hinaufsieht, meint man, das Ganze wäre in Bewegung. Bestimmt sind hinter den Balkons sehr schöne Wohnungen.«

»Ihr Luxus liegt in ihrer Solidität und in ihrer Größe. Jede hat etwa zweihundert Quadratmeter.«

David Ostermann reckte den Arm in die Höhe. »Und von den beiden zurückweichenden Stockwerken da oben hast du eins?«

»Sie gehören zusammen und sind mein Zuhause, ja. Die Dachterrasse geht ganz herum. Nein, nicht ganz; hinten ist ja der Lift. Aber an drei Seiten hat man freien Auslauf. Ich hab' das Penthouse vor sieben Jahren gekauft. Vor neun Jahren starb meine Frau, und danach wurde mir unser Haus an der Elbchaussee zu groß. Also hab' ich's verkauft. Verstehst du das? In Wirklichkeit war es mir natürlich nicht zu groß, sondern zu still, zu leer. Auch wenn es pathetisch klingt: Mit Betty hatte es die Seele verloren, und ohne Seele kam es mir vor wie eine Folterkammer.«

David Ostermann verstand nur zu gut. »Folterkammer«, antwortete er, »ist das richtige Wort.«

»Ja, jeder Gegenstand, auf den der Blick fällt, tut weh, schnürt einem das Herz zusammen. Komm!«

Im Lift fragte David Ostermann: »Und die Nachbarn? Wie sind die?«

»Ich kenne sie kaum; mit der Anonymität ist es hier nicht anders als in den großen Mietblocks. Das ganze siebte Stockwerk gehört einer Versicherungsgesellschaft, und die hat die beiden Wohnungen an Konsulatsangehörige vermietet. Das sechste Stockwerk gehört einem Reeder, aber er selbst hat es, wie man sich erzählt, noch nie betreten. In der einen Wohnung sitzt seine geschiedene Frau und in der anderen ein pensionierter französischer General. Ganz unten sind die Büros einer großen Anwaltskanzlei, und irgendwo darüber haben die vier Juristen auch ihre Privatwohnungen. Im Mittelteil tummeln sich dann noch ein paar Mieter oder auch Eigentümer, von denen ich überhaupt nichts weiß. Die hab' ich noch nie gesehen. Na ja, ich hocke ja auch schon seit anderthalb Jahren bei meinen Veteranen. Aber glaub mir, ich werde bald hierher zurückkehren.«

Sie waren angekommen, verließen die Kabine. Ein großzügiges, mit Marmorplatten ausgelegtes Foyer bildete den Vorraum zum Penthouse, führte sonst nirgendwohin, so daß es eigentlich schon zu Oldebooms Reich gehörte.

Der Hausherr schloß auf, und ein die Eingangsdiele abriegelndes Stahlgitter wurde sichtbar. »Gut geschützt«, sagte David Ostermann. Oldeboom setzte die Elektronik in Gang, und das Gitter zog sich scherenförmig zusammen, verschwand in der Mauer.

»Ja«, antwortete er, »ich bin nicht nur auf Angriff aus, sondern auch auf Verteidigung. Alle Fenster sowie die Terrassen- und die Küchentür, die beide nach draußen führen, sind auf die gleiche Weise gesichert. Es gibt hier keinen Hausmeister, und haben die Diebe erst mal den Fahrstuhl erreicht, finden sie Zugang ..., ich will nicht sagen: zu jeder Wohnung, aber doch zu jeder Wohnungstür, und die zu öffnen, dürfte für sie kein Problem sein.«

Sie gingen durch den breiten Flur, der mit Palisander getäfelt war, und betraten dann ein großes Wohnzimmer, dessen Wände fast überall hinter Büchern verborgen waren. Bis zur Decke reichten die Regale.

»Donnerwetter!« entfuhr es David Ostermann. »Wer sich hier langweilt, ist selbst schuld.«

»Und doch passiert es«, erwiderte Oldeboom, »denn man ist ja nicht immer zum Lesen aufgelegt.« Er geleitete seinen Gast weiter. Sie betraten die geräumige Küche, die, das sah man auf Anhieb, mit allem Komfort ausgestattet war, und luden dort ab. Dann ging es, nachdem Oldeboom ein weiteres Scherengitter und die dahinterliegende Tür geöffnet hatte, hinaus ins Freie, auf den Balkon, der eher ein Dachgarten war. Zahlreiche Kästen, Kübel und Schalen beherbergten eine Fülle von Büschen und Blumen.

Da gab es Strauchrosen und Margeriten, Astilben, Schleierkraut und Hortensien, Rhododendron, immergrüne Berberitzen und vieles mehr. David Ostermann war fasziniert.

»Wer pflegt denn das alles?« fragte er.

»Meine Haushälterin, die zweimal wöchentlich kommt und dann den ganzen Tag hier arbeitet. Nach Bettys Tod hat sie mich betreut, zuerst in unserem Haus, später hier. Als ich ins Seniorenheim überwechselte, hab' ich sie nicht entlassen.«

Sie traten an die Balustrade, von der nur hier und da ein Stückchen Stein aus dem dunkelgrünen Efeu hervorschimmerte, blickten auf die Alster. Da es fast windstill war, mühte sich nur eine Handvoll Segelboote durchs Wasser.

»Manchmal sind es Hunderte«, sagte Oldeboom. »Man denkt jeden Augenblick: Gleich kracht's! Und dabei würde man hier oben gar nichts hören.«

David Ostermann beugte sich über die Brüstung. »Auch der Autolärm dringt kaum herauf, höchstens als ein gedämpftes Summen. Es ist schon so: Wenn man die Autos nicht hören will, muß man entweder so viel Land rundherum kaufen, daß genügend Abstand da ist, oder man muß in die Höhe gehen. Du hast es richtig gemacht.«

»Ja, das glaube ich auch, aber jetzt heißt es: An die Arbeit! Kommst du mit in die Küche?«

»Na klar.«

Doch viel gab es nicht zu tun. Alles war schon mundgerecht zubereitet, die Scampi, die Krebsschwänze, die Aalfilets, die Lammkoteletts und der Tomatensalat. Das Fleisch allerdings wärmten sie wieder auf. Ihre Arbeit bestand vor allem darin, die Speisen, zu denen vier verschiedene Saucen gehörten, aus der Verpackung auf Teller und in Schüsseln umzubetten.

Schon nach einer Viertelstunde saßen sie in dem großen Raum, umgeben von all den Büchern, und ließen es sich schmecken. Oldeboom hob sein Weinglas:

»Darauf, daß du noch oft mein Gast sein mögest!«

»Danke.«

Nachdem sie die Gläser abgesetzt hatten, sagte Oldeboom: »Hertha Behnke, die legendäre Hamburger Köchin, schrieb schon 1911 in ihrem berühmt geworden Kochbuch, wie nach ihrer Meinung ein Hamburger Menü auszusehen habe. Betty kannte die Speisenfolge auswendig, aber ich muß jedesmal nachgucken.« Er stand auf, trat an eins der Regale und zog ein Buch heraus. Der Zettel darin erleichterte es ihm, die Stelle zu finden, und dann las er vor.

»›Austernaspik mit Sauce ravigote – Geröstete Brötchen mit Chesterkäse und Radiesbutterkugeln – Suppe mit Bleichsellerie – Lachs grillée mit frischem Gurkensalat und Sauce béarnaise – Lammbraten mit Rahmtunke und Minttunke, garniert mit jungen Morcheln, Tomaten und jungen Kartoffeln – Warmer Schinkenpain mit gefrorenem Meerrettich – Junge Enten mit Salat – Butter, Brot, Käse – Vanille-Eis mit heißen Pfirsichen und Chateausauce – Obst, Dessert.‹«

Er schloß das Buch, stellte es an seinen Platz zurück, setzte sich wieder und meinte: »Ganz so hamburgisch haben wir es heute abend nicht, aber es wird reichen.« Er zeigte auf die Schüssel mit der roten Grütze. »Laß auf jeden Fall noch ein bißchen Platz für den Nachtisch. Hab' ihn in der Küche schon mal probiert; er ist köstlich. Man kann damit so viel falsch machen, zum Beispiel Vanille-Sauce drübergießen. Das ist barbarisch. Milch muß es sein oder ungeschlagene und ungesüßte Sahne.«

Sie aßen mit Genuß, gingen zwischendurch hinaus auf die Dachterrasse, kehrten aber immer wieder an ihren Tisch zurück. Als David Ostermann gegen elf Uhr aufbrechen wollte, sagte Oldeboom:

»Hast du nicht Lust, im Gästezimmer zu übernachten? Morgen würde dein Tag dann mit einem Frühstück im Freien beginnen.«

David Ostermann nahm das Angebot dankbar an, und als die beiden Männer später nach oben gingen, wo die Schlafräume lagen, schwankten sie leicht, mußten sich festhalten an dem aus Eisen geschmiedeten Treppengeländer.

17

Während der nächsten vier Tage gelang es ihnen nicht, den toten Punkt zu überwinden. Weder fand sich der Ansatz zu einer neuen Spur, noch brachten die bisher erzielten Resultate sie voran.

David Ostermann hatte noch einmal Kommissar Messmer besucht, um ihn nach dem neuesten Stand der polizeilichen Ermittlungen zu fragen, doch war dabei nur herausgekommen, daß alle Anstrengungen der Behörde weiterhin ohne Ergebnis geblieben waren. Es hatte auch keine Wiederholungstat gegeben, und Messmers Kommentar dazu hatte gelautet: »In der Kriminologie sprechen wir von Perseveration und meinen damit eine bestimmte Handschrift des Täters, das mehrfache Vorkommen gleicher Tatmerkmale also. Aber natürlich hoffen wir nicht darauf, denn es würde ja unter Umständen bedeuten, daß ein neues Opfer zu beklagen ist.«

Im Verlauf dieser vier Tage hatten sie sich zweimal getroffen, und zwar in David Ostermanns Studio, wo Oldeboom Agnes und Tonio kennenlernte, und auch im Ruhleben.

Daß es mit ihren Recherchen dann doch weiterging, plötzlich sogar mit Siebenmeilenstiefeln, hatte seine Ursache in einer kuriosen Konstellation. Das Ruhleben spielte dabei eine Rolle, ebenso Mathilde, die Maus, oder genauer: ihr Wunsch, zusammen mit Oldeboom eine Ausstellung zu besuchen. Doch zunächst begann der fünfte Tag so wenig verheißungsvoll wie die vier vorangegangenen. Oldeboom frühstückte im Heim, diesmal nicht auf seinem Balkon, sondern im Speisesaal, und nichts deutete darauf hin, daß in den Fall Bewegung kommen würde.

Um zehn Uhr traf sein Sohn ein, der sich am Vorabend angemeldet hatte. »Ich hab' in der Nähe zu tun«, hatte Richard gesagt, und Oldeboom hatte im stillen hinzugefügt: »... und so kann ich zwei Fliegen mit einer Klappe schlagen.« Mein Gott, hatte er nach dem Telefongespräch gedacht, immer diese störenden Nuancen! Warum verschweigt er mir nicht den geschäftlichen Hintergrund der Fahrt, der mich zur Nebensache macht, und sagt einfach: Vater, ich habe Lust, dich zu besuchen, und komme, wenn's dir recht ist, morgen mal vorbei!

Er hatte im Foyer auf ihn gewartet, führte ihn, als er mit dem üblichen Schwung durch die Drehtür gewirbelt war, in die Wohnung.

Richard Oldeboom war ein stattlicher Mann. So groß wie sein Vater, dabei schlanker als dieser, wirkte er sehr vital, auch wenn er mit seinen gerade erreichten vierzig Jahren schon ein paar graue Haarsträhnen hatte.

Mindestens eine halbe Stunde lang sprach er über die Geschäfte. Sie liefen gut, liefen sogar sehr gut, wie er verkündete. Ob das als frohe Botschaft gedacht war oder vielleicht als versteckter Hinweis darauf, daß es auch ohne den Senior ging, blieb unklar.

Erst dann kam das Familiäre an die Reihe: »Lisa und die Kinder lassen dich grüßen. Sie kommen nächstes Mal mit.«

»Danke, grüß sie wieder! Keine Schulprobleme?«

»Keine. Aber in der Regel gibt's die ja auch noch nicht mit acht und zehn Jahren. Holger hingegen steckt in einer Krise, wie ich höre.«

»Oder die Eltern. Na, wahrscheinlich alle miteinander, weil sie sich nicht einigen können über seinen zukünftigen Weg. Wer hat dir davon erzählt? Holger selbst?«

»Nein, Clara.«

»Manchmal denke ich, am besten fängt er, ob nun mit oder ohne Abitur, in der Firma an, lernt da von der Pike auf.«

»Von der Pike auf ist gut, aber nicht bei Oldeboom & Sohn! Mich hast du damals doch auch in eine andere Firma gesteckt, hast gesagt: ›Der Junge soll sich nicht ins gemachte Nest setzen. Dem muß erstmal der Wind um die Ohren wehen.‹ Und das war auch richtig so.«

»Hängt wohl mit dem Alter zusammen. Großväter sind sanfter als Väter.«

»Mag sein, aber versteh mich bitte richtig!

Wenn Holger das Zeug dazu hat, ist er mir in der Firma willkommen, nur eben nicht von Anfang an. Ich werde mal mit ihm reden.«

»Die beiden Familien vertragen sich also nach wie vor?«

»Ja, Gott sei Dank. Alles ist so, wie es sein soll.«

»Das freut mich.«

»In der letzten Ferienwoche machen wir einen Segeltörn auf der Ostsee. Holger kommt auch mit, und dann kann ich mich ausführlich mit ihm unterhalten.«

»Tu das! Ein Onkel findet manchmal besseren Zugang als die eigenen Eltern, weil er beides einsetzen kann, Nähe und auch wieder Distanz.«

Richard brach kurz vor dem Mittagessen auf, das im Heim immer sehr frühzeitig eingenommen wurde. Oldeboom begleitete ihn bis zum Wagen und ging dann in den Speisesaal.

Eigentlich hatten die Alten während der Mittagsmahlzeit ihre festen Plätze, doch kam es durchaus vor, daß die Sitzordnung aus irgendwelchen Gründen durchbrochen wurde. Das war auch diesmal geschehen. Er fand seinen Stuhl neben der Maus besetzt vor und mußte sich mit der Gesellschaft des recht nörglerischen Ehepaars Gernot und des ehemaligen Rinderzüchters Markus Nommensen aus Bredstedt zufriedengeben. Mit dem schon vierundachtzigjährigen Nordfriesen hätte er sich gern unterhalten, aber der alte Mann, der fast taub war, hatte sein Hörgerät nicht mitgebracht. Angeblich war es defekt. Böse Zungen im Ruhleben behaupteten allerdings, es arbeite einwandfrei, und wenn er es nicht einsetze, sei das reiner Selbstschutz gegenüber den Gernots.

Es gab Kalbfleisch mit Kapernsauce und Butterreis, doch Oldeboom hätte statt dessen lieber Lammkoteletts gehabt, statt der drei Alten am Tisch seinen jungen Freund David Ostermann und statt des Speisesaals sein Penthouse. So aß er schneller als sonst, verzichtete auf den Nachtisch und entschuldigte sich bereits um Viertel nach zwölf mit der Erklärung, er erwarte einen wichtigen Anruf.

Doch er kam nicht weit. Vor Erreichen der Schwingtür wurde er abrupt gestoppt. Eine Hand hatte von hinten nach ihm gegriffen. Er drehte sich um. Es war die Maus, die ihn da recht unsanft am Unterarm gepackt hatte.

»Hallo, Mathilde!« Leise fügte er hinzu: »Das Essen schmeckte mir heute nicht halb so gut wie sonst, aber wie hätte ich Frau Burmeister von Ihrer Seite vertreiben sollen?«

»Wegen einer Versicherungssache wollte sie unbedingt mit Herrn Pagels sprechen. Wäre doch auch nach dem Essen möglich gewesen, nicht? Na, Schwamm drüber! Herr Oldeboom, ich hab' ein Attentat auf Sie vor.«

»Geht's um unsere Würstchenbude auf dem Rathausmarkt?«

»Nein, diesmal nicht.« Erst jetzt sah er, daß sie mit einem bunten Heft wedelte. »In diesem Prospekt«, fuhr sie fort, »stehen alle Veranstaltungen, die es zur Zeit in Hamburg gibt.« Sie schlug eine Seite auf, hielt sie ihm vors Gesicht. »Gucken Sie mal! In der Galerie Leiss, Großer Burstah 38, ist eine Schmuckausstellung. Zwölf internationale Goldschmiede präsentieren da ihre Arbeiten, und die würde ich zu gern sehen. Sie wissen doch, meine Tochter ist auch Goldschmiedin, und deshalb bin ich so interessiert daran. Ob Sie mal mit mir hingehen würden?«

Er nahm den bunt aufgemachten Prospekt mit dem Titel WAS IST LOS IN HAMBURG? in die Hand, betrachtete ihn, hob dann den Blick und entdeckte, daß die Heftchen überall auslagen.

»An meinem Tisch fehlte es«, sagte er.

»Klar, da sitzen ja auch die Gernots. Bevor die überhaupt Platz genommen haben, verschwindet so was in Frau Gernots Handtasche. Sie müssen sich nicht sofort entscheiden. Nehmen Sie den Prospekt mit und sagen Sie mir irgendwann Bescheid!«

»Gut.« Er wünschte ihr noch einen schönen Tag und ging in seine Wohnung. Dort aß er dann, weil der Verzicht auf den Nachtisch nur aus strategischen Gründen erfolgt war, ein paar Mandarinen und blätterte in dem Heftchen, fand den Hinweis auf die Schmuckausstellung. Warum soll ich ihr den Gefallen nicht tun? dachte er. Er las noch ein bißchen weiter, war überrascht, wie viele Museen es in Hamburg gab, nahm ein paar der Namen in sich auf, so das Museum für Hamburgische Geschichte und das Völkerkundemuseum. Auch ein Maler-und-Lackierer-Museum wurde erwähnt und eins für Erotic Art. Es lag in der Nähe seiner Firma, in der Bernhard-Nocht-Straße.

Danach studierte er die lange Liste der Restaurants. Allein sieben indische offerierten ihre exotischen Speisen. Die Italiener lockten mit klangvollen Namen wie Borsalino, Dante und Don Camillo & Peppone, aber man konnte auch zu den Griechen gehen, zu den Mexikanern, Portugiesen, Türken und vielen anderen. Fast die halbe Erdkugel war vertreten.

Er fand auch ein paar Anzeigen von Nachtclubs und fragte sich, wie die Gernots wohl auf das Angebot reagieren mochten, doch mal im Club de Sade in der Erichstraße Deutschlands einziges S&M-Kabarett zu erleben.

Er schlug die nächste Seite auf, und plötzlich stockte sein Atem, so sehr erschreckte und faszinierte ihn die unerwartete Wiederentdeckung. Es war nur ein Symbol, aber eins, an dem David Ostermann und er lange herumgerätselt hatten. Oben links prangte das Pfund Sterling-Zeichen, das auch die Tasse aus der WG schmückte, und diese Tasse stammte, jedenfalls dem Bekunden nach, von einem der beiden Mädchen, nach denen sie schon so lange suchten.

Er holte sich die Lupe und hielt sie über das

Zeichen. Nein, keine Täuschung! Das L, das man, wie jeden anderen Buchstaben, vielfältig gestalten konnte, hatte die gleiche Bogenführung wie das L auf der Tasse, war zwar im ganzen kleiner, aber die Proportionen stimmten überein. Und auch der Querstrich, der den Buchstaben zum Währungszeichen machte, bestand hier wie dort aus einer leicht geschwungenen Linie.

Es gab keinen Zweifel.

Erst jetzt las er den Text des Inserats: »Lukrezia, der Nachtclub mit dem erlesenen Ambiente. Ein großes Aufgebot internationaler Stars erwartet Sie! Drei fulminante Shows pro Nacht. Täglich von 22 bis 4 Uhr außer sonntags.«

Er griff zum Telefon, wählte die Nummer vom Studio Ostermann, hörte gleich darauf Davids Stimme.

»Junge«, sagte er, »gut, daß ich dich erreiche! Vielleicht gibt's jetzt doch eine heiße Fährte. Grad eben hab' ich das merkwürdige Symbol von deiner Tasse in exakt der gleichen Ausführung wiederentdeckt, und zwar in einem Veranstaltungskalender.«

Er las den Text der Anzeige vor, sprach dann sofort weiter: »Ganz oben als Signet das L. Es steht natürlich für Lukrezia, und gleichzeitig haben sie das Währungszeichen draus gemacht, sicher um anzudeuten, daß der Laden floriert. Also, David, im allgemeinen kann ich mich auf mein Gedächtnis verlassen, aber um ganz sicherzugehen, kommst du mit deiner Tasse zu mir, oder ich fahre zu dir. Wie machen wir's?«

»Am liebsten würde ich dich in meine bescheidene Hütte einladen, heute abend gegen acht Uhr. Du kriegst Aalsuppe aus der Dose, und wenn dein L und mein L sich tatsächlich gleichen, gehen wir danach ins Lukrezia. Einverstanden?«

»Worauf du dich verlassen kannst!«

18

Die Aalsuppe, obwohl aus der Konservendose stammend, hatte Oldebooms verwöhnten Gaumen nicht enttäuscht, war in ihr doch alles enthalten gewesen, was dazugehörte: Katenschinken und Gemüse, Backpflaumen und Rosinen, Birnen und Grießklöße, Gewürze und Kräuter und natürlich der Fisch, der dem Ganzen seinen Namen gab.

Beide hatten mit gutem Appetit gegessen, wobei wohl auch die gegenseitig geleistete Gesellschaft förderlich gewesen war, denn als Singles kannten sie die Freudlosigkeit einsamer Mahlzeiten nur allzu gut. Vor allem David Ostermann tat sich seit dem Unglück schwer, einen geregelten Speiseplan einzuhalten. Viel zu oft ließ er das Essen ausfallen oder nahm mit einem Apfel vorlieb.

Um kurz vor zweiundzwanzig Uhr fuhren sie los, diesmal in nur einem Wagen, dem Volvo. Sie wollten ihr Gespräch fortsetzen, dessen Hauptthema die neue Spur war, die sich so plötzlich ergeben hatte.

»Ich überleg' die ganze Zeit«, sagte David Ostermann, »welchen Zusammenhang es zwischen deiner Entdeckung in dem Prospekt und meiner Tasse geben könnte. Das Naheliegendste ist wohl tatsächlich, daß Lotti im Lukrezia strippt oder sonstwas macht und da mal kurz ins Küchenregal gegriffen hat, um ihre Einkünfte aufzustocken. Bleibt die Frage, warum das nötig war, denn wer in diesem Gewerbe arbeitet, verdient doch nicht schlecht. Trotzdem, irgendeinen Anlaß muß sie gehabt haben, das Geschirr für einen Spottpreis den Leuten in der WG zu überlassen.«

»Wer weiß«, antwortete Oldeboom, »vielleicht arbeitet sie gar nicht im Lukrezia, sondern hat da, zusammen mit ihren Komplizen, einen Einbruch verübt, und das Geschirr ist ein Teil der Beute. Aber auch diese Version erscheint mir ziemlich unrealistisch. Wer klaut schon Teller und Tassen? Ja, wenn's Meißner Porzellan wäre!«

»Ich glaub', meine Jackentasche wölbt sich zu sehr nach außen.« David Ostermann zog die Tasse heraus. »Womöglich denkt der Portier, es ist ein Schießeisen, und läßt mich nicht rein. Besser, sie bleibt im Wagen.« Er drehte sich um und legte die Tasse auf den Rücksitz.

»Du sagtest vorhin«, meinte Oldeboom, »ich sollte wohl doch nicht in Erscheinung treten, aber das wäre, finde ich, eine etwas übertriebene Vorsichtsmaßnahme. In solchen Nachtclubs ist es meistens schummerig, und außerdem bin ich diesmal anders angezogen.«

»Schließen wir einen Kompromiß! Ich geh' allein rein und verschaff' mir einen ersten Überblick. Finde ich die Mädchen nicht vor, hole ich dich. Bloß: Wenn dann auch keiner in dem Lokal sie kennt, haben wir da nichts mehr zu tun und sind mal wieder am Ende.«

»Das ist nicht gesagt.«

»Wo siehst du dann noch eine Chance?«

»Die könnte sich aus irgendeinem Umstand ergeben, von dem wir jetzt noch nichts wissen, der aber zutage tritt, sobald wir drin sind. Denk nur mal an die kuriose Geschichte mit dem Programmheft! So gesehen, gibt's überall Chancen, man muß nur auf sie stoßen. Kommen wir im Lukrezia aber doch nicht weiter, versuchen wir herauszukriegen, wer deine Tasse gemacht hat. Als erstes forsche ich in der Firma nach. Immerhin beziehen wir Tausende von Tellern und Tassen, unterschiedlich im Material, in der Farbe, im Design, um damit die Schiffe zu beliefern. Vielleicht kann unser Einkäufer den Hersteller bestimmen, und an den wenden wir uns dann. Ich bin sicher, bei einem so speziellen Emblem wie dem L mit dem Querbalken läßt sich der Auftraggeber ermitteln. Das wär' doch was! Vielleicht ist es einer, den die ganze Atmosphäre des Lukrezia stark beeindruckt hat, und deshalb will er das weiße Geschirr mit dem blauen L auch bei sich zu Hause haben.«

»Einen Hinweis auf Lotti und Monika hätten wir damit noch immer nicht.«

»Vielleicht doch. Lotti könnte bei ihm als

Hausmädchen tätig gewesen sein und nach der Kündigung abgeräumt haben. Mensch, David, versteh bitte! Das sind nur Planspiele, und die geh ich durch. Es muß eins geben, das der Wirklichkeit entspricht.«

»Entschuldige, du hast recht. Ich werf' die Flinte immer zu früh ins Korn.«

Sie bogen in die Reeperbahn ein, fanden in der Nähe der Davidwache einen Parkplatz und stellten den Wagen ab. Die letzten fünfhundert Meter gingen sie zu Fuß.

Das Lukrezia hatte offenbar die schrille Reklame, wie sie von so vielen Lokalen auf St. Pauli verwendet wurde, nicht nötig. Da gab es keine Texte mit frivolen Verheißungen, keinen Aushang mit schlüpfrigen Bildern, keinen marktschreierischen Türsteher. Nur das L mit dem Querstrich leuchtete über der zweiflügeligen gläsernen Eingangstür. Ein Portier war zwar da, doch hielt er sich im Foyer auf, und allem Anschein nach empfing er die eintretenden Gäste in einer zugleich liebenswürdigen und diskreten Weise.

Sie trennten sich. Oldeboom blieb noch eine Weile stehen, sah David Ostermann hinter der Glastür verschwinden und ging dann, wie sie es vereinbart hatten, in eine nur wenige Schritte entfernte Kneipe, setzte sich, ließ sich ein Bier bringen, zahlte gleich.

Nach einer Viertelstunde winkte David Ostermann ihn heraus.

»Kannst ohne Bedenken mitkommen«, sagte er.

»Das heißt also: schlechte Nachrichten!«

»Wie man's nimmt. Einem der Kellner, der schon seit drei Jahren da arbeitet, hab' ich Lotti und Monika beschrieben. Nach seiner Aussage gehören sie nicht zur Belegschaft, also weder zu den Tänzerinnen noch zur Bedienung noch zur Fummelriege, wie er sich ausdrückte, haben auch früher nicht dazugehört. Die ganze Truppe soll vorwiegend aus Asiatinnen bestehen. Nur zwei Deutsche sind dabei, und die waren grad eben auf der Bühne. Die eine ist eher dreißig als zwanzig und die andere ... oder der andere ... oder auch das andere ist ein Zwitter.«

»Lohnt es sich dann überhaupt, da noch mal reinzugehen?«

»Ich glaub' schon; hab' nämlich was Interessantes entdeckt. Am Nebentisch legten sich ein paar der mandeläugigen Schönen bei einer Männerrunde mächtig ins Zeug, und der Champagner floß in Strömen. Aber einer der Männer hatte auch einen Mokka vor sich, und seine Tasse entsprach unserer, nur war sie viel kleiner und feiner.«

»Sehr gut! Das könnte uns weiterbringen.«

Sie betraten das Foyer, wo David Ostermann seine Eintrittskarte vorzeigte. Oldeboom mußte fünfzig Mark hinblättern, und dann ging es hinein.

»Ich hab' meinen Platz behalten.« David

Ostermann wies hinüber zu einem Tisch für zwei Personen. »Da setzen wir uns jetzt hin und lassen Mokka kommen.«

Der Kellner nahm die Bestellung entgegen, sagte daraufhin zu Oldeboom: »Das erste Getränk kostet fünfunddreißig Mark. Soll es trotzdem Mokka sein?«

»Ja.«

An David Ostermann gewandt, fuhr der Mann fort: »Bestehen Sie noch immer auf Lotti und Monika? Sehen Sie doch mal, was für hinreißende Geschöpfe wir für Sie haben!«

»Vielleicht später«, bekam er zur Antwort. »Erstmal nur den Mokka.«

Das Aufgebot war wirklich eine Augenweide. In dem großen, mit viel rotem Samt und weißem Schleiflack ausgestatteten Raum befanden sich etwa drei Dutzend Gäste, alles Männer zwischen vierzig und fünfzig, und acht bis zehn gertenschlanke, schwarzhaarige Mädchen, die meisten von ihnen nackt. Oldeboom, der solche Lokale nicht kannte, war erstaunt über die Freizügigkeit, die auf den breiten Samtpolstern herrschte.

»Da geht's ja wirklich zur Sache«, meinte er, und David Ostermann erwiderte: »Ungehemmt wie eh und je, als ob Aids eine Erfindung der Moralisten oder der Miesmacher wäre. Allerdings ...«, er hob ein Pappschächtelchen, das auf dem Tisch bereitgelegen hatte, empor, »verlangt man wieder Schutzhelme, aber wohl weniger aus Angst vor der Seuche als wegen des

Staatsanwalts, der sonst Schwierigkeiten machen könnte.«

Ein sehr junges Mädchen mit lackschwarzem Haar und einem Filigranleib, an dem eine Goldkette schimmerte, kam an ihren Tisch, lächelte und fragte: »Bumsi?«

Sie schüttelten den Kopf, und der höfliche David Ostermann sagte dann noch: »Sorry.«

Das Mädchen ging wieder, und dann studierten sie ihre Tassen, die der Kellner soeben gebracht hatte.

»Wirklich«, Oldeboom sprach jetzt gedämpft, »es ist, wie du gesagt hast: kleiner und feiner, aber sonst haargenau unser Modell! Was fangen wir an mit dieser Erkenntnis?«

»Da muß doch, verdammt noch mal, irgendeine Verbindung bestehen zwischen Lotti und dem Lokal, auch wenn der Kellner zehnmal behauptet, ein Mädchen wie sie habe es in den letzten drei Jahren hier nicht gegeben. Entweder weiß er nicht Bescheid, oder er lügt.«

Er winkte, und gleich darauf stand der junge Mann, der seinen Dienst in Tigerfell und Sandalen versah, wieder bei ihnen.

»Ich würde gern«, sagte David Ostermann, »den Geschäftsführer sprechen.«

»Haben Sie eine Beschwerde vorzubringen?«

»Nein, nein, alles ist in Ordnung. Ich will ihn nur etwas fragen.«

»Geht's wieder um die zwei Mädchen? Die wird er ebensowenig kennen wie ich. Aber er ist auch gar nicht da, kommt immer erst gegen Mitternacht.«

David Ostermann nahm seine inzwischen geleerte Mokkatasse in die Hand, hielt sie hoch. »Sehr hübsch.«

»Ja. Das L bedeutet Lukrezia.«

»Und der Querbalken?«

»Ist wohl als Ornament zu verstehen.«

»Wissen Sie, wo Ihr Chef dieses Porzellan kauft?«

»Nein, leider nicht.«

Als der Kellner gegangen war, meinte Oldeboom:

»Wir könnten uns draußen ein bißchen die Beine vertreten und um zwölf zurückkommen.«

Sie hatten schon gezahlt, und so brachen sie auf, wollten gerade im Foyer an der Garderobe vorbeigehen, da blieb David Ostermann plötzlich stehen und starrte hinüber zu der im Hintergrund sitzenden Frau. Sie war kein junger, filigraner Ostasien-Import, sondern ein molliges mitteleuropäisches Wesen von etwa fünfzig, wenn nicht sechzig Jahren.

Er griff nach Oldebooms Arm, zeigte dann auf den kleinen Tisch, an dem die Frau saß. Dort stand eine Tasse, nicht die kleine, feine, sondern die große, grobe. Ganz genau entsprach sie dem Exemplar, das in ihrem Auto lag, hatte das blaue Pfund Sterling-Zeichen auf weißem Untergrund.

Sie traten an den Tresen.

Eilfertig stand die Frau auf und kam heran, hielt ihnen die Hand hin, um den Garderobenschein entgegenzunehmen.

»Wir hatten nichts abgegeben«, sagte David Ostermann, »wir bewundern nur Ihre hübsche Tasse. Das Geschirr haben wir auch drinnen gesehen.«

»Aber nicht dieses dicke.«

»Stimmt, es war zarter als das hier.«

»Meine Tasse gehört ja auch nicht zum Lokal, sondern zum Schiff.«

»Zum Schiff?« fragten beide wie aus einem Mund.

»Ja. Früher, als hier noch richtig was los war, wurden die Gäste bei Überfüllung zur Yacht gefahren. Wir hatten sogar einen Kleinbus extra für diese Fahrten.«

»Und das Schiff?« fragte Oldeboom. »Existiert das noch?«

»Klar. Es liegt im Yachthafen und gammelt da vor sich hin.«

»Am Baumwall?«

»Ja.«

»Und der Name?«

»Wovon?«

»Von der Yacht.«

»Na, Lukrezia! Wie das Lokal.«

»Vielen Dank!« Oldeboom legte einen Geldschein auf den Teller, und dann stürmten die beiden hinaus.

19

»Eigentlich hätte ich wissen müssen«, sagte Oldeboom, »daß unsere Tasse mit der christlichen Seefahrt zu tun hat oder vielleicht mit einer Jugendherberge, jedenfalls mit einem Ort, an dem man auf rauhe Beanspruchung des Porzellans eingestellt ist.«

»Jugendherberge wohl weniger«, erwiderte David Ostermann, »wegen des Signets. Aber Seefahrt stimmt. Da paßt beides, die dicke Keramik und das Pfund Sterling.«

Bei Oldeboom & Sohn hatten sie sich zwei Nachtgläser bester Qualität besorgt, und nun saßen sie im Volvo, den sie oberhalb der Bootsstege auf einer asphaltierten Trasse geparkt hatten, sahen hinunter auf den Mastenwald, hatten auch längst die Lukrezia entdeckt, ihre Crew allerdings nicht zu Gesicht bekommen. Sie vermuteten, daß jemand an Bord war, denn hinter den verhängten Bullaugen brannte Licht.

Gegen halb zwei hatten sie erwogen, die Wache abzubrechen, um sie am Morgen wieder aufzunehmen, sich dann aber gesagt, bei so handfesten Anhaltspunkten sollten sie doch lieber am Ball bleiben. David Ostermann hatte dann noch gemeint: »Stell dir vor, wir fahren nach Haus, legen uns ein paar Stunden aufs

Ohr, und die Lukrezia ist über Nacht abgedampft! Wir würden uns grün und blau ärgern.«

Natürlich wußten sie, daß mit dem ganz großen Durchbruch noch nicht zu rechnen war. Erst einmal ging es ja nur um Lotti, die Porzellanverkäuferin, von der sie hofften, sie brächte sie auf die Spur des einen Aids-Attentäters. Der wiederum würde sie dann vielleicht – für einen Judaslohn oder unter Zwang – zu den beiden anderen führen, zu den Grünen. Ein weiter Weg also noch, aber nach der bisher dürftigen Ausbeute, vor allem nach dem totalen Stillstand während der letzten vier Tage, war die Erklärung der Garderobenfrau, die dicke Tasse stamme vom Schiff, vielversprechend, ja, geradezu erlösend gewesen.

Um zwei Uhr beschlossen sie, einen kleinen Rundgang zu riskieren, hatten immerhin im Verlauf der nun schon einstündigen Wache allerlei Schiffsvolk an Land oder wieder an Bord gehen sehen. Es war Sommer, und daher war fast jeder Liegeplatz des Yachthafens belegt. Mit Hilfe ihrer Nachtgläser hatten sie von den Hecks einiger Schiffe die Heimathäfen ablesen können: Malmö, Kopenhagen, Newcastle, Cadiz, Estepona, Genua. Warum sollte man nicht auch sie für Skipper halten, die nach einem fröhlichen Landgang über den Steg schlenderten und auf ihr Boot zurückkehrten?

Sie machten sich auf den Weg, gingen langsam, wagten sich bis an die Gangway der Lukrezia heran, verharrten dort. Aus der Kajüte drangen die Geräusche von Schritten herauf. Es war also tatsächlich jemand an Bord! Worte wären ihnen zwar noch lieber gewesen, aber sie waren auch so zufrieden, gingen wieder zu ihrem Wagen.

Um kurz vor drei war es soweit. Eine Person kam an Deck. Ein Mann. Ein junger Mann. Er erschien im Niedergang, blieb zunächst auf den Stufen stehen, ging dann weiter, und als er in seiner ganzen Größe in ihrem Blickfeld war, sahen sie es: Die rechte Hand war bandagiert.

Es geschah gleichzeitig. Oldeboom rief: »Mein Straßenräuber!« und David Ostermann: »Ich werd' verrückt, dein Milchbart!«.

Gebannt beobachteten sie, wie der junge Mann sich – etwas umständlich, weil einhändig – eine Zigarette anzündete, dann zum Vorschiff ging, sich auf den Bug setzte und die Beine über Bord baumeln ließ.

»Ich hab' sein Gesicht auf Anhieb wiedererkannt«, sagte Oldeboom, »das Kindergesicht, das ich nicht in Einklang bringen konnte mit der rüden Attacke. Er ist es ganz ohne Zweifel. Von nun an sind die Mädchen unwichtig für uns. Sie sollten uns nur zu dem Burschen führen, und das ist geschehen.«

Daß ihnen in dieser Nacht noch eine weitere, eine viel größere Überraschung bevorstand, konnten sie nicht ahnen. Sie ergab sich bereits eine halbe Stunde später, ging zunächst nicht von der Lukrezia aus, sondern bahnte sich vor dem hell erleuchteten Hafeneingang an, den alle, ob sie nun an Land oder zu ihren Schiffen gehen wollten, passieren mußten. Von dort nämlich drangen um 3.27 Uhr laute Stimmen zum etwa fünfundzwanzig Meter entfernten Volvo herüber, und gleich darauf trampelten vier Gestalten den leicht abschüssigen Bohlenweg entlang. Noch ehe sie am Wasser waren, kamen von beiden Beobachtern erneut Ausrufe des Erstaunens, diesmal nicht gleichzeitig.

»Die Mädchen!« stieß Oldeboom aus. »Es sind eindeutig die, die mich ansprachen, bevor der Junge aus dem Dunkel trat!«

Doch seine Feststellung blieb, zumal ihr Nutzen überholt war, weit hinter dem zurück, was David Ostermann zu vermelden hatte. »Mein Gott«, rief er, »die Grünen! Die beiden, die Hanna auf dem Gewissen haben!« In seiner Erregung packte er Oldebooms Arm. Der fragte, kaum minder erregt:

»Bist du sicher?«

»Absolut! Es sind ihre Staturen, ihre Bewegungen. Der größere hat sogar dieselben Stiefel an, die mit den auffälligen Absätzen. Vor allem aber das quergespaltene Ohr des anderen ist klar zu erkennen. Toll, was dein Fernglas hergibt. Hans, sie sind es! Wir haben sie gefunden!«

Inzwischen hatten die vier den ersten Steg betreten, liefen bis zum Ende, bogen danach zweimal rechtwinklig ab und erreichten schließlich die Lukrezia, gingen im Gänsemarsch an Bord, erst der Stiefel-Mann, dann die Mädchen und zum Schluß der mit dem eingerissenen Ohr. Der am Bug sitzende Junge stand auf, und alle fünf stiegen hinab in die Kajüte.

»Diesmal ist es wirklich ein Volltreffer«, sagte Oldeboom, und David Ostermann erklärte: »Wir sind am Ziel.« Aber wenig später fügte er hinzu: »Und schon wird mir ein bißchen mulmig.«

»Wieso denn das?«

»Weil ich nicht weiß, wie es weitergehen soll. Darüber haben wir beide noch gar nicht nachgedacht.«

»Ich durchaus.«

»Und mir nichts davon gesagt?«

»Über ungelegte Eier wollte ich nicht reden.«

»Jetzt sind sie gelegt. Hast du vor, zur Polizei zu gehen und zu verkünden: ›Leute, wir haben für euch eine Handvoll Ganoven ausfindig gemacht. Ihr braucht sie nur noch einzusammeln.‹ War es das, was dir vorschwebte?«

»Ganz sicher nicht.«

»Sondern?«

»Ich würde sie gern selbst einsammeln. Die Polizei ...«, Oldeboom wiegte den Kopf, »also, wir wissen doch, daß sie überfordert ist und daß auch die Justiz nicht mehr nachkommt. Die beiden Mädchen und das Milchgesicht würde man schon mal laufenlassen. Ach was! Man würde sie gar nicht erst festnehmen, denn der eine ist Opfer, und die anderen sind Zeuginnen. Es gibt also keinen Grund für Verhaftungen, es sei denn, ich träte auf als der Mann mit der Rattenfalle. Aber dann hätte ich wohl eine Menge zu erklären und käme am Ende selbst vor den Kadi. Mit deinen Grünen verhält es sich anders, obwohl ich auch bei ihnen nicht sicher bin, daß sie in Haft blieben. Okay, du würdest sie identifizieren als die beiden Kaufhaustäter, aber sie würden Stein und Bein schwören, sie hätten mit deinem Fall nichts zu tun. Aussage gegen Aussage also. Nach vierundzwanzig oder achtundvierzig Stunden – ich weiß nicht genau, wie die Bestimmungen lauten – sind sie erst mal wieder draußen, und natürlich verduften sie dann auf Nimmerwiedersehen. Ja, selbst wenn man sie überführen würde, hätte ich Zweifel, ob ihr Delikt ausreicht, um sie festzusetzen. Klar, letzten Endes haben sie deine Frau auf dem Gewissen, aber eben dieses ›letzten Endes‹ macht deutlich, daß sie nicht eigenhändig getötet haben. Ich fürchte, ein findiger Anwalt biegt ihre Sache so hin, daß sie eine junge Frau mit Himbeersaft erschreckt haben, weiter nichts. Was darauf an Knast steht, kannst du dir ausrechnen.«

»Verdammt, du hast recht.«

»Es versteht sich von selbst, daß wir die Burschen nicht umbringen wollen, auch wenn du sie bereits etliche Male in der Alster ertränkt oder auf die Kühlerhaube genommen hast. Aber wir müssen ihnen die Leviten lesen, und da hab' ich schon mal einen Plan ausgeheckt. Wir nehmen sie gefangen und bringen sie hinter Schloß und Riegel.«

»Aber du meintest doch, sie kämen gleich wieder frei!«

»Ich rede jetzt nicht vom Gefängnis, sondern von meinem Penthouse. Es hat, wie du weißt, Scherengitter an Türen und Fenstern, ist also bestens abgesichert. Niemand kommt so ohne weiteres hinein, und ich werde dafür sorgen, daß auch niemand ohne weiteres herauskommt. Das ist nur eine Frage der Elektronik.«

»Du willst sie allen Ernstes bei dir einsperren?«

»Ja.«

»Sie werden alles demolieren, jeden Stuhl und jeden Tisch und jede Lampe, vielleicht die Wasserrohre rausreißen und dadurch die Fußböden ruinieren. Ich glaub', sie würden sogar deine Bücher verbrennen, weil sie sich sagen: Eh wir verschmort sind, ist die Feuerwehr da und holt uns raus! Hans, ich fürchte, du hast deinen Plan nicht bis zu Ende gedacht.«

»Hab' ich doch!« Fast trotzig kam es von Oldebooms Lippen. »Wir werden lammfromme Gäste haben, weil wir zum Beispiel vor der Einquartierung alle Vorräte aus der Wohnung schaffen, und dann heißt es: Zu essen gibt es nur bei anständiger Führung. Glaub mir, der Hunger ist ein guter Zuchtmeister! Und wenn das wider Erwarten nicht klappt, haben wir noch immer unsere Handschellen. Sicher erinnerst du dich an das schmiedeeiserne Treppengeländer. Es eignet sich zum Anketten genausogut wie das Lenkrad eines Autos.«

»Mein Gott!«

»Ja, und irgendwann eröffnen wir das Gespräch mit ihnen, und ich bin sicher, wir holen alles, was wir wissen wollen, aus ihnen heraus, einschließlich ihrer Geständnisse. Die müssen sie sogar schriftlich geben, und danach können wir die Polizei einschalten.«

»Sie werden, sobald die Polizei da ist, widerrufen.«

»Das hilft ihnen nicht, denn die Geständnisse werden Details enthalten, die nur die Täter angeben können.«

»Und wie willst du das schaffen?«

»Wir werden sie zwingen, Hanna zu beschreiben. Da dürfen sie hinterher noch so viel lamentieren und behaupten, wir hätten die Beschreibung aus ihnen herausgepreßt, das rettet sie nicht. Wer solche Einzelheiten liefern kann, egal, unter welchen Umständen, ist überführt.«

»Das stimmt.«

»Und vielleicht findet die Polizei auf der Lukrezia sogar Spritzen und einen Blutvorrat und jede Menge Diebesgut.«

»Dein Plan ist grandios, aber wie willst du es

schaffen, sie ins Penthouse zu lotsen? Willst du sie zu einem Drink einladen, dann klammheimlich verschwinden und die Wohnung von außen abschotten? Ich glaub', sie würden deiner Einladung von vornherein nicht folgen.«

»Junge, so was macht man anders. Da kommen große Aufgaben auf dich zu, denn ich selbst darf ihnen ja nicht unter die Augen treten, abgesehen davon, daß sie die Rolle, die einer von uns beiden zu übernehmen hat, einem Fünfunddreißigjährigen eher abkaufen würden als einem Siebzigjährigen. Du mußt nämlich einen Ganoven spielen.«

»Ach nee!«

»Hör zu! Ich geh' mal davon aus, daß unsere Kandidaten unter chronischem Geldmangel leiden. Die Indizien dafür haben sie schon geliefert. Wer sich als Wegelagerer betätigt und Geschirr verhökert, pfeift vermutlich auf dem letzten Loch. Sie brauchen also Geld, und du verrätst ihnen, wo welches zu holen ist. Machst sie heiß mit einer Luxuswohnung in Harvestehude, in der ein paar sehr wertvolle Bilder hängen. Degas, Monet, Dalí ... ist egal, denn von Malerei haben die mit Sicherheit keine Ahnung. Gaukelst ihnen was vor in der Größenordnung von, sagen wir mal, zwei Millionen. Als Kleingeldexperten gehen die dann sofort in die Knie. Du erklärst, daß die Bilder auf dem schwarzen Markt fünfhunderttausend bringen, zweihundertfünfzigtausend für dich, weil der Tip von dir gekommen ist, und für jeden von ihnen fünfzigtausend.«

»Nicht schlecht bis dahin, wirklich! Aber es gibt zwei Haken.«

»Einen davon kenne ich, und der hat's in der Tat in sich. Und der andere?«

David Ostermann mußte laut lachen, wurde aber schnell wieder ernst und fragte: »Welchen kennst du denn schon?«

»Der liegt auf der Hand. Die größte Schwierigkeit besteht darin, an das Quintett heranzukommen, ohne auch nur den geringsten Verdacht zu erwecken, man sei nicht echt und das Ganze eine Falle. Ich hab' in letzter Zeit viel über Polizeiarbeit gelesen, und was wir da planen, ist ja durchaus mit einem polizeilichen Undercover-Einsatz zu vergleichen. Als Laie ahnt man gar nicht, welche Mühen, welche raffinierten Tricks und nicht zuletzt welche Zeiträume erforderlich sind, bis ein verdeckter Ermittler in die Szene eingeschleust werden kann, ganz gleich, ob es um Rauschgift, Mädchenhandel, Autodiebstahl oder um die Herstellung von Falschgeld geht. Manchmal verstreicht ein halbes Jahr, ehe die Kripo es wagen darf, einen ihrer Männer mit einer hieb- und stichfesten Legende im Milieu zu etablieren. Klar, Mühen werden wir nicht scheuen, und Finessen können wir uns ausdenken, aber ein halbes Jahr zu warten, wäre nicht gut. Also, das Heranpirschen ist der eine Haken.«

»Stimmt, und die andere Klippe ... ja, eigentlich gehört sie auch zu diesem Komplex. Ich meine: Woher weiß ich von diesem Penthouse voller Kunstschätze? Und vor allem: Welche Sicherheit kann ich meinen Komplizen bieten, daß der Eigentümer in einer ganz bestimmten Nacht nicht zu Hause ist und auch kein Überraschungsgast auftauchen wird? Grad weil sie bisher sicher nur mit Kleingeld gearbeitet haben, werden sie bei einer solchen Größenordnung skeptisch sein.«

»Es gehört zu deiner Aufgabe, solche Bedenken auszuräumen. Du machst ihnen zum Beispiel klar, daß sie mit dem Verkauf der Bilder nichts zu tun haben. Sie werden nur gebraucht für deren Abtransport. Zu der Frage, woher du das Penthouse kennst, lassen wir uns was einfallen. Eine – zugegeben, schlichte – Version wäre: Der Eigentümer ist dein Onkel, ein alter, fast erblindeter Mann, dem man sogar Kopien an die Wände hängen könnte, ohne daß er es merken würde. Da er zur Zeit im Krankenhaus liegt und du den Schlüssel in Verwahrung hast, ist der Zugang kein Problem. Und die Bilder brauchen wir nicht mal. Sobald du mit deinen neuen Freunden im Wohnungsflur bist, sagst du: ›Geht schon mal vor und setzt euch! Ich schick' nur den Lift wieder runter, weil man im Erdgeschoß ablesen kann, wo er hängt.‹ Schwupp, bist du draußen und schließt von dort aus das Gitter.«

»Ja, so könnte man es schaffen. Aber die Vorarbeit! Die wird uns so manche harte Nuß zu knacken geben. Moment, mir fällt noch eine dritte Schwachstelle ein. Was, wenn die Lukrezia morgen früh auf große Fahrt geht? Oder auch übermorgen, jedenfalls bevor ich die Chance hab', den ersten Kontakt herzustellen?«

Oldeboom drehte sich um, zeigte auf das kleine Verwaltungsgebäude, dessen Fenster erleuchtet waren. »Da sitzt die Aufsicht«, sagte er. »Die weiß bestimmt, für wie lange die Lukrezia den Liegeplatz gemietet hat. Aber wir dürfen uns nur verschlüsselt erkundigen, denn sonst würde der Mann den Lukrezia-Leuten womöglich von unserer Anfrage erzählen, und schon wären sie gewarnt. Ich meine übrigens, daß sie gar keine Segler sind. Die werden sich da auf irgendeine dubiose Weise eingeschlichen haben. Trotzdem, zusätzlich könnte ein echter Skipper an Bord sein, und darum wäre es wirklich gut, wir wüßten über die Liegezeit Bescheid.«

»Wir sagen einfach«, schlug David Ostermann vor, »wir seien dabei, ein Treffen mit sechs Booten vorzubereiten, und um unsere Glaubwürdigkeit zu erhöhen, machen wir's differenziert. Also: Eins kommt aus Portsmouth, eins aus La Rochelle, eins aus Ostende, eins aus Bremerhaven, eins aus Esbjerg und eins aus Santander. Sechs Freunde von uns, alles Skipper, mit denen wir ein Meeting veranstalten wollen. Und die möchten gern, daß ihre Boote möglichst dicht beieinander liegen, und besonders gern hätten sie die Plätze, die sie vor Jahren schon einmal hatten.« Er sah durchs Fernglas. »Die Lukrezia liegt auf Platz einundzwanzig. Auf Platz neunzehn liegt ein Holländer, zwanzig ist frei, auf zweiundzwanzig ein Boot aus Emden, bei der dreiundzwanzig hat die Hallberg Rassy festgemacht, und die vierundzwanzig ist auch frei. Wir hätten gern, sagen wir also zu ihm, die Plätze neunzehn bis vierundzwanzig, und dann wird er in den Belegungsplan gucken und feststellen, ob das möglich ist. Wenn wir Glück haben, fällt dabei die Liegezeit der Lukrezia mit ab. Ich geh' mal eben rüber, denn das müssen wir nicht zu zweit machen. Ist ja auch besser, wenn einer das Schiff im Auge behält. Sollte der Mann schlafen, versuchen wir's morgen früh noch einmal.«

»Ja.«

Oldeboom hielt, als David Ostermann gegangen war, das Fernglas vor die Augen, sah zur Lukrezia hinüber, wo in diesem Moment die Lichter ausgingen. Heute nacht, dachte er, werden sie jedenfalls nicht abdampfen. Er zündete sich eine Zigarette an, schirmte sicherheitshalber die Flamme mit der Hand ab.

Erst nach einer Viertelstunde kam David Ostermann zurück, und sobald er wieder auf seinem Platz saß, sagte er:

»Keine Gefahr, daß die Vögel uns davonfliegen. Die Gebühren sind noch für drei Monate bezahlt. Es handelt sich bei ihnen, wie du vermutet hast, nicht um Segler. Das riecht der Mann, so seine Worte, zehn Meilen gegen den Wind. Komische Typen seien das, meinte er, doch solange sie nichts kaputtmachen und das Geld rüberkommt, können sie bleiben. Also, den Platz einundzwanzig kriegen wir schon mal nicht, aber wenn es mit dem Treffen soweit ist, soll ich wiederkommen. Dann will er den Plan mit mir durchgehen. Ich schätze, es interessiert dich nicht sonderlich, für wie lange die anderen Boote bezahlt haben.«

»Richtig geschätzt. Da drüben sind inzwischen die Lichter ausgegangen, und ich schlage vor, wir machen jetzt Schluß.«

»Einverstanden.«

Sie fuhren ins Penthouse, und bevor sie schlafen gingen – David Ostermann bekam wieder das Gästezimmer –, versprachen sie einander, intensiv darüber nachzudenken, auf welche Weise das Vertrauen ihrer Opfer möglichst schnell zu gewinnen sei.

»Ich hoffe«, sagte Oldeboom, »beim Frühstück überraschst du mich mit einer zündenden Idee.«

20

Und die zündende Idee kam David Ostermann, kurz nachdem er sich hingelegt hatte.

Zunächst allerdings war da nichts weiter als der allgemeine Ansatz, daß es, da Langzeitprogramme entfielen, ein Auftritt mit Knalleffekt zu sein hatte, der bei den fünfen schlagartig die Vorstellung hervorrufen würde, er sei einer von ihrer Sorte, sei ein Kumpel.

Ich muß, überlegte er, eine Situation schaffen, in der sich auf der Gegenseite sofort uneingeschränktes Vertrauen bildet. Was normalerweise Monate braucht, muß diesmal spontan erfolgen, und das ist nur möglich, wenn ich vorher dafür gesorgt habe, daß eine dramatische Lage herrscht. Ich kann nicht bei ihnen anklopfen und erklären, ich hätte sie ein paar Tage lang beobachtet und wisse, daß sie Gammler und Streuner und Aids-Attentäter seien und vermutlich Geld brauchten; ich sei aus der gleichen Branche wie sie und hätte jetzt ein Riesending vor, das ich aber nicht allein durchziehen könne. Nie und nimmer würden sie auf einen so plumpen Trick reinfallen. Nein, mein Besuch bei ihnen müßte den untrüglichen Beweis meiner Echtheit gleich mitliefern.

Er knipste die Nachtischlampe wieder an, stand auf, ging mit schnellen Schritten hin und her, dachte konzentriert nach, glaubte endlich, einen tauglichen Plan entwickelt zu haben. Allerdings wäre dann – außer ihm und denen, die es zu täuschen galt – weiteres Personal vonnöten.

Er verließ das Gästezimmer, schlich über den Flur, entdeckte unter Hans Oldebooms Tür einen Lichtstreifen, klopfte.

»Ja, komm rein!« ertönte es von drinnen.

Er trat ein.

»Ich sah das Licht. Du hast also noch nicht geschlafen.«

»Das passiert mir jetzt häufiger, weil mein Stundenplan auf dem Kopf steht. Dir scheint es ähnlich zu gehen.«

»Ich hab' sie gefunden, die Idee.«

Mit einem einzigen Schwung war Oldeboom aus dem Bett. Er schlüpfte in seine Hausschuhe, zog sich einen Bademantel über. »Wenn wir durch sind mit allem«, sagte er, »wird der versäumte Schlaf nachgeholt, aber jetzt machen wir uns einen starken Kaffee, und dann erzählst du mir!«

Zehn Minuten später saßen sie auf der Dachterrasse. Die Sonne hatte schon ein Stückchen Himmel erklommen und lugte über die Dächer der gegenüberliegenden Schwanenwyk. Es war warm, und selbst zu dieser frühen Stunde zogen ein paar Segelboote ihre Bahnen über die Alster.

Obwohl beiden die durchwachte Nacht in den Knochen steckte, empfanden sie den neuen Tag nicht als Last, im Gegenteil, das Gefühl, fast am Ziel zu sein, gab ihnen Mut und Optimismus.

»Und du meinst, du hast ein Konzept?«

»Ich glaube, ja. Der einzige Haken: Wir brauchen ein paar Leute, die uns helfen, und das dürften natürlich nur Personen sein, auf die wir uns hundertprozentig verlassen können. Davon hab' ich zwei. Kennst du noch jemanden, der in Frage kommt? Aus deiner Veteranenriege sollte er möglichst nicht stammen.«

Oldeboom dachte nach. Die Maus entfiel also, aber für sie hätte er sich ohnehin nicht entschieden, denn nach Lage der Dinge war mit einer heiklen Mission zu rechnen, und eine solche würde er ihr keinesfalls aufbürden. Holger kam ihm in den Sinn, und er sagte:

»Zu jung wäre wohl auch nicht gut. Achtzehn, ginge das noch?«

»Es gibt«, erwiderte David Ostermann, »Achtzehnjährige, die wie Kinder aussehen, und andere, die als Twens durchgehen. So einer müßte es schon sein, und man könnte ja auch ein bißchen nachhelfen; es wird nämlich kein Tageslicht herrschen. Die Hauptsache ist, daß die Statur stimmt.

»Mein Enkel ist achtzehn und sehr groß.«

»Ausgezeichnet.«

»Soll er auch einen Ganoven mimen?«

»Nein, ebensowenig wie meine beiden Kandidaten. Es sind Agnes und Tonio, die du ja kennst. Agnes wird den Mann von der Hafenaufsicht in ein Gespräch verwickeln. Ja, und Tonios Schäferhund spielt auch mit.«

»Was ist mit mir?«

»Das alte Handikap. Würden die Mädchen und der Junge mit der verletzten Hand dich wiedererkennen, wäre alles verpatzt. Du kannst leider nur aus dem Hintergrund operieren. Oder du führst das Gespräch mit dem Hafenwärter; dann hätte ich Agnes frei für andere Aufgaben.«

»Es geht also, unsere Gegner eingerechnet, um ein Zehn-Personen-Stück.«

»Könnte man sagen, ja. Das Drehbuch wirst du gleich kennenlernen, und danach sagst du mir, ob wir Chancen für einen Oscar haben oder damit rechnen müssen, völlig leer auszugehen.«

Oldeboom schenkte Kaffee nach, setzte sich wieder. Doch zu hören bekam er noch immer nichts, denn zunächst bat sein Gast um Papier und Stift, und so mußte er erneut aufstehen.

Das Geschirr wurde ein Stück zur Seite geschoben, der große weiße Bogen ausgebreitet. Erst dann begann David Ostermann. Er sprach fast zwanzig Minuten, zeichnete zwischendurch, postierte die Akteure an bestimmten Punkten seiner Skizze, entwarf das ganze Szenario, wie er es sich für eine der nächsten Nächte vorstellte. Danach legte er den Stift beiseite, nahm einen Schluck Kaffee und fragte:

»Nun? Könnte es gelingen?«

Oldeboom griff über den Tisch, nahm beide Hände des Freundes, schüttelte sie, ließ sie wieder los. »Ich gratuliere!« sagte er. »Das ist genau das, was wir brauchen. Nur mit solchen Aktionen erreicht man, daß im Blitztempo Vertrauen entsteht. Wie bist du auf diese Geschichte gekommen?«

»Hast das entscheidende Wort grad selbst genannt. Mir war klar, es mußte etwas Blitzartiges sein, und da liefen dann ein paar Filme in meinem Kopf ab. Der hier«, er tippte auf das Papier, »gefiel mir am besten. Da und dort können wir ihn verändern, aber im großen und ganzen steht er wohl.«

»Korrekturen werden kaum nötig sein; nur dran feilen sollten wir noch und ein paar Einzelheiten ausarbeiten. Du bist kein gelernter Schauspieler, und darum wäre es gut, den wahrscheinlichen Ablauf der Dialoge regelrecht zu üben, mit verteilten Rollen, und uns dabei zu überlegen, welche Fragen man dir stellen könnte. Es ist wichtig, daß du spontane und vor allem überzeugende Antworten parat hast. Wie ein echter Undercover-Agent brauchst du eine Legende, eine Vita, denn die angeblichen Stationen deines Lebens darfst du dir ja nicht erst ausdenken, wenn sie abgefragt werden. Die müssen vorher in deinen Kopf, sonst ist die Gefahr zu groß, daß sich Widersprüche einschleichen.«

»Stimmt! Am besten fangen wir gleich mit der ersten Probe an. Ein paar Requisiten brauchen wir auch. Und das Geld. Ich würde sagen, mit zwei-, dreitausend Mark kommen wir aus. Die hol' ich nachher von der Bank, krieg' sie ja wieder.«

Oldeboom stand abermals auf, ging ins Wohnzimmer und kam nach wenigen Augenblicken mit einer Stahl-Kassette zurück. Er stellte sie auf den Tisch, öffnete sie.

»Der Schmuck meiner Frau«, sagte er. »Irgendwann wird meine Tochter ihn tragen oder meine Enkelin.« Er hob die samtbezogene Einlage an, in deren Einzelfächern Gold- und Perlenketten, Armbänder und Ringe ihren Platz hatten, griff darunter und holte ein Bündel Geldscheine hervor, zählte zwei Fünfhunderter und zwanzig Hunderter auf den Tisch, sagte: »Dann brauchst du nicht extra zur Bank zu gehen. Und Tonios Hund, meinst du, wird seinen Part überzeugend spielen? Kennt er dich gut?«

»Ja, er ist oft im Studio.«

»Wird er dich nicht liebevoll abschlecken und dir damit die Show verderben?«

»Nein, er pariert aufs Wort, ist sogar abgerichtet worden. Außerdem kommt er gar nicht so dicht an mich ran und ist auch noch angeleint.«

»Ich werde heute mit meinem Enkel telefonieren, und du mußt deine Leute fragen.«

»Ja, aber das geht nicht telefonisch, und ich glaube, auch du solltest mit deinem Enkel lieber persönlich reden.«

»Ist doch klar. Ich ruf' ihn nur an, um ein Treffen zu vereinbaren. Möchtest du dabei sein?«

»Gern.«

»In Ordnung. Fangen wir also jetzt mit den Proben an!«

21

Die Stimmung auf der Lucrezia war schlecht, denn Ferdinand hatte vom Kiez die Nachricht mitgebracht, Joob de Vries, der Bootseigner, werde demnächst freikommen.

Es war Abend. Sie saßen auf den Kojen, hatten den Kajütentisch heruntergeklappt und tranken Bier.

»Irgendwann«, sagte Lothar, »war das fällig. Ist sowieso ein Wunder, daß wir hier so lange unbehelligt wohnen konnten. Zusammen mit Jacob, das ging ja noch; schließlich hatte er den Auftrag, den Kahn zu bewachen und in Schuß zu halten. Aber seit er weg ist, hab' ich eigentlich immer damit gerechnet, daß wir an die Luft gesetzt werden. Jetzt heißt es für uns, rechtzeitig von Bord zu kommen. Wär' nicht gut, wenn wir dem Mann erzählen müßten, wo seine Ausrüstung geblieben ist.« Er massierte mit der Linken die verletzte Hand. Am Nachmittag hatte ein dänischer Arzt, der mit seinem Kajütkreuzer nur wenige Plätze entfernt lag und wegen einiger Informationen, die er haben wollte, zu ihnen an Bord gekommen war, ihm den Gips abgenommen. Die Wunden waren gut verheilt, aber wenn er die Finger bewegte, tat es noch weh. Vorsichtig trainieren, hatte der Mann geraten.

»Wieviel Zeit haben wir denn noch?« fragte Lotti.

»Etwa zehn Tage«, antwortete Ferdinand. »Bleibt zu hoffen, daß nicht schon vorher irgendein Makler aufkreuzt. Die Yacht soll nämlich verkauft werden. Auf jeden Fall müssen wir uns Gedanken machen über 'ne neue Unterkunft.«

»Ich glaub'«, sagte Lothar, »ich geh' zurück nach Bayern. Hab' den Eindruck, Hamburg ist kein gutes Pflaster für mich.«

»Aber du wirst da unten doch gesucht«, sagte Herbert.

»Ach, diese alte Geschichte! Inzwischen ist bestimmt Gras drüber gewachsen. Und ich geh' ja auch nicht in den Ort, in dem ich gewohnt hab', sondern in den äußersten Süden, in die Gegend von Traunstein. Da hab' ich 'ne Tante, Schwester meines Vaters. Sie ist unverheiratet und hängt an mir. Ich bin sogar ihr Patenkind.«

»Weiß sie von deinem Abenteuer in der Eisenbahn?« fragte Ferdinand.

»Nehm' ich an. Trotzdem hält sie zu mir, da bin ich ganz sicher. Und wohin wollt ihr?«

»Lotti und ich gehen in den Osten, an die polnische Grenze. Hab' gehört, die Bullen und der Zoll sind da so lahm, daß es ein Kinderspiel ist, Kohle zu machen.«

»Schmuggel?« fragte Lothar.

»Ja, unter anderem. Was meinst du, wie viele geklaute Autos jede Woche rübergehen! Und nicht nur die, sondern auch Fernseher, Radios,

PCs. Man muß nur versuchen, in einen Ring reinzukommen.«

»Moni und ich schließen uns vielleicht an«, sagte Herbert, »aber vorher will sie noch was Familiäres erledigen. Sie hat heute morgen mit ihrem Bruder telefoniert und erfahren, daß ihre Großmutter gestorben ist, die Mutter von ihrem richtigen Vater. Die war Witwe und hatte ein Haus in der Elbmarsch.« Er sah seine Freundin an. »Erzähl das lieber selbst!«

»Ja«, nahm Monika den Faden auf, »die hatte ein Haus, aber da ist 'ne Hypothek drauf, die sogar noch über den Schornstein reicht, sagt mein Bruder, und darum soll ich die Erbschaft ausschlagen. Ich hab' das alles überhaupt nicht begriffen.«

»Kannst du nicht trotzdem erstmal mit Herbert da unterkommen?« fragte Lotti. Die Antwort blieb aus, weil ein lauter Ruf alle fünf zusammenfahren ließ: »Da ist er!« Gleich darauf waren Schritte zu hören, laute Schritte. Jemand mußte einen der hölzernen Stege entlangrennen, und er schien verfolgt zu werden, denn wieder ertönte die Stimme, eine männliche: »Da ist der Kerl!«

Ferdinand war aufgesprungen und an eins der Bullaugen getreten. Er schob den Vorhang ein Stück zur Seite, sah hinaus, sagte nach einer Weile: »Verdammt, da läuft einer auf uns zu!«

Jetzt drängten auch die anderen zu den Fenstern, doch er scheuchte sie zurück: »Los, setzt euch wieder hin! Vielleicht sind es Bullen, die den Mann verfolgen, und wenn die hier fünf neugierige Gesichter entdecken, kommen sie womöglich an Bord.«

Sie gingen zum Tisch zurück, setzten sich.

Erneut ein Geräusch, noch viel alarmierender diesmal, denn es waren ihre eigenen Planken, die den lauten Aufprall wiedergaben, ja, es ging sogar ein Ruck durchs Boot.

»Scheiße!« zischte Ferdinand. »Da besucht uns einer, und wenn es kein Bulle ist, dann ist es der Flüchtling, und der hat die Bullen im Kielwasser.«

Sie hörten, daß die Tür vom Niedergang aufgerissen wurde. Danach wieder Schritte. Trapp, trapp, trapp. Jemand kam im Eiltempo die Stufen heruntergepoltert, und im nächsten Augenblick stand er auch schon in der Kajüte, ein Mann zwischen dreißig und vierzig Jahren, völlig außer Atem und mit deutlichen Anzeichen der Erregung im Gesicht.

»Hey, Leute, helft mir! Bitte, versteckt mich!« ächzte er und griff mit fahrigen Bewegungen in seine Windjacke, klaubte einen Packen Geldscheine aus der Tasche, zupfte ihn auseinander, warf einen Fünfhunderter und fünf Hunderter auf den Tisch. »Da! Euer Lohn! Und wenn's vorbei ist, kriegt ihr noch mal das gleiche. Aber dafür müßt ihr mir aus der Patsche helfen.« Er zeigte auf eins der Bullaugen. »Guckt mal nach! Sind sie schon auf dem Steg?«

Ferdinand nestelte wieder am Vorhang.

»Wer denn überhaupt?« fragte Lothar.

»Na, die Bullen!«

Herbert hatte das Geld aufgenommen. »Tausend«, sagte er, »und danach noch mal tausend. Ist 'ne ganze Menge Kies.« Er steckte die Scheine ein. Ferdinand meldete:

»Sie sind noch weit weg. Da, wo der vierte Steg anfängt, stehen sie, genau unter einer Bogenlampe.«

Er drehte sich um und sagte zu dem Fremden: »Die haben dich verloren.«

»Mann, das war knapp! Aber kann ich mich trotzdem hier verstecken? Nur für den Fall, daß sie doch noch an Bord kommen? Vielleicht gucken sie auf jedem Schiff nach.«

»Da!« sagte Herbert. Er stand auf und klappte das Polster seiner Koje hoch. »Da kannst du reinkriechen.«

Das tat der Mann, doch als Herbert die von Latten getragene Auflage zurückklappen wollte, sagte er: »Noch nicht. Erst wenn feststeht, daß sie kommen. Dann machst du zu und setzt dich drauf. Hier herumstöbern dürfen sie nicht. Boote sind wie Wohnungen, und sie können ja nicht für jedes einen Durchsuchungsbefehl haben. Also ist ihnen nur eine höfliche Anfrage erlaubt. Na, und für die richtige ... ich meine natürlich, für die falsche Antwort habt ihr ja das Geld gekriegt. Was machen sie jetzt? Wie viele sind es überhaupt?«

»Ich sehe zwei«, sagte Ferdinand, der den

Vorhang einen Spalt weit geöffnet hatte, »einen Mann und eine Frau. Sie stehen ... nein, da kommt noch einer, und der hat einen Hund bei sich, einen riesenhaften Schäferhund. Die drei bequatschen was, machen wohl einen Plan. Jetzt gehen sie auseinander, die Frau und der eine Mann nach links, der mit dem Hund nach rechts. Sie latschen die Stege ab, bleiben aber, wie's scheint, von den Schiffen weg.«

»Ha!« lachte der Fremde auf. »Die wissen eben, was sie dürfen und was nicht. Ob ihr trotzdem das Licht ausmacht? Es könnte sie zu einem Besuch verleiten.«

Lotti drückte auf den Schalter.

»Der Hund zerrt gewaltig an der Leine«, verkündete Ferdinand, »aber der Mann hält ihn kurz. Der andere und die Frau sind jetzt am äußersten Ende des vierten Stegs. Die Frau spricht in ein Funkgerät.«

»Kannst du am Ufer ein Bullenauto sehen?« kam es aus dem Bettkasten.

Ferdinand wandte den Kopf, schob für einen Moment den Vorhang weiter auseinander. »Keinen Peterwagen, aber ein Zivilauto. Mittelklasse. Steht neben dem Wärterhäuschen. Ist anscheinend niemand drin. Übrigens, die drei haben keine Polizeiuniformen an.«

»Sind ja auch von der Kripo«, sagte der Fremde. »Mann, ich glaub', ich hab' noch mal Schwein gehabt! Was für ein Glück, daß ich auf euch gestoßen bin!«

»Weshalb sind sie denn hinter dir her?« wollte Lotti wissen.

»Das erzähl' ich euch, wenn sie weg sind.«

»Und wenn sie nicht abhauen«, fragte Ferdinand, »sondern sich auf 'n Poller setzen und da hocken, bis sie schimmelig werden?«

»Okay, dann hab' ich Pech gehabt, aber so muß es ja nicht kommen. Ich glaub' eher, die denken, daß ich ihnen entwischt bin und das Hafengelände längst wieder verlassen hab'.«

»Wo steht dein Auto?« fragte Herbert.

»Vor meinem Hotel. Bin mit der U-Bahn gefahren, am Baumwall ausgestiegen und ein Stück gegangen. War schon der Meinung, ich hätte sie abgehängt. Plötzlich bemerke ich, daß sie mir wieder auf den Hacken sind, und sprinte los. Einer von ihnen verfolgt mich zu Fuß, die anderen im Wagen. Na, und dann lande ich hier. Die auch. Den Rest kennt ihr.«

»Achtung, er kommt!« sagte Ferdinand. Der Fremde tauchte ab in den Kasten, der Deckel fiel zu, Herbert setzte sich drauf.

Lothar meinte: »Wir müssen entweder das Licht wieder anmachen oder uns hinlegen. Im Dunkeln sitzen und Bier trinken, das wäre, wenn er aufs Boot klettern sollte, irgendwie verdächtig.«

Sie gaben ihm recht, streckten sich auf den Kojen aus, krochen sogar unter ihre Wolldecken. Nur Ferdinand blieb an seinem Platz, hielt weiterhin Wache.

»Der mit dem Hund«, sagte er, »ist jetzt fast auf unserer Höhe. Er hat eine Taschenlampe bei sich, leuchtet die Boote ab, sogar das Wasser zwischen den Bordwänden.«

»Geh lieber einen Schritt zurück!« flüsterte Monika. »Wenn er dich unter dem Fenster sieht, denkt er, du bist der, den er sucht.«

Ferdinand folgte ihrem Rat, trat nicht nur zurück, sondern auch zur Seite, gerade noch rechtzeitig, denn gleich darauf fiel der Lampenstrahl durch den Spalt in die Kajüte. Wenige Sekunden später sahen sie das Licht hinter den anderen Vorhängen kurz aufschimmern und wieder verlöschen. Ferdinand kehrte ans Bullauge zurück.

»Er ist weitergegangen«, erklärte er, »leuchtet jetzt das Hafenbecken ab. Zum Glück hat der Hund die Spur nicht gewittert. Herbert, kannst den Kasten aufmachen.«

Als das Polster wieder hochgeklappt war, richtete der Flüchtling sich auf. »Ihr seid echte Kumpel«, sagte er, »danke!«

»Moment, die Gefahr ist doch noch nicht vorüber!« warnte Ferdinand. »Jetzt kommen die beiden anderen, der Mann und die Frau.«

Wieder das Abtauchen, wieder das Schließen des Deckels.

»Gleich sind sie hier.« Ferdinand trat vom Fenster weg. Aber diesmal blieb der Lampenstrahl aus. Statt dessen kamen Worte. Deutlich hörten sie die Frau sagen:

»Er ist entweder wieder an Land oder seewärts entwischt. Das Wasser hat über zwanzig Grad.« Dann sprach sie offenbar ins Funkgerät. »Bitte, kommen!« sagte sie und wenig später: »Wir brechen ab, treffen uns oben am Eingang und fahren noch einmal zum Juwelier. Ende.«

Ferdinand wagte einen Blick nach draußen. »Sie hauen tatsächlich ab«, verkündete er.

Herbert half dem Mann aus der Kiste und setzte ihn ins Bild. Die unmittelbare Gefahr war zwar vorüber, aber das Licht schalteten sie erst ein, nachdem das Auto weggefahren war. Gleich darauf saßen sie zu sechst am Tisch.

Der Gast bekam ein Bier, trank es gierig, sagte, als er die Flasche abgesetzt hatte: »Streß macht durstig. Verflucht, der Juwelierladen muß eine zweite Alarmanlage haben, eine, die man drinnen gar nicht hört. Es herrschte Totenstille, und ich war grad am Einsammeln, da schob sich plötzlich das Bullenauto vors Schaufenster. Zum Glück konnte ich hinten raus.«

»Und die Beute?« fragte Ferdinand.

»Die ließ ich fallen wie heiße Kartoffeln, bis auf die Sachen, die ich schon in der Jacke verstaut hatte.« Er holte ein paar Oldeboomsche Schmuckstücke hervor, legte sie auf den Tisch. »Ich weiß nicht, was sie wert sind, Ladenpreis alles zusammen vielleicht zwanzig- bis dreißigtausend. Könnte also fünf bis zehn Riesen bringen.«

»So wenig?« fragte Lotti. »Wenn sie doch so viel wert sind?«

Ehe der Gast zu einer Antwort kam, gab Lothar sich kundig: »Du vergißt, daß die Ware heiß ist. Das drückt den Preis enorm.«

Der Fremde steckte den Schmuck wieder ein und wandte sich dann an Ferdinand, fragte ihn: »Hast du sie tatsächlich wegfahren sehen?«

»Hundertprozentig. Der Wagen steht ja auch nicht mehr da.«

Doch der scheinbar Besorgte gab sich damit nicht zufrieden. »Könntet ihr trotzdem«, bat er, »noch mal kurz das Licht ausmachen?«

»Klar«, sagte Lotti, und sobald sie auf den Schalter gedrückt hatte, trat er ans Bullauge, schob den Vorhang zur Seite, suchte die Stege ab. »Sieht gut aus«, meinte er schließlich, drehte sich um, machte das Licht wieder an. »Hier! Die zweite Hälfte!« Noch einmal landeten ein Fünfhunderter und fünf Hunderter auf dem Tisch. »Vom Schmuck kann ich euch nichts abgeben, weil der nicht so ohne weiteres auf den Markt darf und schon gar nicht morgen oder übermorgen. Es könnten übrigens auch Imitate sein, und die brächten natürlich nichts. Habt ihr noch ein Bier für mich?«

Die Flasche wurde ihm hingestellt. »Danke. Es tut mir leid, aber ich muß euch jetzt um den nächsten Gefallen bitten.«

»Nur zu!« sagte Ferdinand. »Wir sind entgegenkommend, vor allem, wenn man uns gut bezahlt.«

»Ich möchte, um ganz sicherzugehen, bis

zum Hellwerden an Bord bleiben, also noch vier, fünf Stunden. Ich weiß, das ist unbequem für euch, aber ich kenne die Bullen. Vielleicht haben sie hundert Meter weiter einen Posten zurückgelassen, der aufpaßt, ob ich nicht doch am Morgen irgendwo zwischen den Booten wieder auftauche und mich dann vom Gelände schleiche. Am besten wäre, jemand von euch würde, sobald es hell geworden ist, die Gegend inspizieren. Wenn die Luft rein ist, kann ich abhauen.«

»Machen wir«, sagte Ferdinand. »Das übernehmen Lotti und ich.«

»Ihr kriegt dann, außer den zweitausend, noch mal fünfhundert extra. Nicht heute, denn etwas Geld muß ich bei mir haben, Taxi und so. Aber in ein paar Tagen habt ihr's.«

»Geht in Ordnung. Und das Pennen geht auch klar. Wir rücken zusammen, und du kannst die Koje haben, unter der du dich verkrochen hattest.«

»Danke. Ich heiße übrigens Walter.«

Auch die anderen nannten ihre Namen.

»Von wo bist du?« fragte Herbert.

»Aus Bremen. Sagt mal, ihr schwimmt ja wohl im Geld, denn dieser Dampfer ist gut und gern eine halbe Million wert.«

»Ja, das ist er«, sagte Lothar, »aber leider gehört er uns nicht, und wir müssen ihn demnächst verlassen, weil der Besitzer ... na, der kommt von einer längeren Reise zurück.«

»Kannst ruhig mit der Wahrheit rausrücken«, warf Ferdinand ein, »Walter ist einer von uns. Also, der Mann, dem die Lucrezia gehört, wird in Kürze entlassen, aber nicht aus der Klinik und auch nicht aus der Bundeswehr, sondern aus 'm Knast. Wir haben hier während seiner Abwesenheit sozusagen das Haus gehütet.«

»Mann, hab' ich ein Schwein gehabt! Dann kennt ihr euch ja aus mit Leuten wie mir. Hab' zwar noch nie gesessen, aber das ist eher Zufall. Stellt euch vor, ich wäre, als ich hier an Bord jumpte, einer Pastorenfamilie in die Arme gesprungen!«

»Ich glaub'«, erwiderte Lotti, »unter den Pastoren gibt's nicht viele Segler, vor allem keine mit einem eigenen Schiff.«

»Ich meine ja auch nur, ich hätte bei 'ner kreuzbraven Crew landen können, die mich im Handumdrehen der Kripo übergibt.«

»Das mit dem Juwelier«, fragte Ferdinand, »war das von langer Hand vorbereitet?«

»Kann man wohl sagen. Bin mit der Puppe, die da den Verkauf macht, viermal essen gegangen und anschließend … Ich sag' euch, die ist 'ne Rakete im Bett! Na, und sie hat mir 'ne Menge erzählt, aber nicht alles, das Luder! Zum Beispiel nicht, daß es einen geheimen Draht zwischen ihrem Geschäft und dem nächsten Polizeirevier gibt. Und auch nicht, daß sie gar nicht die Angestellte ihres Chefs, sondern dessen Ehefrau ist. Das hat sie mir erst später verraten. Ich wollte aber deswegen meine Pläne nicht umschmeißen, obwohl ich davon ausgehen mußte, daß der Schaden also auch sie treffen würde. Gefühle kann man sich in meinem Job nicht leisten.«

Noch einmal legte er den Oldeboomschen Schmuck auf den Tisch, hielt eine Brosche ins Licht, ließ die Steine funkeln. »Hab' mir bis jetzt das Ding gar nicht richtig ansehen können, aber ich sag' euch, wenn das echte Brillis sind, ist es ein Vermögen wert.«

»Wieviel ungefähr?« fragte Lothar.

»Achtzig Riesen mindestens. In meinem Hotelzimmer hab' ich 'ne Lupe, und mit der kann ich das feststellen. Himmel nochmal, wenn die Bullen nicht gekommen wären, wie hätte ich in dem Laden absahnen können! Jetzt eine Frage zwischendurch: Wo arbeitet denn ihr?«

»Mal hier, mal da«, antwortete Ferdinand.

»Und in welcher Branche?«

»In deiner.«

»Klingt gut. Aber nun muß ich unbedingt 'ne Mütze voll Schlaf nehmen. Hab' die letzten Nächte ganz schön geackert, mir immer wieder gesagt: Man hat zu investieren, und das machte diesmal sogar riesigen Spaß.«

»Konnte die scharfe Braut denn immer so ohne weiteres weg von zu Haus?« fragte Herbert.

»Das lief andersrum. Ich war bei ihr. Der Mann ist zur Kur in Meran. Es hatte was Tolles, munter an ihr rumzufummeln, während sie mit ihm telefonierte.«

Die drei jungen Männer lachten laut, und Monika kicherte, aber Lotti meinte: »Kann die dich jetzt nicht ganz genau beschreiben?«

»Kann sie, tut sie aber nicht. Ihr Mann ist katholisch bis in die Knochen, und was meint ihr wohl, was mit ihr passiert, wenn ich, sollte sie mich verpfeifen, im Gegenzug ihrem Gatten haarklein erzähle, wie sein Schlafzimmer eingerichtet ist, welches Muster die Bettbezüge haben, daß einer seiner Pyjamas in London genäht wurde und wo seine Frau zwei traumhafte Grübchen ihr eigen nennt!«

Wieder ein lärmendes Gelächter; die Freundschaft schien sich zu festigen. Doch der eigentliche Vorstoß, der Clou, sollte, so war es aus taktischen Gründen beschlossen worden, erst am Morgen beim gemeinsamen Bordfrühstück über die Bühne gehen, und deshalb kam nun ein herzhaftes Gähnen, dem sich die Worte anschlossen: »Jetzt bin ich aber wirklich zum Umfallen müde!«

Sie leerten die Flaschen, richteten die Kojen her, legten sich schlafen.

22

So locker David Ostermann sich nach dem Ende seiner vorgetäuschten Bedrängnis gegeben hatte, so elend war ihm in Wirklichkeit zumute gewesen, hatte er in die gespielte Kumpanei doch auch jene beiden Männer mit einbeziehen müssen, die schuld waren an Hannas Tod.

Es war vier Uhr in der Nacht, und er lag noch immer wach auf der ihm zugewiesenen Koje, lauschte den Schlafgeräuschen der anderen, den gelegentlichen Bewegungen und den regelmäßigen Atemzügen. Sogar ein leichtes Schnarchen war zu hören. Daß er nicht einschlafen konnte, hatte mehrere Gründe. Das Lager war ungewohnt hart, und außerdem störte ihn der – wenn auch nur vermutete – Schmutz des Polsters und der Wolldecke. Hinzu kam seine Erregung. Es wühlte ihn auf, die Täter endlich gefunden zu haben. Und dann war da noch der Umstand, daß er sich schutzlos in der Gesellschaft von Kriminellen befand, denen er wertvollen Schmuck vorgeführt hatte. Was diesen Punkt betraf, schwächte sein Unbehagen sich allerdings immer mehr ab. Ihr fester Schlaf, von dem er sich hinreichend hatte überzeugen können, ließ einen Überfall kaum noch erwarten.

Mit dem Erfolg der Aktion war er indes zufrieden. Agnes, Tonio und Holger hatten ihre Rollen hervorragend gespielt. Die jeweils fälligen Stichworte waren exakt plaziert worden, so daß er ohne Schwierigkeiten die entsprechenden Reaktionen in den Handlungsablauf hatte einpassen können und die beabsichtigte Irreführung perfekt gelungen war. Auch Hans Oldebooms Bemühen, für Ablenkung zu sorgen, war offenbar glücklich verlaufen, denn der Hafenwärter hatte sich in das doch immerhin von lauten Rufen und viel Bewegung begleitete Geschehen nicht eingemischt.

Nun stand der zweite Akt auf dem Programm. Oldeboom war es gewesen, der mit Nachdruck davor gewarnt hatte, die Gruppe gleich im Anschluß an die Verbrüderung für den großen Coup anzuwerben. »Und wenn du«, hatte er gesagt, »auch noch so überzeugend in ihre Runde hineinplatzt, du dürftest sie auf gar keinen Fall gleich darauf in eine so brisante Sache einweihen. Das wäre einfach zu plump und damit zu gefährlich. Die Geschwindigkeit deines Angebots könnte bei ihnen für Irritationen sorgen, für Mißtrauen und Verdacht. Also Geduld aufbringen! Eine Nacht abwarten und erst dann, schrittweise, die Katze aus dem Sack lassen, vielleicht sogar mit einem Male vor ihnen Manschetten kriegen und aufstöhnen: ›Mensch, bin ich denn wahnsinnig, ich kenn' euch ja gar nicht!‹ Locken, Verwerfen, Locken! Sie heiß machen. Es muß darauf hinauslaufen, daß ihnen an deiner Partnerschaft mehr gelegen ist als offenbar dir an ihrer.«

Nun, die Ermahnung zur Geduld hatte er beherzigt, obwohl ihm das Nachtlager auf der Lucrezia weiß Gott nicht behagte. Jetzt galt es, die fünf mit List und Tücke hinters Licht zu führen.

Es begann hell zu werden; die für den Aufbruch vorgesehene Zeit war gekommen. Doch plötzlich überfiel ihn der Gedanke, daß es dem Unternehmen dienlicher wäre, zwei, wenn nicht drei Stunden dranzuhängen. Ja, da war ihm bei der Planung ein Fehler unterlaufen. Wie sollten die fünf dafür zu gewinnen sein, sich in der Morgendämmerung mit ihm an den Tisch zu setzen, ausgiebig zu frühstücken und dabei Strategien zu entwickeln? Die würden ihn, wenn er sie jetzt weckte, entgeistert angucken, sich umdrehen und weiterschlafen. Allenfalls stände, eingedenk der noch ausstehenden fünfhundert Mark, einer von ihnen auf, um zu prüfen, ob die Luft rein war.

Also blieb er liegen, und da er nun schon die zweite durchwachte Nacht hinter sich hatte, schlief er doch noch ein.

Erst um halb neun wachte er auf, und auch das nur, weil Lotti ein Bullauge geöffnet hatte, um den Rauch ihrer Zigarette ins Freie zu lassen.

»Hallo!« sagte er.

»Hallo!« antwortete sie. »Ich dachte, du wolltest beim ersten Sonnenstrahl auf Wanderschaft gehen!«

Ihm fiel auf, wie freundlich ihre Worte klangen. War das die raffinierte Nutte, die einen alten Mann abgelenkt hatte, damit ihr Komplize ihn mit Aids bedrohen konnte?

»Wollte ich auch«, erwiderte er, »aber ich hab' verpennt. Hoffentlich bring' ich euren Zeitplan nun nicht durcheinander.«

»So was haben wir nicht.« Sie ging zu Ferdinand, knuffte ihn ein paarmal in die Seite. »Ich brauch' Geld«, sagte sie dann, »will was zu essen ranschaffen. Krieg' ich nur in der Tankstelle, weil heute Sonntag ist.«

Kurz darauf waren alle wach, und der Besucher mußte zum zweitenmal erklären, wieso er noch da war. Es schien ihnen recht zu sein.

Die beiden Mädchen machten sich auf den Weg, wollten auch Ausschau halten nach der Polizei. Eine halbe Stunde später waren sie zurück, luden ab und berichteten, weit und breit sei kein Bulle im Gelände.

Also ging es zu Tisch. Es gab Brot, Butter, Käse, Schinken, Wurst und Marmelade, dazu Kaffee. Wieder fiel David Ostermann das enge Beieinander schwer, aß und trank er doch in geselliger Runde mit Hannas Mördern. Ihm gegenüber saß Herbert, der Mann mit dem gespaltenen Ohr, der jetzt kein grünes, sondern feuerrotes Haar hatte. In gezackter Linie lief es über seinen Kopf. Er trug schwarze Jeans, ein verschmutztes gelbes T-Shirt und graue Slipper aus Stoff. Der mit dem Namen Ferdinand saß rechts neben Herbert. Er war barfuß und hatte einen schwarzen Jogginganzug an. Sein nun dunkelblondes Haar war sehr kurz geschnitten.

»Und heute geht's zurück nach Bremen?« fragte er den Gast.

»Noch nicht. Hab' noch 'n Ding vor. Dagegen sind die Klunker von gestern abend ein Witz.«

»Immerhin einer mit vier oder fünf Nullen«, bemerkte Herbert.

»Trotzdem, die Brillis würdest du vergessen, wenn ich dir erzähle, was die andere Sache einbringt. Und das Tolle: Sie ist erstens kinderleicht und zweitens ohne jedes Risiko.«

»Das gibt's nicht«, warf Lothar ein. »Jede krumme Tour hat ihr Risiko.«

»Na gut, aber das hier ist minimal.«

»Und warum«, fragte Lotti, »hast du dich dann für das größere Risiko entschieden und bist prompt auf den Bauch gefallen?«

»Absolut richtig gefragt, aber bei dem dicken Fisch sind meine zwei Partner kurzfristig abgesprungen.«

»Also doch mit Gefahr verbunden!« trumpfte Herbert auf.

»Nein, das liegt anders. Sie sind, genaugenommen, gar nicht abgesprungen, sondern sozusagen durch höhere Gewalt ausgeschieden. Mehr als zwei Promille und dann ein haariger Verkehrsunfall. Den einen hat's schlimm erwischt. Schädelbruch. Der andere hat sich nur den Fuß gebrochen, aber natürlich fielen sie beide aus. Die Sache hätte schon vor zwei Wochen über die Bühne gehen sollen. Ja, und dann lernte ich Laura kennen, die Frau vom Juwelier.«

»Und die andere Sache, machst du die denn nun allein?« fragte Ferdinand.

»Nein, das geht nicht. Falls es euch interessiert, kann ich ruhig mal davon erzählen. Ihr wißt ja nicht, wo das läuft. Also, Telegrammstil: Luxusschuppen in der Stadt X. Vier wertvolle Bilder, ein Degas, ein Renoir, ein Monet und ein Matisse, sofern die euch was sagen.«

Sie nickten zögernd. Monika allerdings schickte ein entschlossenes »Alles Franzosen« hinterher.

»Genau. Und Unsummen wert. Ihr könnt euch sicher vorstellen, daß gestohlene Kunstwerke nur schwer an den Mann zu bringen sind, aber es gibt immer ein paar Besessene, die sie kaufen, obwohl sie sie nie vorzeigen dürfen. Okay, das ist nicht mein Bier, denn ich hab' schon jetzt die feste Zusage, daß man sie mir abnimmt für sage und schreibe zwei Millionen Mark. Kurz und gut, der Besitzer hockt zur Zeit auf den Bahamas, zusammen mit seinem Neffen; aber nur noch eine Woche, dann sind sie wieder hier. Ich kenne das Haus, ich weiß, wo die Schwarten da hängen, und ich hab' den Schlüssel.«

»Aber vier Bilder«, sagte Lotti, »die kann doch leicht einer allein transportieren! Wieso brauchst du dann Hilfe?«

»Das ist es eben! Sie dürfen auf keinen Fall beschädigt werden, sonst zahlt der Händler nicht. Ich muß sie also verschalen. Gut, das könnte man natürlich allein machen, aber es kommt noch was hinzu: Diese Nobelherberge ist das Penthouse von einem achtstöckigen Gebäude. Ich kann es nicht wagen, mit vier verschalten Bildern unterm Arm an den Nachbarn vorbeizumarschieren, ob nun im Fahrstuhl oder auf der Treppe, aber ich kann durchaus mit zwei Helfern eine Couch zwecks Aufarbeitung abholen, zumal wenn unten ein Lieferwagen steht mit der Aufschrift ›Polsterei Julius Beckmann‹. Daß im Couchkasten die vier Bilder liegen, kriegt kein Schwanz mit.«

»Ein Ding der Superklasse!« Ferdinand trommelte vor Begeisterung mit beiden Fäusten auf den Tisch, und Monika sagte: »Clever ausgeheckt, doch nun fehlen dir zwei Leute.«

»So ist es.«

»Die Bilder würden wirklich zwei Millionen bringen?« fragte Herbert.

»Brutto, ja, aber da geht einiges ab. Der Neffe, von dem der Tip kommt und der mir den Schlüssel gegeben hat – ist übrigens ein ganz komplizierter Spezialschlüssel –, also, dieser Neffe kriegt allein eine Million, und meine beiden Kumpel müssen, obwohl sie ausfallen, auch berücksichtigt werden, denn sie kennen alle Einzelheiten.«

»Wir auch«, sagte Ferdinand, doch da konterte David Ostermann sofort: »Kennt ihr nicht. Ihr wißt ja nicht mal, in welcher Stadt die Sache läuft, geschweige denn kennt ihr das Gebäude.«

»So war das nicht gemeint«, rückte Herbert Ferdinands unfeine Bemerkung zurecht, und auch der korrigierte sich: »Ich wollte damit nur zart andeuten, daß du, wenn dir Leute fehlen, auf einen Schlag fünf neue hättest.«

»Ach, so hast du das gemeint! Mensch, ich kenn' euch doch gar nicht! Okay, ihr habt mir geholfen, und das vergess' ich euch nie, aber diese heikle Sache … ich hätte besser den Mund gehalten. Schmeckt übrigens hervorragend, euer Kaffee. Habt ihr noch welchen?«

Monika schenkte nach.

»Danke.«

Das Geschirr – er hatte es sofort registriert –, trug das Pfund Sterling-Zeichen nicht. Sie benutzten billiges Steingut und Blech.

»Wir wollen uns nicht anbiedern«, sagte Ferdinand, »nur ganz offen mit dir reden. Falls du Leute brauchst, stehen wir zur Verfügung. Falls nicht, ist es auch okay. In einer Woche sind wir jedenfalls weg.«

Die Erwiderung ließ eine Weile auf sich warten. Zunächst einmal wanderte ein prüfender Blick von Gesicht zu Gesicht. Erst dann kamen Worte, langsam, zögernd, wie die Regie es vorsah:

»Also … ihr macht mich richtig verlegen. Klar könnte ich Leute brauchen, aber … na ja, ihr seid bestimmt prima Kerle, aber fünf kämen sowieso nicht in Frage. Wenn, dann nur zwei.«

»Dann eben zwei«, sagte Ferdinand, und er sagte es mit kerniger Betonung, wie jemand, auf den Verlaß ist. »Wir würden ohnehin teilen. Machen wir immer. Und es leuchtet auch ein, daß in der Wohnung nicht jede Menge Figuren rumlaufen können. Die würden sich ja gegenseitig auf die Füße treten.«

»Eben! Einer wäre dem anderen im Weg. Mann, was mach' ich? Wahrscheinlich seid ihr genau die richtigen, aber ...«

»Überleg's dir«, sagte Ferdinand. »Ich für meinen Part bin der Meinung, eine so lohnende Sache läßt man nicht einfach sausen.«

»Und du hättest wirklich jemanden, der dir die Bilder abnimmt?« fragte Lotti. »Denn damit steht und fällt ja alles.«

»Der Händler löchert mich seit Tagen, wann die vier Franzosen denn nun endlich kommen. Noch mal zu den Finanzen: Wie schon gesagt, der Neffe kriegt also 'ne runde Million. Auf die beiden Verletzten und mich kommen je zweihundertfünfzigtausend, und ihr bekämt den Rest, also auch 'ne Viertel Million. Fünf Leute und jeder fünfzigtausend auf die Kralle ... ich finde, das wäre doch ein schönes Stück Geld.«

»Wir sind dabei«, sagte Ferdinand.

David Ostermann stand auf, reckte sich. »Die Knochen tun mir weh. Bin so was Hartes wie eure Koje nicht gewohnt.« Er setzte sich wieder. »Darf ich mir die zwei von euch aussuchen?«

»Darfst du«, sagte Ferdinand.

»Ich würde mich für dich und Herbert entscheiden. Nichts gegen Frauen, aber bei dieser Sache sind Männer gefragt, allein schon wegen der Schlepperei. Und du, Lothar, bist anscheinend der Jüngste und nimmst es mir hoffentlich nicht übel, wenn ich auf die, die mehr Erfahrung haben, zurückgreife. Außerdem scheint mir, du hättest Schwierigkeiten, ein schweres Möbel zu transportieren. Du hast offenbar was mit deiner Hand.«

»Stimmt«, erwiderte Lothar, »sie war gebrochen. Aber wenn sowieso ehrlich geteilt wird, ist mir alles recht.«

»Ja, dann müssen wir jetzt wohl Nägel mit Köpfen machen«, sagte David Ostermann. »Könnt ihr«, er sah Ferdinand und Herbert an, »euch heute mal die Wohnung angucken? Ist hier in Hamburg. Ich hab' da auch schon drei blaue Overalls deponiert. Ist aber möglich, daß sie für dich zu klein sind, Ferdinand. Hast du blaue oder graue Jeans?«

»Ja.«

»Und ein blauer Kittel liegt auch da; der müßte dir passen. Ja, ich mach' mich auf die Socken, muß als erstes den Neffen anrufen. Der ist schon reichlich nervös wegen der Verzögerung. Wird sich freuen, wenn es doch noch rechtzeitig klappt. Ein besseres Alibi kann der ja gar nicht haben, so weit weg und der Onkel ständig bei ihm. Also, ich geh' dann. Wie dankbar ich euch bin, brauch' ich wohl nicht noch mal zu sagen. Die hätten mich glatt einkassiert.«

»Wann kommst du wieder?« fragte Herbert.

David Ostermann sah auf die Uhr. »Es ist jetzt halb zehn. Sagen wir, gegen zwei. Ich guck' mir auch noch mal das Auto von der Polsterei an. Das steht nun schon seit zwei Wochen in einer Tiefgarage.«

»Wem gehört es denn?« fragte Lothar.

»Ich hab' ihn als normalen VW-Kombi gemietet und dann den Firmennamen aufgepinselt, das heißt, nicht richtig gemalt, sondern eine Folie draufgeklebt. Auf beide Seiten und hinten auch. Hab' beim Ausleiher schon verlängern müssen.«

Er verabschiedete sich. Ferdinand und Herbert brachten ihn bis zum Kai.

Bevor er das Hafengelände verließ, sah er sich gründlich um, als hielte er Ausschau nach der Polizei. Er rechnete damit, daß sie ihm nachblickten.

Am Baumwall ging er nicht in die U-Bahn, sondern zu seinem Auto. Er steuerte die erste in Sicht kommende Telefonzelle an, stieg aus, betrat sie, wählte, klingelte Oldeboom aus dem Bett. Es wurde ein langes Gespräch.

»Könntest du das in so kurzer Zeit schaffen?« fragte er schließlich.

»Kein Problem«, sagte Oldeboom, »nur beim Installieren müßtest du mir helfen.«

»Mach' ich. Und wenn es klappt, werden wir ein lückenloses Geständnis bekommen. Ohne jede Folter. Und ohne Entzug von Essen und Trinken.«

23

Für das Finale war eine Menge aufgeboten: der Transporter, die Smith & Wesson, die Berufskleidung und das schwere Polstermöbel, das allerdings schon seit Jahren, an Längs- und Stirnseite von Bücherregalen flankiert, in dem geräumigen Wohnzimmer stand.

Die breite, mit hellem Brokat bespannte Couch, die sich aufklappen ließ, barg in ihrem Unterbau fünf mit Schraubzwingen zusammengehaltene Holzplatten. Wie die Schichten einer Torte waren sie aufgestapelt, getrennt durch überhängende Lagen gelben Ölpapiers, die den Eindruck erwecken sollten, sie hätten die eigentlichen, die wertvollen Partien zusätzlich zu schützen, die vier Gemälde nämlich.

Das Fahrzeug, die Pistole, die Overalls, der Kittel und die Verschalung waren im Eiltempo beschafft und, soweit nötig, hergerichtet worden. Und ein weiterer Artikel war nun vorhanden. Holger, der nach dem Einsatz im Yachthafen bei seinem Großvater im Penthouse geblieben war, hatte ihn besorgt und hinter einem Dutzend großformatiger Bildbände installiert. Es war ein Tonbandgerät, das schon bei Geräuschen von geringer Lautstärke automatisch aufzunehmen begann.

Bevor David Ostermann aufbrach, um die Grünen, wie er sie für sich noch immer nannte, abzuholen, überprüften Oldeboom und er das gemeinsame Vorhaben ein letztes Mal, legten wiederum Stichworte und zeitliche Abfolgen fest. Was das Schließen des Scherengitters an der Wohnungstür betraf, verwarfen sie ihre ursprüngliche Idee, denn wenn alles nach Plan verlief, würde der rasche Griff zum Schalter sich erübrigen.

Er parkte seinen Wagen neben dem Gebäude der Hafenaufsicht, und während er zu Fuß weiterging, spürte er plötzlich Zweifel aufkommen. Wie würde er die fünf jetzt vorfinden? Waren sie weiterhin zur Teilnahme an dem lukrativen Coup bereit oder womöglich wankelmütig geworden? Waren sie überhaupt noch da?

Er atmete auf, als er Ferdinand in blauen Jeans auf den Planken stehen sah und gleich darauf Lotti entdeckte, die ein paar Wäschestücke aufhängte.

»Hallo!« rief er, und die beiden winkten ihm zu.

»Soll es losgehen?« fragte Ferdinand ihn, sobald er an Bord war. Das klang schon mal unverändert nach Zustimmung.

»Ja«, antwortete er.

Sie gingen den Niedergang hinunter, und in der Kajüte begrüßte er dann auch Monika und Herbert. Lothar, so hieß es, war zum Bahnhof gegangen, um sich nach Zugverbindungen zu erkundigen.

»Bleibt es bei unserer Besichtigungstour?« fragte Herbert.

»Klar. Und morgen steigt die Sache.«

»Hab' da noch 'ne Frage.« Ferdinand zögerte, setzte mehrmals an und brach wieder ab, aber als David Ostermann ihm sagte, irgendwelche Hemmungen seien doch ganz unsinnig und er möge frisch von der Leber weg reden, meinte er: »Wenn alles klappt und wir die Couch im Transporter haben, ist die kritische Phase gelaufen. Wohin bringst du dann die Bilder, und wo bleiben wir ab? Fahren wir gemeinsam zu dem, der das Geld rausrücken soll, oder dampfst du erstmal allein ab und läßt uns im Regen stehen?«

»Nicht doch, Leute! Klar fahrt ihr mit! Wär' ja 'ne komische Polsterfirma, wenn drei das schwere Ding aufs Auto hieven, einer dann damit losfährt und die beiden anderen an der Alster rummachen. Nein, nein, ihr seid mit dabei. Und ich hab' auch schon geklärt, daß euer Anteil sofort ausgezahlt wird.«

»Dann bin ich beruhigt«, sagte Ferdinand.

»Sie stiegen wieder an Deck. Die Mädchen wünschten ihnen, obwohl es noch gar nicht soweit war, viel Erfolg.

In David Ostermanns Wagen ging es durch die Innenstadt. Eigentlich hätten Oldeboom und er sich den mit dem Transporter verbundenen Aufwand sparen und es bei der bloßen Erklärung, er stehe bereit, belassen können, doch sie wollten keinerlei Risiko eingehen und das mit der Firmenaufschrift versehene Fahrzeug den Grünen auch vorführen.

Er bog in die Tiefgarage ein, hielt neben dem dunkelbraunen Kombi, stieg aus. Die beiden folgten seinem Beispiel. Er öffnete die Heckklappe und sagte: »Wir haben es genau ausgemessen. Zehn Zentimeter mehr, und wir hätten einen Lkw mieten müssen.« Er schlug die Klappe wieder zu, strich mit der Rechten geradezu liebevoll über die gelben Buchstaben und las halblaut vor: »Polsterei Julius Beckmann«, sagte dann: »Macht sich doch gut, oder?« Sie bestätigten das, und schon ging es weiter.

Zehn Minuten später fuhren sie durch Harvestehude, und je mehr nun die prächtigen Wohnhäuser ins Bild rückten, umso stiller wurde es im Fond des Wagens, wo Ferdinand und Herbert saßen.

Sie parkten, gingen die letzten hundert Meter zu Fuß, und dann standen sie vor dem achtstöckigen weißen Gebäude.

»Toller Kasten!« staunte Ferdinand. »Da sollen wir jetzt einfach so reinmarschieren?«

»Klar! Je selbstverständlicher, desto weniger fallen wir auf.«

Mit dem Fahrstuhl ging es nach oben. David Ostermann schloß das Penthouse auf, und wenige Augenblicke später standen sie im Wohnzimmer.

»Das also ist das Ding?« Herbert zeigte auf die Couch.

»Ja«, sagte David Ostermann. Er klappte sie auf, und da lag es vor ihnen, das große hölzerne Paket mit den Schraubzwingen an allen vier Seiten. Er drückte das Polster wieder nach unten. »Morgen nehmen wir das Möbel hochkant, legen die Trageriemen an, und ab geht's!«

»Aber die Seidenbespannung sieht doch tadellos aus«, sagte Herbert, »und das macht unseren Auftrag reichlich unglaubwürdig.«

»Wir reißen ein paar Löcher in den Stoff. Wollt ihr ein Bier?«

»Du meinst, wir können hier seelenruhig einen heben?«

»Na klar. Die Bahamas sind weit.«

Das Telefon klingelte. Ferdinand und Herbert zuckten zusammen.

»Das ist Bernhard, der mit dem gebrochenen Fuß.«

»Der ruft dich aus der Klinik an?«

»Da liegt nur noch sein Kollege. Bernhard war nach drei Tagen wieder raus, aber natürlich kann er keine schweren Möbel schleppen.« David Ostermann nahm den Hörer auf, sagte »Ja?«, und dann hörte er eine Weile zu, ehe er erwiderte:

»Ich hab' dir doch gesagt, die beiden sind in Ordnung!«

Es wurde eine längere und in Teilen streitbare Unterhaltung. Oldeboom, der Mann am anderen Ende der Leitung, sprach so laut, daß einzelne Wortfetzen im ganzen Zimmer zu hören waren.

»Bernhard«, sagte David Ostermann schließlich in einem etwas versöhnlicheren Tonfall, »du mußt dir auch mal meine Situation vor Augen führen. Ihr brettert da mit mindestens zwei Promille durch die Stadt und setzt alles aufs Spiel. Normalerweise hätte ich so schnell keinen Ersatz gekriegt. Hab' nur durch Zufall zwei prima Kumpel an Land ziehen können, die ...«

...

»Das wollte ich dir grad erklären. Die Bullen waren hinter mir her, und die beiden – genaugenommen waren es fünf, aber ich brauch' ja nur zwei – also, sie haben mich vor mindestens drei Jahren Knast bewahrt, und jetzt kommst du und schreist nach Referenzen!«

...

»Logo. Sind aus unserer Branche.«

...

»Okay, okay, ich werd' sie fragen, und dann hörst du von mir.« Er legte auf.

»Das hab' ich gern!« schimpfte er. »Die bauen Mist, ich bieg' die Sache wieder hin, und dann wird auch noch gemeckert.«

»Was will er denn?« fragte Herbert.

»Referenzen! Daß ich nicht lache!«

»Referenzen?«

»Ja. Stellt euch vor, der will absolut sicher sein, daß ihr keine unbeschriebenen Blätter seid, keine Grünschnäbel, keine Nullen. Er will die Gewißheit, daß ihr schon mal einen anständigen Bruch hingelegt habt, besser mehrere. Nun könntet ihr ja einfach irgendwas erzählen, aber er verlangt sogar Beweise. Bin ganz schön sauer auf ihn. Andererseits ist die Sache hier natürlich ein Riesending, und irgendwie kann ich ihn schon verstehen. Er hat drei Bankeinbrüche hinter sich, alle glatt verlaufen, und Alex, der mit dem Schädelbruch, hat sogar mal ein astreines Kidnapping gedeichselt, in Genua. Verdammt, habt ihr nicht irgendwas aufzuweisen? Klingt blöd, aber es wäre toll, wenn ihr irgendwas Krummes gemacht hättet, das ihr beweisen könntet. Das Dumme ist nämlich, daß Bernhard heute nacht um drei mit Wolfgang telefoniert. Das ist der Neffe.«

»Wieso denn nachts um drei?« fragte Ferdinand.

»Wegen der Zeitverschiebung. Wolfgang kommt immer erst abends vom Fischen zurück. Ich würde Bernhard natürlich gern melden, was für eine Vergangenheit ihr habt, und gut wäre auch, wenn ihr was Originelles aufbieten könntet, also nicht bloß geklaute Fernseher. Ich meine, daß ihr vielleicht mal'n Geldboten im Gebüsch abgelegt habt oder so. Versteht ihr? Bernhard will nur Leute, die cool sind, und er sagt, wer noch nie ein richtiges Ding gedreht hat, kann nicht cool sein, und in gewisser Weise hat er damit ja auch recht.« David Ostermann ging in die Küche und holte das Bier, stellte die Flaschen auf den Tisch.

»Bedient euch!«

Sie schenkten sich ein, und er setzte sich wieder, wartete gespannt auf die Antwort.

»Wir hätten da was«, sagte Ferdinand.

»Was Gutes?«

»Könnte man sagen, ja. Kennst du schon die neue Masche, mit der du jede Brieftasche so gut wie sicher hast?«

»Einen Ballermann gegens Hemd drücken? Das wäre so neu ja nun nicht.«

»Ganz was anderes: 'ne Spritze, 'ne Aidsspritze!«

»Was?«

»Hast richtig gehört, eine Aidsspritze. Hast sie fertig aufgezogen in der Hand. Zehn Kubikzentimeter leuchtend rotes Blut. Die hältst du dem andern unter die Nase, spritzt zwei, drei Tropfen in die Luft, und dann sagst du ganz lässig: ›So, Alter, nun laß mal die Knete rüberwachsen! Tust du's nicht, wirst du krank. Das Blut hier ist nämlich HIV-positiv.‹ Kannst mir glauben, der spurt sofort.«

»Wahnsinn!« stieß David Ostermann aus.

»Und das«, sagte nun Herbert, »haben wir schon ein paarmal erfolgreich durchgezogen. Natürlich nicht mit echten Aidsviren. Wozu auch? Hundeblut tut's genauso.«

»Irre find' ich das, wirklich irre. Erzählt mir mehr davon, damit ich Bernhard beruhigen kann! Wo ihr das gemacht habt und wie und bei welchen Leuten und ob es auch mal Pannen gab. Habt ihr zum Beispiel den Fall gehabt, daß einer cool reagierte und nichts rausrückte?«

»Cool nicht, aber hysterisch«, erklärte Ferdinand. »Eine blöde Gans. In einem Fahrstuhl war das. Herbert und ich sagen ihr in aller Ruhe, daß ihr nichts passiert, sie soll nur ihren Kies abliefern, da dreht die doch glatt durch und rammt mir ihr Knie in die Eier. Ich sah rot, kannst du mir glauben, und darum hab' ich ihr die Spritze in den Hals gejagt. Sie kippte im selben Moment um, und wir machten natürlich, daß wir wegkamen.«

»Mensch, Leute, stimmt das wirklich?«

»Und ob das stimmt! Hab' die dusselige Kuh noch genau vor mir, dieses Zwei-Zentner-Weib. Wer weiß, vielleicht war die schwanger. Na ja, jedenfalls kann dein Kumpel Gift drauf nehmen, daß wir keine Neulinge sind.«

»Und wie oft habt ihr diese Nummer abgezogen?«

»So sechs-, siebenmal und bis auf den einen Fall immer mit Erfolg.«

»Sagenhaft! Auf die Idee muß man erst mal kommen.«

»Lag doch nahe«, sagte Herbert. »Vor Aids hat jeder Angst, fast noch mehr als vor 'ner Kanone, und klar hat auch die Schwangere Angst gehabt, aber sie reagierte dann eben panisch. Lothar hat kürzlich auch 'ne Panne erlebt.

Mann, ganz schön haarig war die! Zusammen mit Lotti und Monika zog er mit der Injektionsspritze los, und was meinst du, was da passiert ist?«

»Na?«

»Er hatte den alten Daddy schon kirre gemacht und griff ihm in die Jacke, aber da war keine Brieftasche drin, sondern was ganz anderes, nämlich eine Rattenfalle, so ein fieses Ding mit Spannfeder. Die klappte zu und zermalmte ihm die Hand.«

»Entsetzlich!«

»Ja, und das Ergebnis: furchtbare Quetschungen und ein paar gebrochene Finger. Inzwischen sind die Wunden einigermaßen verheilt, aber okay ist seine Hand noch lange nicht. Hast es ja gesehen.«

»Hab' ich. Noch mal zurück zu der Schwangeren: Kam sie denn wieder zu sich?«

»Das nehm' ich an.« Jetzt war es Ferdinand, der sprach. »Wir jedenfalls sahen zu, daß wir die Kurve kriegten.«

Was im folgenden, wie aus dem Nichts, über Ferdinand und Herbert hereinbrach, verschlug ihnen erst einmal die Sprache. David Ostermann war aufgestanden und zur Tür gegangen, hatte sie geöffnet und Oldeboom, der das Telefongespräch vom Schlafzimmer aus geführt hatte und dann leise in den Flur hinuntergegangen war, hereingelassen. Ja, und der war, in der Hand eine Smith & Wesson, mit forschen

Schritten auf sie zugekommen und hatte sich in seiner ganzen Größe vor ihnen aufgebaut.

»Keine Bewegung!« herrschte er sie jetzt an.

David Ostermann, der sich neben ihn gestellt hatte, faßte ihm in die Jackentasche und holte nicht weniger als drei Paar Handschellen hervor.

Entgeistert starrten Ferdinand und Herbert die beiden Männer an. Sie begriffen nicht, daß der smarte Juwelendieb, den sie doch gerade erst vor der sicheren Festnahme bewahrt hatten, so niederträchtig mit ihnen verfuhr, wußten sich auf die so unvermutet eingetretene Veränderung keinen Reim zu machen.

»Aufstehen!« sagte Oldeboom.

Angesichts der auf sie gerichteten Waffe blieb ihnen nichts anderes übrig, als zu gehorchen.

»Umdrehen!« befahl nun David Ostermann.

Wieder folgten sie der Aufforderung, kehrten ihren Gegnern die Rücken zu, so daß David Ostermann sie ohne Schwierigkeiten fesseln konnte. Er schloß um Ferdinands linke und um Herberts rechte Hand je einen Ring, dirigierte die Wehrlosen dann auf den Flur bis hin zum schmiedeeisernen Treppengeländer, um dort die zwei lose herunterhängenden Teile der Handschellen zu verankern. Gleich darauf legte sich die dritte stählerne Acht um die jeweils noch freie Hand der beiden, so daß sie schließlich sowohl aneinander wie auch am Geländer festgemacht waren. Die Tür zum Wohnzimmer war offengeblieben.

Jetzt endlich fand Ferdinand das erste Wort: »Was soll der Quatsch? Ihr wißt genau, daß wir kein Geld haben!«

»Es geht nicht um Geld«, sagte Oldeboom.

»Worum denn?« fragte Herbert.

»Um Mord«, antwortete David Ostermann.

»Ihr seid verrückt!« Ferdinand schlug sich vor lauter Empörung an die Stirn, ohne zu bedenken, daß die abrupte Bewegung auch Herberts Hand für einen Moment ruckartig in die Höhe riß.

»Ihr habt«, erklärte Oldeboom, »eine junge Frau, die ein Kind erwartete, überfallen, habt ihr, weil sie sich wehrte, eine Spritze mit Aidsblut in den Hals gejagt.«

»Blödsinn, das war kein Aids!« entrüstete sich Ferdinand. »Es war harmloses Hundeblut.« Er sah David Ostermann wütend an: »Genau das haben wir dir erzählt! Daß es läppisches Hundeblut war. Was also soll dieses Gerede über Aids?«

»Aber der Frau«, antwortete David Ostermann, »die vor Angst in Panik geriet, habt ihr von Hundeblut nichts gesagt.«

»Mann, kapier doch endlich!« schaltete Herbert sich ein. »Wenn wir davon was gesagt hätten, wäre es überhaupt keine Drohung gewesen. Dann hätten wir ihr ebensogut was vom Weihnachtsmann vorfaseln können. Hätte sie die Moneten rausgerückt, wäre ihr kein Haar gekrümmt worden. Sie hat also einen Fehler gemacht, und den sollen wir nun ausbaden? Ist doch idiotisch!«

Auf diese dreiste Logik wollte David Ostermann nicht eingehen, und auch Oldeboom schüttelte nur den Kopf, ehe er fragte:

»Wißt ihr, was mit dieser Frau passiert ist?«

Zunächst schwiegen sie, überlegten vermutlich, mit welcher Strategie sie am besten davonkämen. Schließlich sagte Ferdinand:

»Klar wissen wir das. Sie wurde ohnmächtig. Im Fahrstuhl. Kippte weg. Ich geh' davon aus, daß der Lift irgendwann unten ankam und die Kaufhausleute sich dann um sie gekümmert haben. Himmel noch mal, so eine Ohnmacht ist doch nicht die Welt! Irgend jemand wird ihr frische Luft zugefächert haben, und das war's dann. Wir jedenfalls, um das mal klarzustellen, haben der Lady nicht eine einzige Mark abgezockt. Aber was habt ihr überhaupt mit dieser Frau zu tun?«

»Sie ist tot«, erwiderte Oldeboom. »Sie hat sich das Leben genommen, aus Angst vor der Krankheit.«

»Ist nicht unser Bier«, trumpfte Ferdinand auf. »Wir haben sie nur kurz angepiekst, und das kann uns höchstens 'ne Anklage wegen geringfügiger Körperverletzung einbringen. Mehr bestimmt nicht. Wenn die Dame durchdreht und aus dem Fenster springt, ist das ein Fall für den Psychiater, nicht für uns.«

David Ostermann wandte sich ab. Nun war es

also erwiesen, daß sie von Hannas Tod gewußt hatten, denn weder er noch Hans Oldeboom hatten ihren Sprung aus dem Fenster erwähnt. Er griff nach Oldebooms Hand, zog ihn ins Zimmer und dann hinaus auf die Dachterrasse, schob sogar die Glastür zu.

»Wir sind am Ziel«, sagte er, »und ich müßte jetzt ein Gefühl der Befriedigung haben, aber verdammt noch mal, ich hab' es nicht! Dieser Abschaum! Diese widerlichen Kerle! Eigentlich hab' ich nur zwei Möglichkeiten: sie umzubringen oder sie laufenzulassen. Irgendwas dazwischen gibt es für mich nicht. Verstehst du das? Ich muß loskommen von ihnen, ganz und gar loskommen, schleppe sie sonst auf ewig durch mein Leben.«

Oldeboom zog den Freund an sich, ließ ihn erst nach einer geraumen Weile wieder los, sagte:

»Sei ganz ruhig! Ich versteh' dich gut, und deshalb mach' ich jetzt allein weiter. Ich ruf' Kommissar Messmer an, und wenn er hier erscheint, wird er beim Anblick der Gefangenen einen Wutanfall kriegen und mich fragen, wie ich auf die Idee verfallen konnte, einen solchen Privatkrieg zu führen. Aber das soll mich nicht kratzen. Ich spiele ihm die Geständnisse vor, und dann muß er einräumen, daß wir saubere Arbeit geleistet haben.«

Sie gingen ins Wohnzimmer, wo Oldeboom das Tonbandgerät ausschaltete. »Und sollte«, sagte er, während er sich auf den Flur zubewegte, »ein pflaumenweicher Richter zu dem Entschluß kommen, diese finstere Brut nur zu verwarnen, statt sie hinter Gitter zu bringen, trete ich mit dem Fall an die Öffentlichkeit; das verspreche ich dir. Fernsehen, Funk und Presse werden so lange darüber berichten, bis jeder, aber auch jeder ihre Gesichter kennt. Und glaub mir, dann geht's ihnen doch noch an den Kragen!«